舉案齊眉 2

風 文創 145

蘇月影 著

風文創 145

目錄

第二十二章

到了午後，大老爺卻還未回來。

已經遲了一個時辰，茲事體大，不知曉朝堂之上今日是怎樣的場景。

身在陶府的人無從知曉，齊眉只能幫著母親一起安慰焦灼的祖母，雖然她手心也盡是汗珠。

事情發展到這樣的局面，和齊眉脫不了干係。

當時絹書是她親手抱走藏到二皇子身上，而前世的絹書當場就被平甯侯搜到，她憑著記憶讓平甯侯的奸計並未得逞。

齊眉開始想，上天賜予她重生，憑藉著她對前世的記憶，而讓事情有了這樣的轉折，究竟是好還是壞，單憑她的想像無法決斷。但她能肯定的是，現在孤注一擲，並不一定全無勝算。

在宮門外陶府派了小廝去看著，在老太太幾乎要親自去宮門口的時候，小廝回來了，回報道：「大老爺隨後就到。」

大老爺下馬車的時候是被攙著進門的。

在大老爺未回來的時間裡，老太太腦裡想了不少的場景，眼眶都紅起來，總算見到兒子回來，真的沒什麼比這更好了。

下一招險棋雖不知結局，但眼下兒子還是活生生的，依舊是坐著去時的馬車，身邊的人面上也沒別的表情，那事情便沒有多糟。

簇擁著大老爺進門，齊眉在一陣喧鬧中靜靜地看著父親，祖父是大將軍，性格勇猛自是不必說，父親雖然武藝並不似祖父那般高強。但也繼承了祖父耿直公正的性子，而父親無論在朝堂上抑或是在府裡，都是一副嚴肅的模樣。

眼下父親卻滿頭大汗，抬起步子的時候看得見的虛，似是踩在雲端。

祖父聽了消息，趕到正廳裡，陶府這短短數十日，兩次舉家都聚在了一起。季祖母今日從父親上朝後便難得的一直在清雅園裡待著，這下又起身要把茶端過去，祖母制止了她。

「我知妳心裡也掛心，但這些活讓下人做便是，妳也在這兒坐了一日，讓叔全扶妳回去歇息才好。」

對於老太太明顯的疏離態度，季祖母如以前一般，順從地點頭，三叔似是要說什麼，季祖母搖搖頭，抬手讓三叔把她扶出了正廳。

這時大老爺喝了熱茶，心緒定下來一些，緩緩地說起在朝中的事。

今日在有事起奏無事退朝的慣例話過了後，群臣都紛紛的各自啟稟。

只有大老爺不停地穩定著呼吸，他手裡捧著的錦盒早被旁臣瞧見，文臣武官交換著眼神，不知曉這位兵部尚書今日是要唱哪齣戲。

皇上的眉頭在聽到邊關再次戰亂的消息後蹙得有些緊，平甯侯卻揮著手。「我國將士訓練有素，精兵五萬有餘，邊關幾個小國又何足為患？何況還是那幾個年年要對我國進貢、俯首稱臣的小國罷了。」

平甯侯說得大氣，皇上最是愛聽，大老爺轉頭看去，文武百官中附和的人不在少數，可以說是占了一半。

朝堂內漸漸安靜下來，皇上問起了大老爺兵部的事。咬著牙，大老爺也只能同意平甯侯的話。

皇上不置可否地笑了笑，似是要退朝了。

大老爺急忙上前一步。「皇上，微臣有事啟奏！」

「何事？」皇上看著他。中氣十足的聲音、潤澤的皮膚看不出其已到知命之年。反而正如不惑之年的中年男子一般。

大老爺站於殿前正中，左排文官右排武將，皆因為他接下來的話漸漸安靜。

「家父有急事奏請皇上，只因身體欠佳未能親自前來，還望皇上恕罪！」大老爺暗暗地嚥了口水，撲通一聲跪下，手裡的錦盒舉過頭頂。「這是家父今日三更時分寫下的血書，望皇上明察！」

一句恕罪、一句明察，已然十多年不曾入宮的陶大將軍寫下血書一封，而平素淡然的兵部尚書跪在殿前，這樣大的陣仗，眾臣表情各異，陶家的事並未有太多人知曉，只不過幾個皇家人偶有耳聞，但也不知內情。

眼下這情形，無一不在心中猜測。

皇上抿了抿唇。「呈上來。」

「還請皇上允許微臣唸出家父血書所寫之內容。」大老爺心一橫，徹底豁了出去，錦盒舉得高高的，頭重重地磕在地上，發出咚的聲響，沈悶的敲擊在眾臣的耳裡。

若是血書被李公公呈上去給皇上，只是皇上會看到罷了，而且血書中的內容，皇上大抵是清楚得很，此次冒死站出來，就是要在群臣面前把事情的來龍去脈說清楚，不合規矩，但必行此招。

老太爺並沒說錯，他雖然告假多年不入宮上朝，但他的威嚴和影響並未完全散去，身後已然有些窸窸窣窣的聲音。

李公公觀察著皇上的表情，轉頭道：「尚書大人請讀。」

大老爺把錦盒打開，一字一句清晰地唸出血書上的內容。

老太爺反覆檢查過了，字字句句都無法被人挑出詬病。反而是情真意切，只道府裡的祠堂被毀壞，先祖不得安息，只因有人奉意徹查陶府的罪證。而連著幾日將軍府都不得安寧，大將軍亦是幾日的噩夢，身體狀況急劇下滑，皆因先祖安息之地被人侵犯，陶家多得國之庇佑才行得百年之路……

大老爺唸著血書，心中原本的怯意和害怕早就被拋諸腦後，他身上背負著陶家所有人的命，也背負著陶家先祖好不容易得來的榮譽。

他們陶家這一棋並未行錯，本就是不得不行。

若果他們悶聲不吭，陶家受辱了不說，還等於默認了陶府裡有通國罪證的事，只不過是沒搜出來罷了。

此番在群臣面前，陶家要為自己的生存殺出一條路。

大老爺唸完之後，文武百官裡爆出一陣唏噓。

隻字未提是誰做的，但普天之下還有誰有這樣大的權力？

陶家是怎樣的忠臣之家，現下竟是遭了這樣的大辱！

皇上自始至終都未出聲，看著殿前群臣們開始蠢蠢欲動的模樣，面上盡是青色，手捏緊了椅把上雕刻的龍頭，捏得指節都泛白了。

大老爺再次伏身，頭低得看不見，他的身上已經開始冒汗。

殿內極少有過的安靜讓他完全猜不出接下來會面對什麼樣的場景，皇上必定是怒火中燒，但又不得發作。

良久，皇上淡淡地道：「把血書呈上來，此事容後再議。」

李公公忙把血書從大老爺手中接過，站在階梯下方，尖著嗓子道：「退朝。」

大老爺半天都沒回過神來，背部已經被汗水浸濕。

陶家眾人聽他說完，才堪堪地呼出一口氣。

老太太撫著胸口。「我見你安然回來，提著的心才放下了一半。」

還一半是不知皇上會如何處理這樣的事，陶家這樣做也是被逼出來的，現在群臣都知曉，不日會傳得更廣，多少雙眼睛盯著、耳朵聽著。陶家這樣的忠臣之家，無論是怎樣的結局，都免不了會讓皇上失去一些民心和臣心。

「兒子、兒子總歸是不負父親所託，也未失陶家的顏面。」大老爺半天吐出了這句。

「老爺先回屋裡去沐浴一番，舒透下筋骨，心情也不用繃得這般緊。」大太太讓新梅扶著大老爺離開。

折騰了這麼一番，府裡的人都累了，皇上說容後再議，那這一時半會兒他們急也沒用，怕也沒招，倒不如好好的養精蓄銳。

齊眉跟著大太太一起回園子，等著大老爺沐浴完畢，再出來的時候滿面疲態。人的心在提到極致時全身都會繃緊，忽地一下放鬆，多少會感到疲憊。幸而大老爺見識的場面不少，身子底也強健，沐浴更衣出來，已經不似之前那般恍惚。

「父親。」齊眉端了銀丹草茶過去，大老爺沐浴完，再喝上一杯沁心的薄荷茶，能越快些放鬆。

「妳今日都陪著妳母親他們？」大老爺接過茶，喝了半杯，微微閉上眼。

齊眉點點頭，丫鬟端著糕點進來，大太太揮揮手讓她放到一邊。

「我想去外邊走走。」沈默了會兒，大老爺望向大太太，又道：「齊眉也去吧。」

齊眉笑著坐得離父親近了些，越發清楚的看到父親稜角分明的俊朗面容，不過三十多歲的年紀，竟是有了些白髮。

父親在憂心接下來的路將會如何走。

「接下來也不知道能找誰。」大老爺忽而嘆了一句。

齊眉心頭一動，烏雲一直在慢慢地挪動，月亮露出了小小的一角，柔和的月色照下來，把齊眉襯得水靈。「好久不見二皇子了，之前他教學實在是厲害，教什麼齊眉就能學懂什麼。」

大老爺心裡一動。

大太太道：「也不知妳是個這樣好學的，府裡哪個小姐小哥兒不是慶幸不用學了，就妳心裡還惦記這個。」

「以前在莊子裡唸書冊不解的時候，並沒人能幫齊眉，在府裡上學堂，有不懂的立馬就能有答案。」齊眉笑得面上盡是純真。「二皇子也不是沒教過我們，若是還能有機會教，也不過是多教一次罷了，以前要給的教學銀子依舊是要給。」

大太太和大老爺都是一愣。

孩子無心的話他們聽著卻是清清楚楚，入了夜，夏日的花草之間有螢火蟲的影子，像翡翠一般的亮光忽閃忽閃，把齊眉吸引了過去。

大老爺看著女兒在花草間高興的撲捉螢火蟲，心思卻轉了起來。

齊眉說的是教書，用在他們府裡的事亦可。本來在陶府被搜那日，二皇子出面幫了陶府，雖然是被齊眉塞在手裡，但若是他不願意，大可以把絹書隨便給誰，而不用幫著藏起來，尤其還因為這個暴露了身分。

弘朝皇子出宮不是罕事，只要在宮裡有時辰的記載，且在酉時之前能回宮即可。

可陶家如今在朝中的地位雖高，但卻頗尷尬，二皇子在宮中毫不受寵，皇上始終只掛記著太子。這一次被扯出出宮私自教學，倒是還沒出現什麼有心的人去胡說，但誰也不保證不會有。

陶家可謂是欠了二皇子一個極大的人情。

眼下皇上只說陶府的事情容後再議，想都想得到仁孝皇后會在皇上面前哭哭啼啼的說些什麼，老皇帝到了這個年紀，耳根子不軟也被那枕頭風吹得不靈光了。據大老爺的同僚幾人，包括阮大學士在內，都道皇上在殿前的時候面色極差，是在忍著怒意的。

觸犯龍顏，又有仁孝皇后和平甯侯作怪，敵在暗處他們在明處，一定要有個什麼人去和皇上說說，而且一定要讓皇上平心靜氣地聽。

二皇子是個怎樣的人，大老爺看得不大清楚，那時候他提出要來府中教學，也是硬著頭皮答應下來的，之後幾乎日日下學了還要去他書房閒聊，倒也是沒聊別的，都是些學問上的東西，但大老爺能隱隱感覺到二皇子的試探。

為什麼會找上陶府，大抵是他手中尚存的一些兵權。大老爺始終態度模糊，可誰又能料到二皇子能幫陶家做到這個地步？大老爺有些不解，畢竟朝中不缺良將忠臣。

二皇子和只知吃喝玩樂的太子不同，二皇子的聰慧大老爺只接觸幾次便瞭解得透澈，越是瞭解越是有些冒冷汗。

翌日府裡來了位公公，並不是李公公，而是蘇公公，蘇公公在後宮地位甚高。素來中立，為人圓滑又老道，皇上還賜了國姓蘇。

蘇公公只帶了兩個小太監前來，明顯的並不是什麼大張旗鼓地出宮。

齊眉猜這肯定不是皇上派來的人，像之前仁孝皇后送禮，那也是悄悄默默的，如若皇上也派人來，便是直接承認了君之過，那還有何容後再議的必要？
大老爺上朝歸來，在花廳見到還未收走的茶水，皺眉問道：「是誰來過了？」
「是宮裡的那個蘇公公，來了會兒見你不在便先離去了。」大太太小聲地道。
大老爺啊了一聲，蘇公公素來是哪邊都不站，為人處世圓得跟個球似的，別人就是想揪他錯處也沒法子，手一摸就咕嚕嚕地滾走了，抓都抓不住。
也不知蘇公公前來會是為了什麼，又是誰授意。
第二日上朝的時候，大老爺走得慢了些，大臣們都散得七七八八，平甯侯也跟著皇上去了御書房，兩人的神色都十分凝重，尤其是皇上，眉間都舒不開。
還是和昨日一樣，並沒什麼人敢和大老爺說話，平日稱兄道弟的一班人都急急地先走了，阮大學士還算是義氣，和他說了幾句。
御史大人倒是不怕什麼，和大老爺一路走到宮門口，要上馬車的時候大老爺忽而被一個小太監叫住，御史大人便先上馬車離宮了。
小太監悄悄地塞給大老爺一個字條，便如火燒屁股一般地跑了，什麼話也沒說。
大老爺只覺得手心微微燙人，等著馬車入了府裡才敢打開看。
竟是二皇子的筆跡，只有四個字——雨過天晴。
那就是二皇子會出手了。
那日齊眉無心的話讓他心裡起了念頭，但到底還是沒有十足的把握去找二皇子，只是託了蘇公公帶了禮物給二皇子，兩份禮盒，有一份是空的，聰明如二皇子，明白了他的意思。

大老爺懸著的心始終七上八下的，二皇子這樣的地位能在皇上面前說得上什麼？最怕的是弄巧成拙。

御書房內傳出瓷器摔碎的聲音，站在外邊的宮女太監都不敢進去，皇上從昨日起就是這樣的脾性，摔了幾個平時寶貝的瓷器。喝茶一會兒說燙了，一會兒又說涼了，一干宮人們都提心弔膽的。

平甯侯道：「聖上這回可該看清楚陶家的人了，大將軍仗著自己原先的功勛，都不把聖上放在眼裡，這樣的氣即使您念著舊情嚥得下，為臣的只為聖上覺得不值。」

「朕由著他們十幾年，可不就是念著陶大將軍原先的功勞，可他卻這樣做，讓他的尚書兒子把血書呈到殿前，分明是逼朕。」皇上顯得氣憤難當，沈吟了一會兒，一雙眸子又直直地看著平甯侯。「也是你的錯處，這樣大的事也不查清楚了。」

平甯侯忙跪下。「皇上恕罪！」

「罷了，事情已經發生，怪責也是無用。」皇上揮揮手。

批閱奏摺的時辰總是過得極快，皇上打了個呵欠，愕然發現面前已經點上了油燈，竟然已是酉時。

擺駕去了皇后的寢宮，和平甯侯亦是同樣的腔調。

「皇上定要為我們左家作主，陶大將軍鬧了那樣一齣，誰不知是平甯侯去做的？已經有人在背後指指點點了。」仁孝皇后說著拿絹帕抹淚。

皇上怒拍桌子。「這豈不是在說朕？」

「是啊，皇上您想想，臣妾和平甯侯都是皇上的家人，卻被一個老將軍寫了血書，雖然隻字未提，卻句句都是駁斥指責的意思，侯爺他這兩日也作了不少噩夢。」

「難怪得他今日面色不大好。」皇上說著蹙眉。

本是想過來舒緩一下心情，卻又聽得閒言碎語，安撫了一陣皇后，皇上擺駕去了御花園，心中煩擾的事讓他不想帶著太多人，遣了一眾宮女，只留下一個小太監在身邊。

已經入夜，御花園裡卻是美不勝收，和白日百花齊放的場景不同。

靜逸的月色下，池塘內的蓮花燈吸引了皇上的注意，讓小太監把船停下來，兀自邁步循著蓮花燈前行，耳旁越發清晰地傳來一陣悠揚的琴聲。

皇上覺得有些熟悉，又記不起來在哪裡聽過這琴聲，不過心裡卻微微放鬆起來。眼前的蓮花燈懶懶的順著池水往下，耳邊是醉人的琴聲，鼻間是清香的花香，讓人不由得就循著琴聲的方向而去。

步子走得急，小太監把船停穩了後便發覺不見了皇上的蹤影，忙邁開腳步追了過去。

跟著古琴悠揚的音律，皇上的步伐慢下來，模糊的記憶漸漸形成。

能奏出這樣看似纏纏綿綿，實則清爽雅致的曲兒的人只有一個了。

遙遠的記憶合著旋律，悄悄地又柔柔地從他眼前的迷霧外鑽進來，環著他。

閉上眼，櫻花樹下的俊逸男子風姿超然，一手背於身後，一手拿著朵粉嫩櫻花，花開得正正好，嬌羞柔嫩得如樹下撫琴的華服女子一般，不，是人比花嬌。

輕輕地把櫻花插入女子的髮鬢間，她感覺到響動，卻絲毫不驚慌，抬頭衝他嫣然一笑。

「皇上。」

年少的他一眨不眨地盯著這柔美容顏，後宮粉黛各異，卻誰也不及這抹柔和的風景。站在許久未來過的寢宮前面，如冷宮一樣的地方讓他身子一哆嗦，但依舊邁步進去，偌大的園內正中一架古琴，華服女子如當年一般，背對撫琴，蔥段一般的手下不斷流瀉出讓人心神都舒開的音律。

皇上有片刻的遲疑，想不起眼前人的名字，待到琴聲戛然而止，耳旁響起溫柔的聲音。

「皇上吉祥，臣妾不知皇上到來，有失遠迎。」

「嗯……」皇上伸手扶起她，在對上視線的那一刻，不由得喚道：「阿華。」

阿華，當年不過是他寢宮裡的服侍宮女，從未有人能服侍得這樣舒適，他只一抬手，她便能拿來他心中所需所想的東西，包括她自己。

少年輕，卻未狂，他給了阿華名分，一路寵愛，賢良淑德，賜名德妃。

不記得什麼時候，這個水做的女子淡出了他的視線；不知道什麼時候，這個心細的女子也已經容顏逝去。

阿華不再是當年的她，卻依舊是極淡的妝容，皮膚白嫩。起身坐回古琴前的時候，鼻間飄過一陣檀香。

是了，聽皇后提起過，德妃潛心禮佛不問世事，深居簡出連他這個皇帝都見得極少，纏綿床榻間的換了一個又一個。都未見再有龍子誕下，不過仁孝皇后的體貼還是讓他備感欣慰，先帝的後宮總是波譎雲詭。他蘇秦的便不是，那些妃嬪與皇后處得極好，都和皇后姊妹相稱。

只有德妃，從二皇子六、七歲後便極少出來了。

這一晃，竟是都十來年過去了。

皇上有些恍惚，耳邊又響起了琴聲，隨興又灑脫，和她以前柔順的性子完全不同。

這回以為阿華偶遇上他，定要訴苦一番，可對方卻只是福了禮，又坐下撫琴。好似是他這個皇帝攪了她的清淨一般。

「阿華。」皇上走了過去，古琴邊上的竹椅坐上去有些搖晃，他勉強地撐著坐下。

德妃唇角微微地翹上一些，看上去柔和得不像話。

宮女走過來，衝他福禮，端上了清涼的茶水和糕點，不是他平日吃的那些鮑參翅肚，也不知怎麼地，看著就有胃口。

身邊的小太監沒找得到他，無法先試吃，不過誰都有可能會害他，阿華一定不會。也不用銀針試毒，皇上拈起糕點就吃了下去，清涼的味道沁入心脾，耳邊的流水聲細細流淌，和琴聲混雜在一起，似有若無的檀香味讓人心神都鎮定下來。

忽而覺得在這個院子裡，好像可以這樣待一輩子一般。皇上靠著竹椅，心態完全放鬆下來。「阿華，朝中的事妳聽說了嗎？」

「臣妾怎麼會聽得到朝中的事，事事都與臣妾無關，但事事又與臣妾相關，只要這一方小院裡所住的臣妾和皇兒能一直平和安定，那便再無所求。」

德妃的聲音溫柔如水，卻讓皇上覺得有些涼。「妳把朕擺在何處？帶著他便住在這裡，只說深受佛祖庇佑，朕原先幾番要見妳，妳都只道不願叨擾朕的歇息，是朕主動要見妳，何來的叨擾？」話語裡不自覺地帶上怒氣，一激動把茶水糕點打翻了一地。「罷了，過去的事朕也不想再提起。」

宮女忙要來收拾，德妃抬手搖搖頭，自個兒蹲下收拾著，動作緩慢又小心，破碎的茶杯和瓷盤絲毫沒有傷到手。

皇上的心裡忽而一動，再開口的時候，語氣還是緩不下來。「陶老將軍寫了血書，直接命他的兒子在殿前宣讀，這是當著群臣的面讓朕下不了臺！不治他們的罪，朕真是難嚥惡氣！」

「心不動，則人不妄動，不動則不傷；如心動則人妄動，傷其身痛其骨，於是體會到世間諸般痛苦。」德妃緩緩地道著。「人生在世間時時刻刻像處於荊棘叢林之中一樣，處處暗藏危險或者誘惑。只有不動妄心，不存妄想，心如止水，才能使自己的行動無偏頗，從而有效地規避風險，抵制誘惑，否則就會痛苦纏身。」

皇上看著德妃把他剛剛無端發怒而摔破的茶杯瓷盤遞給宮女，又轉頭啟唇。「如若不是被逼上了絕境，誰又會去行那獨木橋？如若不是心中本不沈靜，哪會被烏雲遮眼。」

許久未曾聽到德妃的聲音，這一段段妙語在皇上耳邊迴響。

她什麼都知道，但她不直說。說的不只是陶家的事，還有她和皇兒，還有他這個一國之君。宮外的流言他不是絲毫不知，那些說昏君的、說陶家忠良一世卻落得淒慘的，他都清楚。

琴聲復又響起，皇上看著她的背影良久，心中漸漸清明，轉身出了院子。

不多久，跑得滿身大汗的小太監幾乎是連滾帶爬的過來。「皇上！奴才總算是尋到您了！您的步子太快，奴才是半點也追不上！也不知聖意是要去何處，生怕闖了事。」

「是朕的步子太快，抑或是連等人的心思都未曾有過。是聖意難測，抑或是詢問的心思也不曾有過。」並未責難這個小太監的嘰嘰喳喳，皇上手背在身後，看著月色，輕輕地吐出一句。

三日後大老爺再上朝，皇上下旨命人徹查陶府被搜的事情。

群臣禁不住小聲議論，不顧平甯侯欲言又止的模樣，皇上手一揮。「這個事就交由刑部處理，陶家世代忠臣，定是要好好的給出一個交代。」

「謝主隆恩。」大老爺忙上前一步，跪在地上，頭重重地磕下。

這一磕，大老爺便知道府裡安全了。

陶府得了大老爺帶回來的消息，都舒展了緊繃的心情，這幾日比絹書被搜的那幾個時辰還要難熬，到了現下總算是暫時落定。

老太爺一激動就咳嗽起來，握著大老爺的手。「伯全，皇上真真是說陶家世代忠臣？」

「兒子怎麼會胡說這個？」大老爺有些奇怪，老太爺這般的激動也不知為何。

「好，好……」老太爺鬆了手，稀疏眉間的川字消失，換上了些許欣慰的笑容。

午後，齊眉蹲坐在池塘邊，池裡的鯉魚跳得十分歡快，和府中眾人的心情一般。

看著水中自己的倒影，齊眉嘆了口氣，終究又欠上二皇子一份人情，這個人情也不知道要用什麼才還得起。

前世二皇子的下場讓人唏噓，這樣美得不似人間男子的他，身分尊貴且博學多才，一直與潛心禮佛的德妃低調的在寢宮，皇帝駕崩，太子繼位，二皇子和德妃所住的僻靜院子卻在登基大典當日起火，登基大典，宮中眾人幾乎都聚在那裡，誰也不知道有兩個生命消散而去。

仁孝皇后成了皇太后，太子成了新皇，在登位的一剎那，宮女驚慌地跑來，和嬤嬤耳語。「德妃娘娘和二皇子……去了。」

說別人唏噓，其實自家也是一樣的，齊眉越發想得清楚起來。

新皇繼位，改朝換代之時，陶家被滅門，還有誰能有這樣大的能耐。結合這次憑空飛來的栽贓，可想而知。

齊眉覺得心頭沈重，重生而來，她想要改變自己和家人的命運，卻沒想到要面對的敵人愈來愈大。

池中的鯉魚忽而躍起又落回水中，啪一聲響，池水濺濕了她的裙衫。

第二十三章

九月初一，大老爺帶回來了消息，刑部查出是李公公假傳聖旨，讓平甯侯帶兵搜查陶府罪證，罪犯滔天，當場推出午門斬首。

大老爺眉頭緊鎖，大太太給他端來茶水，阮大學士坐在一旁微微地搖頭。

「李公公當了替罪羊。」大老爺抿了口茶。

阮大學士輕笑一聲。「不然能如何？若是能斬了平甯侯，朝中只怕是將亂得無法預計。」

「左家不會善罷甘休的。」阮大學士說著嘆氣。

「李公公是左家的人，和皇后和平甯侯一個鼻孔出氣，我們陶家這一齣的結果讓他們活生生的失了右臂，也是很疼的。」大老爺嘴唇微微勾起。

阮大學士搖頭。「李公公跟了皇上許久，也是皇上的左右臂，現下這樣一殺，皇上說不準……」

坐了會兒，阮大學士起身告辭，大老爺把消息說與老太爺聽了，老太爺重重地舒了口氣。「多少讓罪人繩之以法。」

大老爺忍著沒多說什麼，父親已經多年不上朝，太多的事都不知曉。

走在路上，大太太忍不住道：「李公公跟了皇上那麼多年，說殺了就殺了，伴君如伴虎，這句話真真是何時都要記著。」

「妳又不入宮怕什麼，也不會有皇家的人來府裡。」大老爺笑了笑。

「我是掛記著你，在朝中真是要時時小心。」大太太無不擔憂。

九月正是秋高氣爽的日子，盛夏裡那場無妄之災攪得陶家上下都不得安生，不過好在一切總算是如現在的天氣一般天朗氣清。

不僅僅是處決了李公公，皇上也不似阮大學士所擔心的那樣，至少表面上命蘇公公送了禮來陶府。

這是真真正正的還給了陶家清白，老太爺拄著梨木枴杖，堅持親自出來府門口迎接，把剛下馬車的蘇公公嚇得急忙過去扶著。「大將軍您這可真是，等著咱家給您送去不就成了。」

齊眉看著馬車後邊的大排場，二皇子也不知用了怎樣的計，能讓老皇帝的態度轉變過來。雖然殺的是替罪羊，但送禮的場面這麼大，後邊一排宮女一排太監，少說也有百來人。

府外循著熱鬧來看的百姓不少，這次陶府的事情鬧得大，越傳越開，老百姓們聽著「惡人」下了地獄，好人沈冤得雪，都拍手道皇上真真是個明君。

老皇帝腦子轉過來了，百利而無一害，李公公這個左右手是沒了，但卻保住了左家人，並不吃虧。先前對老皇帝的流言，也因得這樣的慰問排場而煙消雲散。

眾人入了府，蘇公公的身子始終伏得低，老太爺情緒上來，偶爾言語激動，蘇公公亦是笑著說話，談吐十分得體。

皇上這回賜了不少東西給陶家，老太爺最寶貝的卻只有那一幅「忠將之家」的字帖，那是皇上親手寫的。

皇上這一舉動，等同於讓陶府徹底平反，原先府裡的冷清日子不見了。自從御賜的東西下來，來陶家走動的人比往年多了不止一倍，拜帖隔不幾日就有人遞上來。陶府維持了好一陣子過年一般的氣氛，甚至比過年還有過之而無不及。

又是一天的太陽落下，老太爺讓鶯柳扶他出來，賓客正準備散去，見著老太爺現身，都紛紛過來福禮，熱絡得好似本就是這般親密的關係一般。

「平時也不見多熟絡，現下的人真是勢利，看著陶家翻身了，一個個的都往這兒鑽。」指揮丫鬟們收拾完，二姨娘也出了一身汗，這九月的天氣雖不大熱了，但正是容易染風寒的時節，她沐浴完畢後，才去了清雅園，內室裡大太太也在，剛進門，二姨娘就聽著嚴媽媽和老太太說著話。

「誰不都是只往好的地方去，就像是出遊，誰也不願意去荒山野嶺，誰知道裡邊有多少豺狼野豹，沒欣賞到風景，說不準還把命丟了。」二姨娘撇撇嘴。

「二姨太說得是。」嚴媽媽笑著讓鶯藍端上茶水。

「有些拜帖，妳看著點兒，現在府裡好起來，也不是誰遞了就能進來。」老太太說話底氣十足。

大太太忙點頭，她就等著老太太說這句，先前來來往往的人把府門都要踏破了，就算是她婉拒了幾份拜帖，守在門口的小廝有時候還趕不走。

這樣頻繁的來往，累壞了大太太，她成日忙得不可開交，好在二姨太主動問了老太太，得了允諾後，便幫大太太一起做事。

老太太道：「先前伯全他們商量出來的那一著棋，我是從未想過會走得這樣好。」

大太太和二姨太都笑著說話。

二姨太坐在一旁，大抵是剛沐浴了一番，面色紅潤，美豔的姿態越發的收不住，大太太側頭看著她，笑著道：「我們都是跟著家裡共患難過來的了，大風大浪也經過了，什麼事都能過去。」

本來一雙鳳眸都瞇起來的二姨太收住了笑容。「經得姊姊一提醒，妹妹想起來九月底也快到了。」

氣氛因得二姨太的這句話凝結起來，大太太搓著絹帕。「我並不是這個意思。」

老太太打了個呵欠。「我也乏了，妳們倆都累了一日，各自回去歇息吧。」

齊眉正在東間裡練字，認真得油燈都要燒盡了才發現，讓一旁的子秋復又點起來，提筆剛要繼續，迎夏匆匆忙忙地跑進來。

「小姐！小姐！」

「妳又這麼咋咋呼呼，小姐在練字，需要安靜。」子秋皺著眉。

齊眉早就習慣了她這活潑勁兒，前世的時候若是沒她這樣時不時的熱鬧一下，她才是會悶得厲害。

搖頭笑了笑，迎夏只怕又是聽流花說了什麼二房的事，齊眉落筆繼續寫字。

迎夏氣喘吁吁地給齊眉福了禮。「小姐，大太太和二姨太在外邊吵起來了！」

齊眉手一抖，最後一筆寫壞了。

「怎麼回事？」反正是練字，齊眉也沒覺得寫壞了可惜，側過身問道。

「奴婢去廚房裡催小姐的藥，回來的路上看到大太太和二姨太，兩人吵得可厲害，從未見過大太太有過那般激動的表情！」

激動？母親從來都是溫婉又柔和的，就算是氣急了，頂多是關起門來哭一會兒就沒事，哪裡見過她有別的情緒？

「奴婢趕著回來就抄了小道，那小道特別僻靜，奴婢見到大太太和二姨太的時候都嚇了一跳，本要上前福禮，還沒湊近就聽到二姨太的聲音，隔得遠，也聽不清楚是在說什麼。」迎夏努力地回想。「只隱隱聽得什麼九月底……還有沒心肝……報應這些字眼。」

齊眉皺起了眉頭。

片刻後，讓子秋服侍她換了衣裳，坐上馬車去了月園。

一段時間不來了，初秋的時節，園子裡的花草凋零了不少，但新梅領著丫鬟們收得很好，自從齊眉搬到了朱武園和齊勇一起住，月園裡便一下子安靜起來。

「母親。」齊眉看著內室還亮著油燈，直接挑了簾子進去，只聽得哐噹一聲，大太太手裡茶盞不小心摔得碎了一地。

新梅忙俯身收拾，大太太看著她。「別割了手。」

「是，謝主子關心。」新梅笑著點頭，把碎片收拾出去，又給齊眉端了茶進來。

「我不喝，夜晚喝的話會睡不著的。」齊眉搖搖頭。

大太太衝她揮揮手，新梅福身退了出去。

「妳也知道現在很晚了，夜深了外邊濕氣重，初秋的時候最容易生病，妳的身子最近才慢慢好起來些，到底是孩子，實在是掉以輕心了。」大太太摸了摸齊眉的頭。「妳身邊的子秋也真是，看著是個極懂事的丫鬟，居然由著妳出來。」

齊眉搖頭。「是女兒非要過來的，許久沒和母親好好說話，心裡想念得很。」

大太太拈了塊糕點遞給齊眉，笑得眉眼舒開，都說女兒是母親的貼心小襖子，她生的兩個女兒一個性子冷情得要命，一個就弱不禁風沈悶得厲害，她有時候都奇怪這兩孩子究竟像誰。

看著母親溫婉的面容，齊眉接過糕點，細細的啃了一口，又扭著小身子窩在母親懷裡，咧嘴一笑，也清楚的看到母親有些紅紅的眼眶。

「最近好多達官貴人來府裡，齊眉也難得和母親說上話。」齊眉嘀嘀咕咕的。「到了九月底會不會就好些了？」

本來的笑意僵在唇角，大太太猛地看著齊眉，孩童的笑容映入眼簾。

「聽誰說過九月底會不一樣，齊眉才猜會不會九月底有什麼事。」齊眉又道。

大太太笑了笑。「妳身邊的丫頭倒是消息靈光得緊。」

齊眉不明所以的看著大太太，大太太又道：「九月底的時候記得是妳季祖母的生辰，也不知道會不會做日子。」

「季祖母不知道喜歡什麼。」母親並不願意說，齊眉便也沒往下問，反倒是當真了一般認真地問起來。

前世她和季祖母走得近，怎麼會不知道季祖母是臘月生的。

長輩和祖輩間的糾葛不是她可以管得了的，只不過對於二姨娘，齊眉越發的上心。

「母親的嗓子好似有些沙啞，用不用叫新梅拿潤喉的梅子來？」齊眉關心地問道。

大太太頓了下，笑著搖頭。

已經夜深了，齊眉讓子秋去朱武園裡說了聲，便在大太太這兒睡下。

那幅皇上御筆親寫的字帖，老太爺頭一日就命人掛在了正廳裡。

遞了拜帖來府裡的人都能看到，這日老太爺命鶯柳過來東間把齊眉叫了過去，路上的時候齊眉問起了他的情況。

鶯柳笑著道：「陶家度了這場劫難，老太爺的倔強態度也改善了許多，奴婢偷偷和嚴媽媽也說過。老太爺這些日子都是主動要服藥的，而不是平時喝一次得摔個三、四碗才能下肚的陣仗。」

齊眉笑著搖頭。「祖父怎麼比我還要怕喝藥？」

「老太爺並不是怕喝藥。」鶯柳聲音卻是低了下來，抬眼看著齊眉亮亮的眸子。「奴婢是說，老太爺怕喝藥的時候模樣可像孩童了。」

老太爺的屋裡，鶯藍正把門簾撩開，用珠子串掛在門的兩頭，側頭看到齊眉，忙福身行禮。

門口旁的丫鬟道：「五小姐來了。」

齊眉邁步進去，就聞到一陣濃郁的藥味，和其他那些聞慣了藥味的丫鬟一般，齊眉並不覺得刺鼻。

神色自如的走到老太爺坐著的臥榻旁，柔聲道：「祖父。」

「來了啊。」老太爺似是心情不錯，拍拍臥榻的另一頭讓她坐下。

齊眉顯得有幾分拘謹，只坐了臥榻的一小半位置。

「妳也不怕捧著。」老太爺笑了起來。「蕊兒偶爾過來，都是嚷嚷著這裡味道難聞，抱她來臥榻上，也是一屁股就坐下去了。」

「八妹妹性子率真。」齊眉掂量著回答，不知曉這一番前來會有何事。

「她性子率真，但妳也很好。」老太爺又咳嗽起來，齊眉忙過去幫他拍背順氣，老太爺側頭笑道：「要說府裡啊，最貼心的小輩只有妳了。

「對妳，我們都是有虧欠的。」老太爺的語調竟是傷感起來。齊眉覺得莫名又不知該問什麼。

「今日御史大人一家來了，妳知道那個居大少爺說了什麼？」

齊眉眨著眼，她怎麼會知道居玄奕說什麼？前日就聽母親說了居家要來，畢竟居家這次亦是幫了大忙的。

雖然寫血書是步驚險的棋，但若不是御史大人見了祖父咳血，靈光一閃的提議，怕也難得想到。

之後皇上壓著怒氣未發，眾人都避諱著，御史大人也沒來過，本來人都是這般，沒有比保自己的命更重要的事，陶府那時候在風口浪尖，一個不小心就會跟著墜入懸崖，連是世交的阮大學士都只送了幅字帖過來。

這都是人之常情，看得出，陶家和居家的關係越發的好，老太爺今天也特地出來和御史大人說話。

雖然前世不是因得這樣的事情而好起來，但兩家交好在齊眉的印象中是確實有的，不然陶蕊也不會歡歡喜喜的嫁給了居家大少爺。

「不知道怎麼話題落到妳的身上。」老太爺搖搖頭。「那小子說起妳，絲毫不掩飾欽佩的意思。」

「欽佩？」齊眉訝異地重複。

「妳在莊子裡最後那晚的事，居家是知道的。」老太爺看著她，眼裡帶著憐惜。「那小子說外人都說陶五姑娘是病殼子，弱得一陣風都能吹倒，陶家也不管她，任她在莊子裡靜養，卻養出了一副傲骨。」

齊眉沈默下來。

老太爺也不多說，站起來讓齊眉扶著他去園子裡走走。

走到外邊，花花草草鬱鬱蔥蔥的景象甚是賞心悅目，這個時候的天氣是最清爽宜人的，不燥熱也不凍人，帶著些清新味道的微風吹過來，只讓人覺得心曠神怡。

齊眉不由得想起那時候陶蕊嫁給居玄奕，那是她唯一一次耍脾氣，稱病不能前去，只先送了禮，而後讓迎夏偷偷去街上看，迎夏說迎親的隊伍長長的有半條街，新郎官坐在馬鞍上，目如朗星。一對璧人，一個明眸皓齒千嬌百媚，一個器宇軒昂品貌非凡，人人都道是門當戶對。

齊眉記得她嫁人的時候，一頂轎子抬進門，敲鑼打鼓都靜悄悄的，那時候旁人也是這麼說的，一個病痨子，一個癡傻兒，也是門當戶對。

心裡不由得酸楚，這一世，她不會再嫁給那傻子，她也要有自己的幸福，而不是任人擺布。好在她並沒有失了名節，身子亦是愈見好起來。

祖父到底是老了，走了一陣身上就出起虛汗，齊眉扶著他坐到亭子裡，鶯柳忙端了茶點過來，老太爺笑著讓她去把屋裡的小匣子拿過來。

匣子打開，裡邊是一支笛子。

「祖父想聽妳吹笛。」老太爺把笛子遞給齊眉。

沒有推託，齊眉微微福身，唇觸上笛口的瞬間美妙的旋律流淌出來。

依舊是老太爺的那首曲子，一曲畢了，老太爺不由得鼓掌。

「若說妳這曲藝，不比宮裡的樂師差。」老太爺滿是誇讚的語氣。

宮裡的樂師選拔是尤為嚴格，除了本身造詣高以外沒有絕技是進不去的，老太爺把她與宮裡的樂師比，是真心的稱讚。

「怎麼會吹笛的？」老太爺又問道。

「在莊子裡的時候閒來無事，也不能時時刻刻看書，不然眼睛要壞的，孫女身邊的兩個丫鬟就去市集裡買了支笛子來，孫女天天擺弄，久而久之就會了。」齊眉臉不紅心不跳地說著。

對於她在莊子裡的事，劉媽媽和梨棠已經死了，而子秋和迎夏對她有多忠心自是不必說，所以莊子裡的事她想怎麼說便能怎麼說，誰也問不到別的。

陶家這廂說起了居家，而居家正廳裡，居老太爺、大老爺和大夫人也在說著話。

居大太太笑著道：「陶家真真是好福氣，莫不是武將之家就真比別人要硬氣幾分？血書這樣大的事也沒能打垮他們，眼下更是徹底翻了身。」

居大老爺道：「妳道這就能翻身了？血書是險招，但也不是什麼過了還能翻身的道理。」

「這話怎麼說？」居大太太不明白。

「婦道人家就不要問朝裡的事了。」居大老爺擺擺手，門口一個身影進來，居大太太也沒因為剛剛大老爺的話生氣，熱絡的招手。「奕哥兒過來。」

「祖父、父親、母親。」居玄奕一身錦緞，神色間帶著疲累。

居大老爺卻背過身，居大太太拉了一把居玄奕。「你父親在氣什麼，你知道的。」

「父親。」居玄奕走過去，聲音低沈了幾分。「今日在陶家，兒子說起了陶五小姐。」

「嗯，你知道錯就好。」居大老爺轉過身。

「兒子沒錯。」之後接的話讓居大老爺差點噎到，居玄奕卻挺直著背。「兒子知道父親氣的是什麼，陶五小姐是怎樣的人，兒子很清楚。」

「你！這個陶五姑娘你才見了幾次？你清楚個什麼，這話要讓人聽了得怎麼說？」居大老爺著實被氣到了。「明年開春的文試，你若是不過的話，就禁足一個月，看你還想這些七七八八的東西！」

「難不倒奕哥兒。」居玄奕仰著頭，胸有成竹。

「其實說起來，那個八姑娘討人喜歡得多，她上次在家裡護著她姨娘的模樣，我就覺得不錯。」居大太太說著又嘆口氣。「可惜了是個庶女。」

居玄奕沈下臉。

「奕哥兒生得這般好，阮家看上了陶八姑娘，那才是門當戶對。」居老太爺說的是陶蕊的庶女身分。

「奕哥兒呢？」居大太太這才發現居玄奕不見了。

門口的丫鬟道：「大少爺剛走。」

「妳去拿了藥膏送給大少爺。」居大太太想起了什麼，吩咐著邊上的丫鬟。

「奕哥兒的紅疹不是好了嗎？」居大老爺蹙眉。

居大太太嘆口氣。「哪裡這麼快就好了，他幾年沒犯過了，也不知怎麼地前些日子就又犯了紅疹，你平日都忙，我也沒與你說具體的。臉上的現下消了些，身上的那可還是不少呢。」

說著居大太太想起來那情形，眉頭比居大老爺皺得還要緊。

居大老爺想起來。「前段日子我去陶家的時候，陶五姑娘弄了薄荷桂花糕送過來，我當時吃了覺得極為爽口。」頓了下，又道：「莫不是奕哥兒也吃了？」

「應該不是吧。」居大太太不信。「奕哥兒會不知道他最忌諱桂花的？」

嘴上這麼說，居大太太不放心，和居老太爺、大老爺說了會兒話，動身去了奕哥兒的園子。

在外邊就聽到奕哥兒的聲音。「把藥膏放到桌上，我一會兒自己抹。」

丫鬟給居大太太挑了簾子，奕哥兒看著母親進來，把手裡的書冊放下，起身福禮。

「剛剛還說著話，你就忽而不見了影。」居大太太笑著道，餘光瞥了眼桌上的書冊。

居玄奕道：「母親和父親說的話，兒子聽不懂，父親又說明年開春的文試不過就要禁足，太可怕了，兒子還不麻溜地回來唸書？」

「你啊，還是皮得厲害。」居大太太絹帕掩嘴地笑道。

見母親並沒有什麼特別的事，居玄奕又坐下來，低頭唸書。

居大太太見他認真的樣子，本來要問的話也作罷，都只是孩子，她現在操心那都是瞎操心。奕哥兒的路還很長遠，現在路旁的小花小草也攔不住什麼。

簾子落下，居大太太一路走遠。

屋裡居玄奕把書放下，一隻小麻雀撲棱棱地飛過來，啪地撞得跌落到桌旁。

居玄奕盯著小麻雀，伸手把牠握在掌心，小麻雀仰躺著傷得不輕，竹籤一樣細的小腳抽搐個不停。

「丁蘭。」居玄奕喚了丫鬟的名字。

丁蘭進來，看著少爺手裡的小麻雀，心裡一縮，以前有過的一次噩夢記憶瞬間湧入腦海。

有次在路旁撿了隻受傷的小麻雀，少爺那時候才五、六歲，蹲下來好奇地把小麻雀捧在手心，下一瞬卻猛地把牠砸到樹上。「弱者就沒有資格生存。」

丁蘭當時看得眼皮劇烈的跳動。

人人都說居家大少爺靈性十足又知書達禮，極少有人知道他真正的一面，丁蘭總在著急，大少爺再這樣下去，一定會成為一個暴虐成性的人。

「去拿藥膏來。」這回大少爺的話讓丁蘭訝異極了，照著吩咐拿了藥箱來，看著大少爺細細地幫小麻雀上藥，棉條撕得只有一縷地纏上。

大少爺站起來去外邊撿了些草和枝條，一炷香的工夫做了個小窩，動作輕柔地把小麻雀放了進去，而後繼續低頭唸書。

丁蘭從窗外悄悄看進來，少爺私下總是冷著臉，不知是不是這會兒外邊的光線過好，看上去面部線條柔和了幾分。

第二十四章

幾天過後便是九月底，齊眉去母親那裡的時候多了不少，偶爾幫著做事，讓母親尤為舒心。

二姨娘倒是再沒過來，去給老太太請安的時候抬頭見一次。母親就總是匆匆的拉著齊眉離去。

「母親您和二姨娘是不是有什麼事兒？」齊眉在幫忙整理書冊，昨日又招待了一家來拜訪的人。

母親困倦得厲害，手撐著在書桌上打盹，齊眉這一問讓大太太一下子醒過來。

「這幾日二姨娘和母親見了和陌生人似的，女兒看著覺得奇怪。」齊眉收拾好了書冊，站到大太太身後幫她捏肩膀。

小小的力道卻甚是舒心，大太太繃起來的神經也放鬆些。「都是過去的事了。」

齊眉眼睛一亮，母親的語氣鬆動了些。

「過去有什麼事兒啊？」齊眉把下巴枕在母親肩上，柔聲問著。

「都過去了。」大太太卻只有這一句。

齊眉想起前些日子在老太太那兒聽到她和二姨娘的話，母親不願意說，那祖母大概也不會說。

翌日齊眉陪了老太太一天，酉時起身回去，看著月色正好，想去花園裡走走。

迎夏喜歡偷懶，府裡的那些小道都被她摸了個遍，帶著齊眉抄近道，邊走邊說著話。

小道沒有別的人走，安靜得過分，迎夏卻害怕了起來，哆嗦地靠著齊眉。

前邊不遠處一陣窸窸窣窣，齊眉追了過去。

只見得樹旁一個小火盆，火還未熄，火盆旁擺著些果子和糕點。

有人在拜祭誰，齊眉眸子閃了下，蹲在火盆旁，裡邊的字條已燒盡，只剩下灰燼。

「哪個丫鬟在燒紙錢？」迎夏聲音揚高。

齊眉拉了她一把，搖搖頭。

只怕不是丫鬟燒的，看這果子和糕點，都是特意準備的，平日裡也難得吃到，丫鬟哪裡有這樣的本事。

不用齊眉去特意囑咐，只不過提了一句，子秋就開始著手悄悄打探。

下人們在每月初領月錢的時候會湊在一塊兒，前邊那好幾個月下人們領月錢的時候都是安安靜靜的，領了後大抵都是垂頭喪氣，有的人脾氣躁些，暗暗地躲在一旁，數了後憤憤地罵幾句。

子秋這次去得很早，不過比她更早的下人都有，站在門口紮堆兒，個個都在嘰嘰喳喳的好不熱鬧。過了會兒，人都來齊了，無一不帶著期待的神色。

陶家這次翻了身，月錢怎麼說也會要翻個一、兩倍。

皇上這次送的禮裡邊最讓下人眼睛發亮的，就是白晃晃的銀子。

迎夏也有些興奮，她看上了街上一家珍寶齋的耳墜，與掌櫃的說好了這個月去買下來，今日起身洗漱，看著面盆裡的她，彷彿那耳墜已經戴在耳上，迎夏傻乎乎地笑起來，被進來的子秋看到，重重地敲了下她的腦袋。

月錢到了手裡，確實比以前的翻了一倍，一個、兩個下人翻倍那是小得不能再小的錢，但整個府裡所有人的月錢都翻倍那就是不小的數目了，瞧李管事那爽快的勁兒，也沒似平常那樣刁難他們，看來他的荷包這回是鼓得可以。

一旁那個皮膚黝黑的男子子秋有印象，正是倪媽媽的那個兒子，真如大太太先前所說，跟了李管事做事。

子秋捧著月錢，看迎夏笑得眼睛都看不見了，不禁搖搖頭，她們這些月錢還是被李管事扣過的呢。

匆匆地把月錢裝好，子秋把放到地上的籃子拿起來，招呼著姊妹們吃。

大家都心情好，平時對子秋的印象也不錯，都圍了過來，連那些婆子都探頭來湊一份。

子秋笑意吟吟地把籃上的白布掀開，還冒著熱氣的糕點呈現在眼前，香噴噴的味道讓下人們肚子裡的饞蟲都被勾了起來。

為了等月錢，都是一大早的就來，現在已經是辰末。子秋見她們的模樣，笑著把糕點端出來。「各位姊妹都好好吃。」

包括迎夏在內，都伸手去拿，吃得眉開眼笑的。

「子秋姊，這個糕點可真好吃，以前從沒見過這樣的。」迎夏嘴裡還吃著東西，說話含含糊糊的。

子秋點了下她的腦袋。「瞧妳這猴急的模樣，我也是昨日偶爾聞到這糕點香味特別，估摸著做出來的。試了一塊覺得味道很好，反正我也閒著，就做了來分給大家吃。」

「好妹妹，知道我們領了月錢，正餓得前胸貼後背。」一個年長的丫鬟剛吃完，細細的擦完嘴後笑著拍拍她。

子秋始終笑得溫溫柔柔的模樣，直到籃子裡很快地空蕩蕩的，大家領了比平時多的月錢，又吃了好吃的糕點，心滿意足地離開。

迎夏先回了東間，一進去就跟齊眉說月錢發得比平日要多，眉開眼笑的樣子讓齊眉也不自覺地跟著笑。

迎夏這樣的人，前世和今生都是過得開心的，順順當當並沒有起伏，心思單純且特別容易滿足。

有時候，齊眉真的很羨慕她。

「對了小姐，子秋姊說要晚點回來。」迎夏把月錢捂得緊緊的要出去，忽而想起了這個又回頭咧嘴一笑。

齊眉不由得噗哧笑出聲。「好了好了知道了，妳快去把妳的寶貝錢藏好。」

輕柔的腳步聲由遠而近，齊眉回頭看著子秋福禮，迎夏也跟了進來，滿臉苦惱。

「月錢可藏好了？」齊眉想起她剛剛的模樣還有些忍俊不禁。

子秋嘴角也有著笑意。「奴婢回來的時候看到她還在耳房裡，大概還在愁要藏到哪裡才妥當，見奴婢回來，就又說要跟過來看看。」

「妳的月錢啊，藏在我這兒最妥當。」齊眉打趣著道。

「啊？」迎夏訝異地抬頭，眼睛瞪得圓溜溜的，和那樹林裡常見的小兔子一樣。

齊眉和子秋實在被她逗得不行，笑了半天迎夏才回過神，臉都臊紅了，大抵是沒想到會被笑成這樣，誤會了的迎夏一跺腳就跑了出去。

「妳等會兒把這個拿給她吧。」齊眉把錦盒拿出來，遞給子秋。

兩人開始說正事。

子秋低聲道：「奴婢昨晚連夜做了和拜祭地方一樣的糕點，今日領月錢，大家都在，帶著糕點送給大家吃了。」

「是誰？」齊眉挑了挑眉，直接問重點。

「是吳媽媽，當時奴婢看著每個人，只有吳媽媽的表情遲疑了一瞬。」子秋說著聲音壓得更低。「奴婢悄悄跟著她離開，吳媽媽回了園子，徑直去了廚房，把丫鬟們都叫出來，不是平時的憨厚樣兒，扯著她們的耳朵問，幾個丫鬟都哭了。」

「哭著說了什麼話？」

子秋想了想，也不是很確定。「雖然是在園子口聽的，但還是隔了距離聽不真切，有個小丫鬟似是剛來不久，被吳媽媽擰得大叫，說絕對不是她胡說出去的，還有拜祭、旁人的話，委實是隔得遠了，不然奴婢一定聽個明白。」

小丫鬟那麼說，再加上吳媽媽的舉動，那昨晚拜祭的人就是二姨娘身邊的人無疑，那糕點也不是隨便就能做出來的……

昨日其實仔細看了會兒後就覺得懷疑，拜祭的水葡萄是午後去陶蕊那裡才吃過的，若果是拿來拜祭，那吳媽媽怎麼會粗心得給陶蕊吃，那是觸了多大的霉頭，只怕是當時焦急，怕陶蕊說出些什麼來才急著進來阻止。

齊眉心思轉了幾番。

昨日拜祭的人與二姨娘有關，而且關係還很深。

這事兒她急不得，齊眉囑咐了子秋幾句，讓她退下了。

子秋拿著錦盒去了耳房，迎夏背著身子不理她。

子秋笑著哄。「妳還真生氣了？」

迎夏不回話，只留個一看便知氣沖沖的背影給她。

子秋早摸透了迎夏的性子，見她不理人，便自顧自地坐下來，收拾著屋子。

果然，聽著身後沒有響動，迎夏耐不住的轉頭，子秋竟是收拾著自個兒的床榻。

「子秋姊，小姐怎麼能那樣取笑我？」迎夏鼓著腮幫子，氣得不輕，拉著她的衣裳。

「姊姊也取笑我，這個我也是生氣的。」

「這樣還氣不氣了？」子秋笑著把錦盒遞給她，迎夏狐疑地接過去，面上仍是氣得有些紅紅的，細細一看，眼眶還有些濕潤。

打開一看，迎夏便張大了嘴。「這不是珍寶齋的那耳墜！

「子秋姊妳真好！」迎夏說著就要抱住她。

子秋笑了笑。「我哪裡買得起？這個得省吃儉用起碼三個月才買得下來。」

「那是誰買的？」迎夏眼睛忽地瞪大。「子秋姊，妳該不是去偷來給我的吧？」

子秋當頭一個爆栗。「這是妳剛剛生氣得要命的小姐買給妳的。」

迎夏先是一臉驚喜，而後嘟起了嘴。「小姐打趣了我，又買個耳墜來哄。」

「小姐前些日子見妳瘦了，問我怎麼回事，我便告訴了她，雖然小姐不能出府，但當下就掏了銀子出來讓我去買下來給妳，我去買的時候掌櫃的說了，已經有人預定，小姐竟是猜準了，讓我多出了一倍的價錢，掌櫃的立馬就把耳墜拿出來了。」子秋拉著迎夏坐到床榻邊。

「別的主子這樣做，我大概會猜是不是有別的心思，五小姐就肯定不會，她是看著妳為了那耳墜都不吃飯了，心裡疼。記得那時候在莊子裡，妳也和小姐出生入死，妳為了不讓小姐被擄走，寧願代替她，主動從床榻下邊滾出去讓賊人抓住的事小姐都一直銘記在心。」

「姊姊怎麼知道？」迎夏訝異地問道。

「小姐與我提起過幾次，每次都很感激，我都沒想過小姐能記得那麼清晰。」子秋說著起身去把窗戶推開，清涼的風一下子吹進來，讓迎夏清醒了不少。

「妳我都沒伺候過別的主子，但都心知肚明，別的丫鬟過的是什麼生活，我們二人過的是什麼生活。」子秋靠在窗邊，入秋的午後還有著柔和的陽光。

「小姐是和我們自小一起長大，才不計較那些，剛剛只不過覺得有趣，放下主子的身分與我們說笑罷了。要知道就剛剛妳撒氣的舉動，這樣的主僕不分，不說別的，就說八小姐，若是妳服侍的是八小姐，現在說不準就去浣衣院洗衣裳去了。」子秋雙手抱臂，看著一愣一愣的迎夏。「妳說是不是？

「最後一點，其實小姐身邊的丫鬟是夠的，大太太不止一次的說過把妳退了去別處，小姐都不肯，第一次說的時候我剛好端著果子在外邊，小姐說『迎夏和子秋和我一起長大，在莊子裡的時候她們保護我，在府裡比不得莊子，我想保護她們，迎夏的性格去了別處，沒有好果子吃』。」

子秋說完，迎夏已經淚眼婆娑，手撫上耳墜，覺得尤為好看，也比想像中的要沈重。

進了十月，陶家這個香餑餑的熱乎勁兒還沒有消退，依舊有人送拜帖來，大太太忙忙碌碌的，平日用飯也都索性在清雅園裡，二姨娘那邊齊眉讓子秋注意著，卻是出乎意料的安靜。

不過讓齊眉覺得安心的是，饒是母親這兩個月這麼忙，換了以前只怕早就累垮了，可如今卻是臉頰都比平時要紅潤些，面對老太太的問話，母親笑著搖頭打趣自己。「媳婦這只怕是勞碌命，若是清閒起來的話反倒身子不好。」

「倒是特別。」老太太嘴角彎起來心情頗佳，從陶府翻身之後，老太太面上就時時帶著笑意。「大抵是皇恩浩蕩的緣故。」

有了皇上的「賞賜」，陶府內裡早已不是原先那樣坐吃山空，有了底氣，自然個個都氣色好，尤其是下人們出去採購的時候背都挺得筆直。

子秋帶來的消息幾乎已沒有什麼變化，二姨娘日日帶著陶蕊，看她畫畫，努力作詩。所拜祭的人是誰，去拜祭的人又是誰，齊眉始終得不到答案。

但既然並無什麼事，她本也沒法子去逼著誰露餡兒，何況都只是她心中的猜測。只要府裡還一切安好，那便是再好不過的事情。

不過先前的動亂讓府裡的小輩們都沒有先生教書，便也上不了學堂，只有二姨娘還這麼上心的每天鞭策陶蕊學東西，只怕還是在謀劃她婚嫁的事。

再過幾年，陶蕊就再不是好吃貪玩的小娃子，抿唇一笑的時候能把人的魂都勾了去，卻偏偏媚而不俗，舉手投足大方得體。

之後二姨娘扶正，陶蕊也自然而然的成了嫡女。再加上祖父被追封濟安公，來求親的人簡直是踏破門欄一般。

但陶蕊獨獨就只對居玄奕鍾情，齊眉心裡也承認，陶蕊和居玄奕站在一起，饒是再美的花兒都能被他們比下去。

反觀自己……齊眉拿起鏡子，鏡中的女娃面色好了不少，大夫每月都來把脈，卻都是搖頭說她身子底太差，饒是看上去似是好了，也不過是表象。稍有疏忽，後果不堪設想。

到了除夕這日，吃過年夜飯，小輩們去點炮仗玩。齊勇跟著大老爺去巡視了，最大的小輩只有齊賢在。

小姐小哥兒們都跟著齊賢在夜色下追逐奔跑。平時這個時候即使不覺得困倦也一定會被趕上床睡覺，可今日不同，剛剛在花廳裡，老太太開了口，一晚上不睡都成，可以儘量玩得開心。

耳邊都是噼哩啪啦的炮仗聲，陶蕊高興極了地拉住齊眉，拚命的四處跑來跑去，眉開眼笑的活像個娃娃。

齊眉忽然捂住了胸口，站定身子，陶蕊不解地看著她。「五姊姊怎麼了？」

「有些不舒……」齊眉還沒說完就喘了起來，剛剛還笑笑鬧鬧的姊妹和二哥都圍過來，婆子急急的去稟報老太太和大太太，大太太親自過來，齊眉已經坐在石桌旁，齊英站在她邊上，拿著帕子塞到她手裡。

齊眉剛剛拿了薄荷香囊出來聞，抑制住了哮喘，不過面色卻蒼白得厲害，手有些發抖，帕子都接不穩地一下掉到地上。

齊英皺著眉頭蹲下來撿起。「妳真是。」

陶蕊看著五姊虛弱的樣子，心裡多有愧疚，她從沒見過齊眉發病的模樣，都怪剛剛玩得太高興，什麼也沒顧上。

陶蕊怯生生地拉著齊眉。「五姊姊沒事了吧？」

齊眉看著她癟嘴緊張的模樣，扯出一個笑容。「沒事的，我先回去歇息一下。」

大太太還是擔心齊眉的身子，乾脆送她回了東間，守在屋裡的迎夏把爐火燒得旺旺的很是暖和，窗戶大開所以屋裡也不悶。

大太太讓迎夏去打了盆水，幫齊眉擦了虛汗，又讓迎夏服侍她換好了褻衣，反覆囑咐了幾遍注意身子，這才離去了。

回到花廳，老太太似是有些掛心。「不是之前看著氣色都好起來，我還以為她病好多了。」

「也沒有，大夫每月都來診治，這個病鬧不好就是終身的，馬虎不得。」大太太本來因得新年要到來的極好心情，這下也只剩得無盡的擔憂。

「可惜了。」老太太這話也不知道是指的什麼，還不讓大太太細想，老太太又道：「齊眉這幾日也寡言得厲害。」

大家都忙著過年的事，來陶家拜訪的人近日已經只剩一、兩家，那都是小戶人家，家裡都有兒子要考明年開春的應試，趁著這股風想要湊上來和大老爺說上話，大太太都婉拒了。

「大抵是想起了去年這個時候的事兒。」大太太聲音柔和地說。

老太太卻是一聲重重的嘆息。「也是，若是換了別人也難得過這道坎，她又心思細膩得厲害……」

「媳婦還要多謝母親讓齊眉留下，若果齊眉回了莊子，只怕也難得像現在這樣過著好日子。」大太太想著過去的事，心中酸楚，一時之間也沒顧得自己說了什麼。

老太太眼睛半合上，竟是沒生氣。「我知妳怨恨我把她送去莊子裡靜養。」

大太太這才反應過來，連連搖頭。「媳婦不是這個意思。」

「妳就是這個意思，那時候把齊眉送去莊子，馬車才剛出府，妳就把自己關在屋裡，哭了一晚上。」老太太聲音沈穩，卻又帶著些波動。

「老實說，我原先確實是不喜歡齊眉這個孫女，她一出生我就病得厲害，她一被送去莊子，我又很快地好了。」老太太說著嘆口氣。「宛白娘家特意重金請來的相士算了她八字，沒有一處不是剋我和陶家，我也是沒得辦法。」

「但齊眉回來後，府裡雖是遭了大事，虧得先祖庇佑也最終逢凶化吉，媳婦想，相士之言也並不能全信，何況……」

大太太話裡的意思很清楚，雖然沒說全，也讓老太太有些訝異，抬眼看著她。「妳這個也提起來……」

說得有些渴，大太太忙端了茶給老太太，老太太喝了幾口才慢慢地道：「我明白妳要說什麼，齊眉回來後並沒有剋陶家，反而機緣巧合的幫著家裡過了道坎。」

之所以說是機緣巧合，也是因為老太太和大太太並不知道齊眉早就猜測到「先生」的身分，只覺得她是誤打誤撞地把絹書讓二皇子藏起來。

齊眉正雙手抱膝的坐在床榻上，大敞著的窗外，月亮高高的掛在被點點星光綴滿的夜空上，本來乾爽的身上又布了密密的虛汗，迎夏在外頭守著，簾子被風偶爾吹起，看著她搬著張椅子坐在門口，腦袋一栽一栽地打瞌睡。

齊眉自己打濕了帕子，把額上的汗擦掉。

年初二的時候，阮家就過來了，大太太老早就有準備，絲毫沒有怠慢一點。

阮大學士和大老爺坐在書房裡閒聊，等到丫鬟端了茶水糕點進來，大老爺揮手讓屋裡的人都退下。

「宮裡最近很是安靜。」大老爺抿了口茶。

阮大學士笑了笑，道：「宮裡哪次不是出了個大事後就會安靜好一陣子？小人們要作惡也得有時間準備準備，我讓御史大人也幫著看著，他的消息是最多的。」

話出口，大老爺的臉色卻變了下，前半句的那個大事指的還不就是陶家前段時日的劫難。

幾個月過去了，大老爺每每想起來仍是心有餘悸，握著茶盞的手心也微微出汗。

阮大學士寬慰著。「陶家是武將之家，你當時在殿前的勇氣已然讓我嘆服，若換得是我，別說當眾讀那血書，只怕光是捧在手裡就得抖得跟篩糠似的。」

「你也別把自己說得那麼膽小。」兩人交情極深，說起話來也甚是自如，大老爺擺擺手。「若是你站在我這個位置，你再怕也會有這樣的勇氣。

「一眾老小的命都在肩上，若不把自己的命搏出去，那就什麼都沒了。」

花廳內，老太爺今兒個也出來了，昨日除夕跟著家人們一起用了年夜飯，這會兒也氣色不錯的坐在主位上。

齊眉看著他偷偷地喝了口酒，那躲躲藏藏的樣子讓她捂住嘴笑起來，心情也跟著好一些，不過這笑聲卻把老太爺給賣了，本來轉頭和二姨娘說話的老太太猛地起身，把老太爺的酒杯收起來。「老爺真是的，說了不許飲酒，一會兒不注意這還偷偷的喝上了。」

老太爺撫了撫朱紅的棉袍，儘量保持著面部線條。「我也是想喝一口，大過年的，瞧孩子們都玩得這麼開心，過年的時候喝口酒也是沒有錯的。」

從未見過這樣帶著孩子氣的老太爺，齊眉笑得眼睛都彎了起來，礙著老太爺的面子，阮家饒是想笑也只能忍著，個個面上都帶著隱忍的笑意，齊眉忽而隱隱覺得有人在看著她。

循著目光的方向望過去，又什麼都沒有。

阮家今日不只是帶著阮成淵過來，還有阮二少爺阮成書、阮三小姐阮成煙。

阮大學士見著這會兒氣氛好，便讓自家的小輩去給陶家兩位老人拜年。

陶家自是早做了準備，阮二少爺和阮三小姐一起走到老太爺和老太太跟前，兩人的聲音都還是孩童的稚嫩，拱手作揖，深深地躬下身子。

聽他們兩人那漂亮的祝福話，大抵是事先準備了好一番的，阮二少爺更是作詩一首贈予陶家。

阮三小姐也把連著幾日趕出來的繡圖遞上去送給二老。

老太太連連稱讚。「阮三姑娘可真真是一雙巧手，我們家的這些皮孩子哪裡有這樣的耐心。」

從齊眉的角度隱隱看得到是雙面繡，一株不老松繡得維妙維肖，美中不足的是少了些韻味，若是二姊來繡，那定能做到完美。

齊眉想著側頭看了齊英一眼，對方依舊是清冷的表情。

除了去年和二姊合力完成了二皇子的考題後，就也很少再特意聚在一起，不過二姊之後又補送了一個香袋來，雖然府裡暫時不會開學堂了，但齊眉也好好的收著。

最初對二姊的懷疑和不信任漸漸地消散了不少，尤其是仔細想起回府前的那段日子，二姊的所作所為或者並不是故意讓她回不了府，齊眉隱隱的覺得二姊是在幫她。

但二姊自始至終的冷淡模樣又讓她覺得困惑，記得前世有人取笑她，像陶二小姐這樣不苟言笑的性子，動不動孤傲得跟支竹子似的，也不知曉哪樣的男子能讓她心動。

誰也不知道這支孤傲的竹子之後會堅強得誰也折不倒。

「淵哥兒祝陶老太爺和老太太萬……萬……」

這聲音是阮成淵的，齊眉回了神，看著那個穿著玄色鑲邊寶藍撒花緞面圓領袍的男娃挺直著背，作揖說著祝福的詞兒。

抓耳撓腮的模樣越發的焦急，想了半天也不記得萬字後邊是什麼，轉頭求助的看著阮大夫人。

「萬事如意。」忽而眼睛一亮的想起來。阮成淵笑得咧嘴，一排整齊的牙齒露出來。

陶老太爺微微抿嘴，笑著點頭。

老太太一臉驚喜地道：「這幾個月不見，阮大公子著實是不一樣了。」

這也只是場面話罷了，十二歲的少爺了一個祝福的詞都說得坑坑巴巴，不過對癡傻兒來說已經算是不小的進步。

阮大夫人笑得有些尷尬。在出門的前兩日她就把淵哥兒拉到身邊，一遍又一遍地教他說萬事如意。她並不指望淵哥兒能說出什麼驚天動地的話，她只想能讓他在別人面前能顯出努力過的模樣。

淵哥兒還是站在原處，老太太給了他厚厚的紅包，淵哥兒拿了笑得厲害，老太太道：「這個可不是別的，拿了這個紅包包就能換好多糖塊兒吃。」

阮大夫人一下子心裡落寞得說不出話，陶老太太不是惡意，但自個兒卻真的看不得淵哥兒這個模樣，現在屋裡的人都在笑的樣子，甚至連傳聞不苟言笑的陶二姑娘都抿緊嘴唇，阮大夫人有了打道回府的念頭，抬眼的時候目光不經意的看到角落的那一抹淡粉，齊眉正側頭和一旁的丫鬟小聲說話，也不知道在說些什麼，大抵也是在笑話淵哥兒。

那丫鬟轉身把簾子挑起，一會兒就進來了一群小丫鬟給屋裡的人添茶。

話題自然的就轉到了別處。

這時候淵哥兒回到阮大夫人身邊，屋裡的人都開始說著最近的趣事，無人再注意他們，阮大夫人微微吐口氣，她這才明白過來，感激地看向陶五姑娘。

陶二姑娘正在和陶五姑娘說話，阮大夫人也就收回了目光。

「妳也是愛管閒事。」齊英的聲音冷冷的。

二姊是個聰明的，自是知道她剛剛叫丫鬟倒茶是什麼意思，齊眉笑了笑。「二姊不也加了句『讓丫鬟快些進來，很渴』？」

齊英扭過頭不說話了，面部有些僵硬。

氣氛一直好了下去，入夜的時候阮家人還未離開，齊春和齊露惦記著昨日的炮仗，噼哩啪啦的響聲一起，小輩們都會捂著耳朵四處亂跑大叫的感覺太痛快，兩人去找了季祖母要拿炮仗玩，季祖母側頭問老太太。「姊姊，這兩個小丫頭又要胡鬧。」

「由孩子們去，一年也才胡鬧這一回。」老太太笑容可掬。

齊春、齊露得了令，歡呼著讓小廝把炮仗抱過來，小輩們一起去花園裡點燃了玩。

齊賢手背在後邊，低聲道：「六妹、七妹注意著火，別站近了！」十足的小大人模樣。

齊眉站在最後邊，她挺怕炮仗的，聲音太響，也不知道會不會濺在身上，這種未知的感覺讓她覺得一點兒都不好玩，但姊妹們那般開心，連阮家三小姐也笑得酒窩都露出來，捂著耳朵跟著齊春、齊露四處跑，阮成淵更是高興得蹦蹦跳跳，完全跟個三歲小孩一般。

齊眉便沒掃了大家的興，站在假山旁，能遮住些過分的響聲，但也剛好遮住了她一半的身子。

其實大戶人家的小姐喜歡炮仗這玩意兒，無非不過是壓抑的性子能得到抒發，哪家的小姐都是要規行矩步，唯一能毫無顧忌釋放心情的時刻說起來少之又少。

阮二少爺嘴角含著溫潤的笑意站在一旁，齊眉不由得往一邊挪了下，這個阮二少爺生得一副好容貌，劍眉星目的卻讓她絲毫好感都無。

前世嫁入阮府，她只要遇上阮二少爺就繞道走，這個人不知道為何總讓她覺得渾身不快。

事與願違，阮二少爺卻偏偏側頭衝她笑了一下，齊眉身子縮了縮，扯出一個淡淡的笑容。

「聽說五姑娘的薄荷桂花糕做得很好吃，夏日的時候吃上一塊能讓人霎時就清涼起來。」阮二少爺的聲音明明很溫潤，卻依舊帶著讓她不快的感覺。

「阮二少爺過獎了。」齊眉勉強地笑了笑。

阮二少爺進了一步，齊眉忙往後退，看著她明顯要隔出距離的樣子，阮二少爺不由得笑道：「五姑娘這樣排斥在下，莫不是以為在下是什麼牛鬼蛇神？又不會吃了妳。」

齊眉拳頭都攥了起來，前世因得她身子的緣故，大小慶宴都不曾從閨房裡出來，沒想到阮二少爺從小就是這樣的性子，仗著邊上沒有長輩，婆子、丫鬟也只照顧著前邊的小姐和少爺們無暇顧及，竟然就這樣出言調侃她。

齊眉的臉色微青。「阮二少爺請自重。」說著又往後退了幾步，身影從假山的遮掩裡出來。

「我只是與妳說幾句話，有何不可？五姑娘未免也太過小家子氣了些。」阮成書的笑容被月光染得添上幾分邪氣。

齊眉正要發作，忽而一個身影跌跌撞撞的過來，她都沒有來得及看清，阮成書就被撞倒在地上，形象全無。

「哈哈像個大烏龜！」始作俑者歡快地笑著，並不覺得自己做了什麼，拍著手指著地上的男孩笑話。

阮成書看清了人，氣急的站起來。「你這個！」說著就推了阮成淵一把。

齊眉一直在旁邊看著，倒沒想到阮成淵雖腦子不行，但動作倒是快，阮成書伸手推他的時候俐落地一個閃身，撲通一聲，阮成書落水了。

第二十五章

鬧出的大響動把正在那邊玩的人都驚動了，婆子們看著掉落在水中的阮家二公子，驚慌得不行，小廝們趕緊拿竹竿過來，幾個婆子匆匆地趕去花廳。

阮成書不諳水性，而且對水有恐懼的心理，池塘的水並不深，他卻驚慌無比地撲騰，幾次都沒抓得住那竹竿，小廝們面面相覷不知道如何是好。

「你看清楚，這池水只及你的膝蓋上一些，壓根兒淹不死你。」齊英冷冷地道，直接拿了小廝手裡的竹竿伸過去，戳了他幾下，阮成書吃疼，這才清醒過來，拉著竹竿站起來，池水果然只到大腿的位置。

阮大夫人和大太太得了消息趕過來的時候，正看到阮成書這副狼狽的模樣。

「你這是做什麼？」阮大夫人語氣極為不好，走上來就是興師問罪的語氣。

阮成書從沒丟過這麼大的面子，到底年紀不大，臉皮掛不住，幾步走到池岸邊手撐著一下爬上來，站起來低著頭。「母親，是成書走在池邊，看著花園裡的美景一時沒注意腳下的路，便滑了下去。」

阮大夫人狐疑地看了看其餘在場的小輩們，大太太見著阮二公子身上濕了大半，瑟縮發抖，而本來梳得整齊的髮髻也凌亂地散下些烏髮，忙道：「池子裡的水比這天兒還要凍人，先讓丫鬟帶著阮二公子去暖和暖和身子，換一身衣裳吧。」

阮大夫人瞪了眼把頭都要埋到腳底的阮成書，轉頭對著大太太卻是轉了語調，柔聲又帶著歉意。「書哥兒在陶家失禮了，難得陶大太太不計較，不過也不知曉方便嗎？」

齊眉看了阮大夫人一眼，她一上來就責問阮成書，連母親都提出要趕緊讓他去換衣裳，阮大夫人看似是客氣的詢問，實則倒更像是在拖延時間。這樣下去，嚴重起來，說不準病得一、兩個月出不了家門都有可能。

想起初春的應試，阮成書也要去的，他性子雖然不討人喜歡，但肚子裡還是有幾分墨水，不過可惜了更多的是壞水。

齊眉看阮成書凍得嘴唇都發白了，阮大夫人這時候才和母親客氣完。

大太太囑咐著婆子。「把阮二公子帶到書房去，那裡一直燒著炭火，裡邊很暖和，賢哥兒的個頭和阮二公子差不多……」

齊賢忙上前一步拱手。「正好新做了一套冬衣，前日試穿了一次。若是阮二公子不嫌棄的話，穿我那套吧。」

阮成書哪裡還有什麼嫌棄不嫌棄的，他現在恨不能立即鑽到爐子裡烤成黑炭都行。

被婆子匆匆帶走，阮成書的頭始終低得很低，大太太讓齊賢也跟了過去，把冬衣拿給阮成書。

小輩們這才圍過來，齊春和齊露揪著大太太的衣裳。「大伯母，剛剛嚇死人了。」

「快呸掉！」大太太點著兩個小女娃的腦袋。「大過年的怎麼能說這樣不吉利的話，回去告訴妳們姨娘去！」

齊春和齊露果真呸了幾下，認真得要命。

在回花廳的路上，阮大夫人又說了幾次道歉的話。「書哥兒最近忙著春試，大抵是練得過頭了腦子不清楚，文考武考到現在也不知道他要考哪個，不過連除夕夜他都捧著書在邊上唸呢。」

「那哪裡看得清楚？」大太太掩嘴笑了起來。

阮大夫人也跟著笑。「哪裡知道他，外邊黑燈瞎火的就捧著本書。像陶大公子那樣天資極好的，武試定是能拔得頭籌。」阮大夫人提起了齊勇。

大太太眉開眼笑的，但嘴上還是謙虛。「這麼多公子哥兒不說，就宮裡武弘學堂的孩子們就聽說個個都厲害得緊，勇哥兒只要能差不多就行了。」

齊英在後頭小聲地問齊眉剛剛怎麼了，齊眉卻只是搖搖頭道：「沒事兒。」

阮成書出言調侃她，若是換了以前的她，只怕剛剛就驚惶無措地拉著大太太哭訴。但現在的齊眉清楚，這事兒傳出去了不利的只有自己，雖然阮成書會被責罵，但她的名節也會受影響，遇上幾個嘴碎些的，十有八九會要嫁給這人。

「妳也要小心些，看妳身子板還這麼瘦弱，也難怪被人欺負。」齊英的話讓齊眉眉頭微微動了下。「我剛轉頭就看到妳蹙著眉。妳一生氣了就這表情，還沒來得及反應，就見著阮大公子跑過去，一下子把那個二公子好玩似地推倒，倒是陰差陽錯地給妳解了圍。」齊英說著抿抿唇。「個個都嫌棄傻子，我看有些人傻子都不如。」

這時候已經走到花廳，丫鬟把眾人領進去，老太太問道：「阮二公子沒事吧？」

「謝老太太關心，書哥兒就是見著花園的景色美，一不留神沒注意底下的路，滑了一跤。」阮大夫人笑著答道，把阮成淵帶到身旁坐下。

老太太道：「說是落到水裡了，這外邊天寒地凍的。」說著把鶯翠招過來。「快給二公子煮碗薑湯送過去，先暖和下，不然得了風寒就不好了。」

阮大夫人擺擺手，側頭問阮大學士。「老爺，不如先回府吧，回去了讓大夫瞧瞧書哥兒，剛書哥兒已經被帶著去換了一套冬衣，這會兒快些回去的話還請得到大夫的。」

「也是。」阮大學士點頭，起身向老太太和老太爺告辭。

老太太也沒挽留，阮成書很快換了冬衣過來，低著頭向陶家二老告辭和道謝，老太太讓阮成淵又帶了一大把糖塊走，阮成淵一兜的糖塊，笑得眼睛都亮亮的。

上了馬車，阮成書悶不吭聲，阮成淵坐在一旁，細細地數著糖塊。「一，二，三……」

「你閉嘴！瞧你這點出息！」這輛馬車上只有他和阮成淵，衝著傻子發脾氣他並不能告訴誰，阮成書想起了剛剛的狼狽，可不都是這個大哥所賜。

阮成淵愣了一下，似是被他嚇到。

「算了，傻子怎麼會有出息。真不知道怎麼有你這樣的人，成事不足敗事有餘。生下來蠢成下人都不如的模樣也就算了，結果出門還要害自家人，也不知道是真心還是無意。」

說了半天，阮成淵的眼眸始終如潤玉一樣，沒有什麼波動，只在剛剛阮成書吼的時候發了一下愣。

一拳打在棉花上，阮成書也沒了興致，自認倒楣地坐在一邊，耳邊很快又響起了數糖塊的聲音。

陶家的人也很快各自散去，二姨娘先去了陶蕊那裡，陶蕊手撐著下巴，蹲在門口一下一下扔著石子。

「妳們都是怎麼照顧小姐的？外邊冷不知道？讓小姐在門口蹲了這麼久，是不是存心想讓她病一場？」二姨娘一看見就把陶蕊抱到燒著的爐子旁，涼涼的小手被她搓在掌心。

丫鬟們被狠批了一頓，低著頭大氣都不敢出。

吳媽媽等二姨娘氣消了些，端著熱茶過來。「主子，小姐也剛回來不久。」

「難不成她還去哪裡了？」二姨娘瞪了吳媽媽一眼。

吳媽媽忙道：「小姐實在是悶得慌，外邊炮仗的聲音在這裡都能隱隱地聽到，老奴便帶著小姐過去花園門口偷偷瞧了幾眼。」

「五姊姊他們都在那兒玩，就蕊兒一個人明明沒生病還要說生病了，悶在屋裡，冷冷清清的。」

聽著陶蕊說成語，二姨娘高興地瞇起眼，把她抱在懷裡。「這都是為了蕊兒好，蕊兒難不成想嫁給那個傻子？」

「當然不想！」陶蕊忙大喊出聲，又想到了什麼似的歪著頭。「放炮仗的時候，那個阮家的二哥哥和五姊姊一直在說話，不過離得遠了蕊兒也看不見他們的表情，但蕊兒都覺得那個阮家的二哥哥很討人厭，還好那個傻子把阮家的二哥哥推到池子裡了！」

二姨娘眼睛一亮，剛剛在花廳的時候可不是這樣的說法。

拉著陶蕊已經暖和起來的小手，二姨娘輕聲道：「蕊兒真的看見阮家二公子和妳五姊姊在說話了？」

「嗯！」陶蕊重重的點頭。「還總是離得近，五姊姊退一步，那個二哥哥就進一步的。」

哄著陶蕊睡下，二姨娘回了內室。

翌日清早，齊眉才剛梳洗好，外邊便有丫鬟道嚴媽媽來了。

現在還不到辰時，也沒遲了請安的時辰，齊眉有些奇怪嚴媽媽過來是為何，不過還是很快地起身。

簾子挑開，嚴媽媽進來，面上卻不是以前那樣的慈祥笑容，抿著唇的樣子有幾分嚴肅。

「小姐，老太太喚您過去。」嚴媽媽的聲音也比平日低沈。

齊眉有些疑惑的看著門外的迎夏，對方卻也只是搖搖頭。

離辰時還有半個時辰，老太太有何事非要急著先把她叫過去？

馬車行在路上，齊眉小心的問著：「祖母是不是腿又疼了？」

嚴媽媽頓了下，說道：「老太太並沒有什麼事兒，是小姐您自個兒的事。」

「我？」齊眉更是摸不著頭緒。

「昨日阮二公子落水，是不是和小姐有關係？」齊眉回府也有一年了，雖然嚴媽媽沒有服侍過她，但也對這個五小姐另眼相看，見她迷茫的樣子忍不住點了句。

轉眼馬車便到了門口，已經沒有時間問嚴媽媽別的，齊眉下了馬車，丫鬟領著她走了進去。

一進去就感覺到氣氛不尋常，偶爾會對她展露笑容的老太太現下坐在軟榻上，面無表情，鶯翠把茶盞遞過去，老太太只是揮揮手，不耐煩的樣子。

「祖母。」齊眉福了禮，聲音儘量平穩下來，屋裡只有她和老太太兩個人。

老太太眼皮抬了抬。

齊眉就這麼一直福著身，直到腰有些痠了，老太太的聲音才傳來。「先坐到邊上。」

內室裡安靜了好一陣子，只聽得爐火燒得噼哩啪啦的響。

一盞茶喝盡了，老太太才緩緩地開口。「昨日在花園裡，妳與阮家二公子在假山後邊閒談了些什麼。」語氣帶著說不出的嚴肅。

齊眉沒有料到老太太會這樣問她，但目清則心靜，老太太這樣的問法倒是讓她心裡清明了許多。

微微福身，齊眉下一刻撲通一下跪到老太太跟前，沈聲開口。「孫女並未與阮二公子相聊甚歡，只是阮二公子怕是平日在府裡嬌寵慣了，修身養性的功夫不盡如人意。」

老太太直接地問，齊眉便繞著彎地答。

「阮二公子昨日並未和小輩們一起放炮仗，而妳也沒有，我並不在那裡，但卻是知曉有些什麼事，阮二公子除了是個瞎的，才有可能一腳踩空落到池子裡。」老太太聲音沈冷。

「妳回府的日子轉眼已經一年，雖然妳年紀小，但在我心裡妳一直是個沈靜細膩的性子，與同齡的小姐是不一樣的。」

抬眼看著老太太，齊眉道：「阮二公子是怎樣的人，祖母定是一眼就能看清楚。」

門簾掀起來，嚴媽媽進來給老太太添茶，齊眉的茶還半點都沒有動過。

等到屋裡復又兩人，老太太面無表情的拿著案几上的一張字條。「昨日想著阮二公子的事便讓小廝送了信去問，阮家回過來說阮二公子病倒了，大半夜的請大夫過去看，是害了風寒，勢頭還不小……」

說著掃了眼齊眉。「若是妳有什麼害人的心思，那府裡只怕還是留不得妳。阮二公子品性是差，小小年紀就要自個兒身邊服侍的丫鬟暖床，逼得丫鬟要自殺。而他文試、武試都要考，也足證明這個人貪心得厲害。」老太太說著嘆口氣。「但這不代表妳也得把自己拉到與他一樣低的水平。」

「祖母……」齊眉看著老太太，訝異於這話裡透出的意思。

很快地，齊眉又道：「昨日假山旁的蓮花燈滅了，阮二公子與孫女要閒聊，結果大公子許是玩得有些過頭，蹦跳著過來把二公子撞倒了這才落到池水裡。」說著眼睛有些濕潤起來。「孫女並未和阮二公子說過什麼話。」

老太太吐了口氣，面上浮出些笑意，抬手讓她起身。

「我也就是問一句罷了。」老太太讓齊眉坐到身邊。

回了東間，齊眉輕輕地舒口氣，老太太對她的印象已經完全好起來，也願意相信她了。

快到春試的時候，府裡開始忙亂起來，大老爺成日都挑燈一整晚。有時候第二日直接換了官服就入朝，不能休息，眼圈都染了重重的黑色。

大太太看著擔心，又沒得法子。

即使這麼忙，大老爺也會隔三差五的把齊勇叫到面前，看他練武，帶他出去十分嚴格的審查他的馬術。

齊眉還見過父親看著大哥練箭，明明中了紅紅的靶心，父親卻依然不滿意。

「你可知道這一次的武舉裡，與你一樣年紀的人，都能把靶心刺穿的。」

陶家三代為官，若是到了小輩這一代，又能中得武狀元，那自古以來四代為官他們就是頭一家，對國這樣的赤膽忠心，是要被寫入史冊的。

這個清晨，外邊敲鑼打鼓，老太太領著眾人一起站在門口，看著小廝興高采烈的跑進來，邊跑邊喊。「大少爺中了武狀元！」

府門口一下喧譁起來，饒是齊眉已經知道齊勇是一定中了的，也不自覺地牽起嘴角。

老太爺本來繃緊的神經也放鬆下來，大太太雙手合十，連連謝著菩薩。

齊勇回來的時候外邊的動靜更是不一般，有些人得了消息跑過來要看全京城裡第一的狀元郎。

坐在馬上的齊勇唇輕輕抿著，濃眉下的一雙眼毫不斜視，手握韁繩狠狠地一勒，馬仰著脖子長嘯一聲，停在了門口。

利索地一個跨步下馬，穿著換上的狀元服，齊勇尤為英姿颯爽，十四歲的男子本就成熟了許多，舉手投足間還透著股大將風采。

花廳裡，得了消息後，大太太就命人去把狀元紅拿過來，狀元紅是在齊勇出生之時釀造，待到其學有所成或是功名集身便要拿出來開封飲下。

端著剛開封的狀元紅，府裡的人都看著齊勇，他一把拿過酒罈子，咕嚕咕嚕地喝著。

飲下狀元紅的時候，一口氣喝完，博的不是什麼豪氣干雲的話語，而是一份極好的彩頭，弘朝還未有誰能一口喝下一罈子狀元紅，齊眉看著大哥的模樣，有些擔憂地攥起帕子。

大哥到了這個年紀，好強的性子已經再也掩不住，事事都要得第一，那時候被大老爺罵了，大哥就不眠不休地整晚都在練習射箭。

聽說在武舉的時候，大哥一箭穿了靶心，還是箭上箭，是從原來射中紅心的箭上直直地一起穿透。

在場的無一不嘆服叫好。

現在齊眉有些確定下來，前世邊關戰亂，為何報回來的軍情會是祖父戰亡而不是病故。

齊勇太好強，太想站在越來越高的位置，那時候的陶家不如現在，岌岌可危。

齊勇是故意謊報軍情。

合著前世的記憶，齊眉幾乎是立刻就想起了父親那時候狠狠斥責齊勇的話。

有了祖父為國犧牲，又有了他一個人便能獨當一面，這樣的功勞，皇上想不器重他都難；這樣的功勞，即使旁人再拿他年輕氣盛說什麼，也擋不了他的路。

那時候戰爭已經進入尾聲，大哥不僅謊報軍情，還讓軍情遲遲才發出，一箭雙雕。
但當時他年紀輕輕，又只是個狀元郎，在哪裡都是無權無勢，大哥前世是憑著什麼才能做得滴水不漏，甚至到好幾年後才被挖出來？
心裡閃過些什麼，齊眉忽而手一抖，握著的茶杯一下子掉落在地，清脆的碎裂聲並未吸引到誰的注意。齊勇真的喝下了一罈子狀元紅，老太爺眼中露出讚許的神色，只有大太太忙過去問他有沒有覺得哪裡不適。
「區區一罈酒，難得倒陶家人？」齊勇笑著把酒罈子往邊上一放，接過帕子擦乾淨嘴。
老太爺滿意地點頭，帶著齊勇回了園子，祖孫倆關著門說了一整晚的話。
放榜後自是有人歡喜有人憂，陶家無疑是最歡喜之一，而另一家就是御史大人家，居玄奕不負御史大人的教導，中了文狀元。
去兩家作客的人比平時要多了不少，大太太忙碌起來倒也開心得緊。
居玄奕和陶齊勇兩個少年郎，一時之間成了京城裡被打聽得最多的。
皇上下旨，居玄奕進文弘學堂做太學品正，而陶齊勇出乎眾人的意料，並不是到武弘學堂，而是入了樞密院。
這個消息傳出來，朝中炸開了鍋，進諫的言官個個都字字鏗鏘，直言不諱地向皇上道明其中利害，而翻出史冊亦是從未開過這樣的先河。
武狀元說到底只不過武藝暫時在這一屆的學子中是最高強的，入得武弘學堂跟著教人，從而吸取經驗，壞的過個三、五年，好的兩、三年才能有轉去別處的機會。

正式的文書在幾個月後下來了，老太太捧在手裡，只覺得重比千斤。

陶齊勇竟真是直接入了樞密院。

正廳裡，大太太憂心忡忡地來回踱步，齊勇拔了頭籌是極大的好事，好事不成雙並不愁人，好事要變壞事才讓人擔憂。

「別走來走去了。」老太太說著閉上眼，一知道齊勇進了樞密院，她就再也笑不出來。

「母親，皇上這一步可真真是狠，把陶家又一次往深淵裡頭推。」大太太說得哽咽起來。「勇哥兒年紀輕輕，怎麼能入樞密院？那地方太多機密的東西，一個不小心就是惹禍上身。」

老太太看了一直未出聲的老太爺一眼，窗下的他正站在正廳前，看著皇帝親筆寫下的「忠將之家」四個字。

筆鋒渾厚又大氣，這一年的時間為陶家帶來了多少平安和榮耀，現下再看，老太太卻覺得諷刺。陶家饒是兵行險招勝了一齣又如何？皇帝不過一個舉動，便可讓他們再次萬劫不復。

齊勇的性子，她看得清楚，耿直又氣盛，樞密院裡平甯侯的人有多少她是不清楚，但要捏死齊勇比捏死螞蟻還容易。

「大老爺和大少爺回來了。」小廝的稟報讓在正廳足足等了一日的四人都抬起了頭。

齊眉在午後坐著馬車過來，大哥進樞密院的消息在她心裡帶來的震驚到現在還未消失，和前世太不一樣了。

母親那擔憂的模樣，讓齊眉都以為大哥今天並不是去樞密院做交接，而是去領死的。她只能貼心的勸慰，其餘也做不了什麼，現在父親和大哥都回來的消息，讓母親重重地舒了口氣。

嚴媽媽忙讓丫鬟端了黃金餃子來，邁步進來的中年男子和青年才俊面上的神色皆是如常，大太太忙上前拉住齊勇。「今日如何？有沒有為難你？」

「誰要為難兒子？母親莫不是這樣擔心了一日吧？」齊勇聲音爽朗，說著才看到大太太紅著的眼眶，手一緊。「誰欺負母親了？」

大老爺說起了今日在朝中的情形。

今日午後陶齊勇一旦交接便事成定局，言官今日在朝中激烈的進諫，終是讓皇上怒拍龍椅。

為首的言官依舊拱手，聲音揚高。「皇上，忠言逆耳，陶家長子、皇上御點的武狀元，何德何能能入樞密院？樞密院裡多少軍機要密，武狀元年紀過輕，性子並未定下。有朝一日若是有反心，皇上才是悔不當初。」

皇上重拍龍椅。「你大膽！陶家是三代忠臣、兩代忠肝虎膽的大將軍，還需要質疑陶家的忠心？」

言官又要說話，皇上手一揮。短短一個時辰之內，那名為首的言官被押入天牢，舉家被抄。

還在殿前的眾臣聽了皇上的旨意，都不敢再出聲，誰若是再提，只怕小命不保。

皇上這回是鐵了心的要讓陶家長子進樞密院。

聽著皇上這般堅決，大太太一下子垮下來，大老爺知曉她的意思，抿著唇只是搖搖頭。

齊眉看了眼老太爺，自始至終他都只是看著那幅掛於正廳的字帖，連身子都沒有轉過來。

御書房內，皇上正在批閱奏摺，太監通傳平甯侯到了。

蘇公公領著他進來，皇上把摺子合上。

叫了太監去皇后的寢宮傳話，今日要徹夜批閱奏摺。

入夜後，皇上屏退了左右，只帶著之前在御花園裡給他撐過船的小太監，緩步出了御書房。

陶家也漸漸地平靜下來，清雅園裡一直亮著油燈，在齊勇從裡邊出來後，夜幕間已經綴滿了星星，剛回到朱武園，丫鬟們悄悄地報。「五小姐還未睡下。」

齊勇訝異地看著天色，沈聲問：「是不是身子又哪裡不舒服了？」

齊勇深知，齊眉不是會鬧脾氣的性子，不會像陶蕊那般動不動就撒氣，若是不睡，定是有什麼事或者哪裡不舒服。

讓丫鬟去通傳了聲，齊勇才挑起簾子到東間，齊眉正好披上一件薄紗。

「要不要叫大夫來？」齊勇看著五妹蒼白的臉色，忙問道。

「大哥，祖父與你在園子裡那麼久，是說了些什麼？」

出乎齊勇的意料，五妹的聲音很清脆，一點都不似有不舒服的樣子，反而雙眼好奇的看著他，一點都掩不住羨慕的神色。

齊勇了然地笑了起來，摸摸她的腦袋。「並未說什麼，只是講了一些道理。」

「又是忠將之家這樣的道理？」齊眉顯得不以為然。「今天母親在正廳裡就哭了呢，連祖母眼眶都紅了，五妹一直想不明白，大哥進樞密院那說明是深得器重，是好事才對的。」

齊勇摸頭的動作頓了下，轉而微微一笑。「並不是祖母和母親所以為的壞事，亦不是妳所想的好事。」

「那能是什麼？」齊眉歪著頭。

「是大任。」齊勇表情肅穆起來。

翌日清早，梳洗的時候齊眉眼圈都是黑的，迎夏咋咋呼呼地問道：「是不是有蚊蟲吵了小姐？昨日奴婢就被咬了幾個包，現在還癢著呢！」

齊眉抿唇，搖搖頭。

「小姐，過幾日便是月底了。」

齊眉猛地回神，衝她點點頭。

齊勇這幾日在樞密院並未有什麼事，基本都是閒置著的，他本就急躁，得虧了大老爺勸他，他才又開始專心練武。

齊眉倒是覺得，沒有事便是好事，若能一直這樣無事下去，那才是最珍貴的。

入夜後，齊眉隻身一人出了東間，憑藉著記憶，很快地找到了一年前與迎夏走過的小道。

那時候的謎團她一直記在心裡，一年的時間過去，她時時都記著這件事。

九月底的時候，吳媽媽命人拜祭的究竟是誰？

剛走過去，齊眉便見著兩抹熟悉的身影，一個是二姨娘，一個便是吳媽媽。

小心地藏在樹後，秋日的天氣已然涼爽起來，樹上的葉子一直緩緩地落下。

吳媽媽扶著她。「大小姐的事情都過去這麼久了，主子要放寬心才好。」

齊眉猛地瞪大眼，大小姐？是了，齊英是二小姐。

無論齊眉是前世孤獨的在府裡待著，還是今生回府以來，她都從未聽人提起過大小姐，連她都完全沒有意識想起這個事。

手緊緊地攀住樹幹，湊近了去聽。

二姨娘抬頭，看著那緩緩旋轉飄下的落葉，不由得嘆了口氣。「當時若齊然能一直長大，到如今已經是可以嫁人的年紀了，看蕊兒現在這樣貌美又討人喜歡，然兒一定也能是這樣，到這個年紀，定是出落得美豔動人又琴棋書畫樣樣精通。

「當年若不是我不小心……」

吳媽媽大驚失色。「主子，這是在外頭。」

二姨娘這才回過神來，這個地方、這樣的落葉，總是讓她有些觸景傷懷，不過吳媽媽說得沒錯，其實過去這麼久了，她又有了蕊兒，心中的傷痛早就被撫平。

樹後的小身影在兩人離去了後，才悄悄地回了園子。

東間外頭，子秋一看到齊眉的身影，忙過去把她扶到屋裡。「天夜了，外邊寒氣重。」

齊眉讓子秋打了熱水來，細細的洗過臉，才問道：「妳知不知道大小姐的事？」

「大小姐？」子秋顯得尤為驚訝，低頭思索了會兒，才搖搖頭。「奴婢從未聽誰說過大小姐的事，也未見府裡有大小姐這個人。」

齊眉皺眉坐到床榻上，由著子秋把薄褥蓋過肩頭。

翌日，齊眉請安過後便去了大太太的園子，大太太卻不在這裡，新梅說大太太獨自出去了，誰也沒跟著。

齊眉沈吟了下，立馬上了馬車往昨日拜祭的地方行去。

在較遠的地方停下來，果然是大太太的背影，穿著一件素白色的長錦衣，腰桿上是朱紅的布料，顯得幾分沈重。

「齊然，妳姨娘終究不能原諒我。」大太太的聲音柔和又低沈。

齊眉細細想著二姨娘的話，好像二姨娘認為都是她自己的錯，那為何母親還要說二姨娘不原諒她？

到了這一步，只怕是在十多年前，二姨娘懷上了齊然，之後不知什麼原因還是死了，而且都覺得是母親的錯。

難不成是做了什麼，所以這個素未謀面的大姊才會死去？

齊眉猛地記起去年處罰倪媽媽的時候，只是被放到了後院，母親還說那時候多虧了倪媽媽的提點。

不敢相信地退後，看著母親一如往常的溫柔背影，齊眉覺得有幾分恍惚。

大太太回了園子，有些疲憊地坐下，新梅端上了熱茶。「主子，五小姐剛剛來過。」

「她有沒有說來找我做什麼？」大太太噙著笑意問道。

「沒有說，很快又出去了，大抵又是想您了。」新梅也跟著笑。

大太太抿了口茶，這時候外邊丫鬟道常青來了，常青是倪媽媽的兒子。

「讓他進來。」大太太放下茶盞。

常青一身深灰的長袍，精神有些恍惚，一進來就跪在地上。「大太太，求您救救倪媽媽吧。」

「倪媽媽怎麼了？」大太太頓了下，平日常青她也是見過幾次的，每次都笑得露出一排牙齒來，給人一種十分討喜的感覺，像現在這麼慌亂茫然的時候並不多。

「她染了重病，可能快不行了。」常青的聲音都帶上哭腔。俗話說男兒有淚不輕彈，看常青這模樣，只怕是真的。

大太太蹙眉。「為何她染了病不去看大夫？怎麼會嚴重到都不行的地步？」

「倪媽媽不讓看大夫，說這是她應得的。」常青跪著往前爬了幾步，模樣特別的可憐。

「求求大太太看在我娘服侍了您這麼多年，沒有功勞也有苦勞，世人都知道大太太是菩薩心腸，一定會念著以前的情分。」

說著居然還掉下淚來，大太太頓了下，轉頭讓新梅拿了些銀子。「你把這些拿去，讓倪媽媽請個好大夫來。」

「娘不是要銀子，是……」常青也不知道要怎麼說，抓耳撓腮的耳根子都急紅了。

齊眉一直跟著大太太回來，徘徊了一陣子看到常青神色悲傷的進去，這才跟著往裡頭走，丫鬟小廝們見著她就福禮，齊眉做了個噓的手勢。

悄悄地站在門口，看著常青這模樣著實有些可憐。

「我也不會醫術，讓我去也是沒用的。」大太太的態度倒是堅決，和平時的溫婉語氣都不一樣了。

「娘這樣也是因為當年的事，她良心不安，所以說這是她應有的罪孽……」常青沒有往下說。

大太太頓了良久後才道：「你先下去吧，我晚些過去。」

常青走了後齊眉也沒有進屋子，轉身回了朱武園，園子裡安安靜靜的，隔壁的二姊似是又在作畫。

仔細一想，難怪祖父和祖母甚至一家長輩都顯得很疼愛陶蕊，祖父更是在陶蕊出生之時便賜了名。原先她還覺得母親太過懦弱，無論二姨娘爭些什麼也總是一笑了之，現在看來，只怕並不是懦弱……

難不成母親當年真的對二姨娘做了什麼？反覆思考，齊眉還是不敢確定也不想確定。

實在是無法安心下來，齊眉坐上馬車，去了後院。

第二十六章

許久未曾來過這裡，第一次來還是因為劉媽媽和梨棠的死，那時候還沒有丫鬟小廝認出她的身分，都只當她也是個丫鬟。

前世亦是，都知曉她是府裡的五小姐，卻並未有誰在意她，即使悶得厲害出來走到後院，丫鬟們見著了，有禮的也只是點點頭。

這一回她過來，剛下馬車就有丫鬟滿臉堆笑的過來。「五小姐來這兒是有何事？若是有什麼需要的，讓身邊的人過來說一聲便是了。」

齊眉搖搖頭，問道：「倪媽媽住在哪裡？」

丫鬟一聽是倪媽媽，頓了下才伸手往裡邊指。「在最後邊的柴房旁。」

領著她到了門口，柴房旁的小屋子顯得有幾分破敗，倒是沒有想過府裡還有這樣簡陋的地方，當時母親把倪媽媽打發到後院，齊眉心有不甘，更有不解，剛剛猜測只怕是有私心在。可現在一看這屋子的環境，又湧上了不解的心思。

那丫鬟福禮退下，邊走邊和旁的小丫頭嘀咕。「今天倪媽媽是好日子來了，五小姐都過來看她。」

那小丫頭撇撇嘴。「我看是好日子到頭了，才會有小姐來看她，也見不到幾天的太陽了不是嗎。」

「妳嘴巴就不能少說點兒？」丫鬟斥了一句。

齊眉輕輕地敲了三下門，裡頭並沒有回應，把門推開，發出難聽的吱呀聲音，蹙眉走進去，一陣淡淡的藥味縈繞在屋裡，似是熬好了好一陣子。

簡單的木桌子、兩把木椅、一張床榻就是這間屋子的所有物件。

床榻上鼓起一團，裡頭的人正在咳嗽個不停。

「五小姐來了。」子秋在門口提醒著。

床榻上那一團抖了一下，被褥掀開，立馬起身要福禮，卻一個不經意地滾落在地上。

倪媽媽不停地哀嚎著。

子秋看著覺得不忍，上前去把她扶起來靠坐在床榻邊。

「五、五小姐……」倪媽媽結結巴巴的，眼睛陷進去得厲害，面上布滿了皺紋，和橘子皮一樣。

不過一年的工夫，倪媽媽就變成了這般狼狽可憐的模樣。

「不用福禮了。」齊眉坐到木椅上，看著面前的可憐老人。

「媽媽怎麼弄成這副樣子了？」子秋忍不住問道。

「報應，這都是報應。」倪媽媽說著聲音都顫抖起來，老態龍鍾的模樣似是一陣風都要吹倒。

「什麼報應？」齊眉搓了搓手裡的帕子。

倪媽媽一愣，繼而搖搖頭。「老奴不說，老奴不說，說了常青就……」

「五小姐問妳話，妳為何不說？」子秋聲音提高了些，她知道五小姐此行過來就是想要解開心中的謎團，大太太那樣善良的人，若真的做了什麼別的事，對五小姐的打擊一定很大。

「老奴不說。」倪媽媽始終都只有這句話。

齊眉讓子秋掏出些銀子。「我也不是來逼妳什麼，只是心裡有疑惑罷了。」

倪媽媽看著銀子卻反應激烈，一下子縮回床榻上，瘦巴巴的身子揮舞著。

子秋頓了一下，把銀子放到一邊的案几上。

「這個是給妳來看病的。」齊眉輕聲說道。

「老奴對小姐這樣，小姐為何還要對老奴這麼好？」倪媽媽眼神尤為迷茫。

齊眉愣了下，面上微微綻開些笑容。「妳原來也服侍了母親這麼久，沒有功勞也有苦勞。我不過是個小姐，妳也不過是個老媽媽，並沒有那麼多恨在。」

「當年二姨娘是不是生過一個小姐？」齊眉輕聲問道，看倪媽媽猛地抬頭，齊眉把木椅搬得近了些。「大姊叫齊然，是不是？」

倪媽媽緊繃的身體不知為何放鬆下來，有些軟塌塌的點頭。「小姐這個也能知道。」

「大姊現在在哪裡？」齊眉聲音依舊十分輕柔。

倪媽媽深深嘆了口氣。「這個也不是什麼隱秘的事，只不過大家都忌諱說這個。當年大小姐是早產的，八個月就生了，結果撐了七天，還是去了。」

齊眉和子秋對視一眼，揀著合適的詞語。「那這和母親又有什麼關係？」

「這個老奴不好說……」倪媽媽喃喃地搖頭。

當年大太太一舉得男，生下了齊勇，齊勇生得虎頭虎腦又聰明伶俐，府裡的人都尤為歡喜；之後二姨太也懷上了一胎，來看的算命先生都說是個男娃兒，二姨太笑得合不攏嘴。

到了肚裡的孩子八個月大的時候，大太太請了戲班來府裡，要請二姨太一起去看，說對肚子裡的胎兒也會有好處，二姨太便跟著去了。

倪媽媽記得兩個主子並肩走著，忽然二姨太就驚叫了一聲跌在地上，大太太忙去扶，卻一時半會兒難得扶起來，等到丫鬟過來一起把二姨太扶起，只見得鵝卵石上濺著觸目驚心的血跡，而二姨太已經滿頭大汗，面色蒼白如紙。

等到產婆和大夫都來了，生了個女娃兒，大太太道然字好，然同燃，有希望和努力的意思。

齊然齊然，結果卻是淒然淒然。

齊眉從後院出來的時候太陽已經落山了，夕陽下的雲彩薄薄的圍了一圈，橘黃的光看著很是暖人。

上了馬車，讓車夫往大太太的園子行去。

走了這一遭，她總算是知曉母親的忍讓是為何，二姨娘的囂張背後又是誰在撐著。

不過是早死的齊然罷了。

入了內室，母親正在小憩，不讓新梅進去通傳，齊眉輕手輕腳地走了進去。

暖光還沒有散去，斜斜地照入屋內，母親整個人都被染上一層溫暖的顏色。

齊眉暗自責怪著自己，母親這樣的人，終其一生也只會極盡全力的對人好，不會有半點害人的心思。

倪媽媽那裡還有別的心事存著，但無論齊眉怎麼拿捏著語氣做出本就知曉的樣子，也套不出半句話。只能悄悄地囑咐子秋，好好看著倪媽媽這邊，如果真的有過什麼謀劃，不會半點馬腳都不留下來。

俗話說，若要人不知除非己莫為。

齊眉剛把熱茶倒好，大太太就睜開了眼，看著小女兒突然出現在屋裡，一下子綻開笑顏。「就知曉妳是想母親了不是？」

齊眉笑著點頭。「來找了母親幾次也總是遇不上，便想著這個時候母親是要用飯的，這幾日也沒有客人來，所以母親定是在園子裡。」

「就妳鬼精靈。」大太太笑著點了她的小鼻子。

讓丫鬟傳飯上來，齊眉自是坐在一邊陪大太太用飯。

大太太還是食量不大，拿著筷子挾一口菜，得半天才嚥下去，比孩子還挑食。

齊眉不禁皺眉。「母親平時本就勞累，為何吃起飯來還不如八妹妹多？」

「吃不下……」大太太也不掩飾，又勉強扒了幾口。「這幾日我都吃不下。」

話說到這裡，齊眉自然想起了那個素未謀面的大姊。

她這一次來就是要解開母親的心結。

用完飯，屋裡又只剩下母女二人，齊眉被大太太舉起來放在腿上，大太太愣了下竟是捂嘴笑了起來。

齊眉疑惑地扭頭。「母親是在笑什麼？」

大太太捏捏她的胳膊。「之前我也是太忙了，好久沒抱過妳，今兒這一抱上來啊才知道分量可是不容小覷。」

這是在說她胖了。

齊眉笑哈哈的。「能長肉才是好的，剛剛回府的時候瘦得風一吹就能被吹回去似的，一點都不好。」

大太太一下子笑開了。盯著小女兒看了會兒，又皺起眉。「妳是不是睡不好，瞧妳眼窩子都陷進去了。」

齊眉心裡一動，低著頭有些委屈的癟嘴。「這幾日都作惡夢，夢到母親被二姨娘欺負。」

大太太頓了下，刮著她的小鼻子。「別胡思亂想。」

「說起來，我九月底的時候在府裡玩耍，迎夏帶著我走小道，卻不想遇上了二姨娘和吳媽媽，兩人站在一棵大樹下，也不知道是在拜祭誰。」

小女兒這話讓大太太本就梗著的心情更是鬱結起來，果然過了這麼些年，宛白始終都記在心裡，記著她，恨著她，怨著她。

「齊眉也不是故意偷聽。見著二姨娘有些神傷的模樣便沒想著去打擾，要走的時候聽得二姨娘在那兒說『當年若不是我不小心』……」

最後一句學得維妙維肖，大太太幾乎都能看到二姨娘說這話的神情。

「母親，二姨娘是在拜祭誰啊？又是不小心什麼？」小女兒仰頭問著她的模樣煞是純真，大太太心裡卻響起了炸雷。

被小女兒搖著手臂好幾次，大太太才回過神。「齊眉，母親頭有點兒疼，妳先回去找妳大哥或者二姊玩可好？」

「嗯！」齊眉從來都是不吵不鬧，大太太這麼說，她也沒多留，很快就從大太太腿上跳下去，讓子秋牽著走出了屋子。

大太太讓新梅把簾子挑起來，緊閉的窗戶也大開著，只有這樣她才覺得呼吸好像可以順暢些。

孩子是不會說謊的，尤其是齊眉，說的是什麼，那便就是她所聽到的。

即使齊然死了這麼些年，大太太還能記起當時的場景。

那年的她高興宛白也懷上了孩子，那些算命先生個個都說是個男娃，全家都為著這個開心。

在宛白懷了七、八個月的時候，也是她多事，想讓宛白聽聽戲。

兩人正要一起去，本來好好的，忽然大太太聽得腳下布料撕開的聲音，接著宛白就跌倒在地上，裙襬被踩得布料撕開了一些，她慌忙蹲下扶起宛白，地上竟濺了少許血，宛白的臉白了，她自己的臉更是比紙還白。

好在母女都保住了，生的是個女娃。生下來就沒哭，病懨懨的，撐了七、八天就去了。

宛白哭得撕心裂肺，也沒養好身子就鬧騰起來，指著她說是她這個正室喪心病狂，不顧人命，只因為肚裡算命先生都說是男娃，就假借聽戲扶著她故意害她流產。

她當時百口莫辯，而且想起之前腳下的布料撕開聲音，宛白的裙襬只怕真的是被自己踩到而導致她滑倒，雖然並不是故意，但誰也不信。當時宛白太過傷心，但如今聽這說法，難不成還是這個當母親的自己所為？

大太太還記得當時大老爺看自己時眼裡透出的失望。

她有些頹然地靠在臥榻上，整個人放鬆下來。原來根本不是她踩了宛白的裙襬導致宛白跌倒，而是宛白自己不小心。

固然齊然很可憐，她又何曾沒為小齊然傷心難過。

新梅服侍她的時間不短了，也沒有讓別的丫鬟進來打擾，大太太一整晚都是這樣的姿勢坐著，直到窗外響起了清脆的鳥叫。

看著天光破曉，大太太長長地舒了口氣。

進了十一月，府裡又開始要做冬衣，來量身的繡娘們都恭敬地向齊眉福禮道五小姐好。

齊眉看著來的繡娘，不經意的問了句。「陶憶呢？」

難得小姐居然還能記得個繡娘的名字，還是結局那樣的繡娘。其餘的繡娘面面相覷，只有第一次來時說過幾句話的年長繡娘福身答著。「回五小姐，陶憶犯了事，被送到府外去了。」

「府外哪裡？」齊眉心裡一跳，陶憶是幫二姨娘做事，但她大抵壓根兒就不知曉繡的香包有何不同，只當是二姨太看著五小姐用的小香包好看，便讓她學著縫了個而已，不想在陶憶縫好一模一樣的香袋後，內裡卻被二姨娘放入了誘發齊眉哮喘的香料。

「府外的醉紅樓，幫那裡的姑娘們縫東西。」年長繡娘恭敬地答著。

齊眉點點頭，是個壞去處，名聲壞了，被遣送出府的繡娘，又是給「賣藝」姑娘們繡東西，誰還敢要。

但也是壞中之好，只是繡東西而不是別的。

看著繡娘們為難的臉色，只怕都覺得陶憶是她們繡院的恥辱。

嚴媽媽插了句話。「這個是老太太吩咐老奴做的，既然做了錯事，那必然要受到懲罰。」

本來五小姐聲音柔和看著也好相處，繡娘們都有些放鬆，嚴媽媽這一句話又讓她們神經繃了起來。

嚴媽媽說這一句，是為了告訴她，這個事老太太知曉，也做了處理，並未虧待她五小姐。

量著身形，年長繡娘笑著道：「一段時日不見五小姐，身段又妙了不少。」

繡娘們自是沒有讀過書，這樣的話是出自真心的誇讚而不是冒犯，齊眉衝繡娘笑了下。年長繡娘微微一愣，原先只覺得五小姐瘦瘦巴巴的，今日一看，這一笑倒是露出幾分清麗的味道。等再長大些，又是個容貌出挑的。

年長繡娘見五小姐脾性果然和傳聞的一樣好。便也打開話匣子，說起陶蕊，話裡話外都有些埋怨。「八小姐身形變得可快了，先前的衣裳都是往大裡做，如今見著都越做越小，奴婢也不是嘴碎些什麼，只是擔憂八小姐這樣急速的瘦下去會對身子不好。」

齊眉不置可否地笑了笑，把話題轉到別處。

年長繡娘有眼力見兒，見五小姐不接這話，便也再沒提。「五小姐是喜歡素淡些的花式還是華貴些的花式？」

齊眉歪頭想了下。「素淡的要，華貴花式的也要。」等明年深冬之時，都有用得上的時候。

年長繡娘笑著點頭，這話她也問了八小姐，八小姐扭扭捏捏地說只要素淡的。

「二姊那裡去了嗎？」齊眉問著她。

年長繡娘忙道：「去了。」

不提還不記得，二小姐看上去性子冷漠不好接近，但其實最好招呼，萬年不變的梅花花式或者別的小姐最不喜的翠竹花式都是二小姐喜歡的。

說起來還是大房的小姐好接觸，只要幾句話就能解決，甚至還能放下身段和她們這些繡娘閒聊上一會兒。

老太太找年長繡娘去問話的時候，她就是這麼答的。

「齊眉倒是性子真。」繡娘退下後，老太太合上眼。

嚴媽媽福身。「老奴跟著去了每個小姐那裡，只有五小姐兩個花式都要了。」

「八丫頭那裡究竟如何了？」

「八小姐鬧了脾氣，二姨太都勸不住。」

老太太把眼睛睜開，陶蕊最近的壓力不小，被逼緊地瘦下來，脾氣都是會暴躁些的。

「八小姐見老奴在，才要了素淡的花式。」嚴媽媽一五一十地彙報。

老太太微微點頭，閉上眼小憩起來。

好日子過不完今年，在陶家都放鬆下來的時候，樞密院忽而傳來消息，把陶齊勇給扣住了。

連著消息一起帶回來的除了大老爺，還有御史大人。

兩人神色都透著嚴肅，大老爺面上多了分抹不去的緊張。

大太太在屋裡抹淚。「這都是什麼事兒，齊勇那麼規規矩矩的怎麼會被扣住了？」

「勇哥兒是個脾氣暴躁的，做錯事也不足為奇。」二姨太冷語了一句。

大太太抬眼瞪著她。「若真是勇哥兒犯了事，妳也是家裡的人。」所以不能置身事外，更別在這兒幸災樂禍，大太太沒有明說，但意思很清楚。

新梅趕緊端了茶上來給大太太壓驚，大少爺出事，大太太這身子最近本就不好，若是再受了什麼刺激可就了不得了。

大太太不讓她身邊這幾個貼身的告訴老太太、小姐們和少爺們，越是這樣，她們這些做奴婢的就越不能怠慢，免得到時候真出了什麼岔子，即使是大太太親自吩咐的，吃虧的還是她們這些命如草芥的下人。

捧著茶，大太太半天喝不下去，只抬眼看著大老爺低聲和老太爺說些什麼，齊眉得了消息趕過來，與長輩福了禮，陪著坐在母親身邊。

見祖父和父親的神色，不似多麼驚慌的樣子。

祖父平日就是一副氣定神閒的模樣，而父親大概是不過三十四、五的緣故，脾氣急躁些，但細細看著，他的眉間雖是緊蹙，但並不見慌張的神色。

想起去年陶府被人陷害，府裡誰不是要垮了的模樣。

「我託人再去問問，只是樞密院那裡我並沒有特別交好的。」大老爺聲音大了些。

大太太忙起身，搓著帕子。「我可以讓娘家的人去問問，雖然現在家裡這樣，但先前一些交情還是在的。」

「妳先別慌，伯全會上心的。」老太爺手背在身後，聲音略顯低沈。

大太太動了動唇，她怎麼能不慌，從齊勇入樞密院的文書下了後，她日日夜夜都睡不安穩，這樣過了兩、三個月，她本還以為一切漸漸地定了，誰想到竟然只是大事前夜的安寧。

大太太想著一下癱坐到軟椅上。

齊眉站起來幫大太太揑肩順氣。

大老爺擰起眉。「原先樞密使被撤職查辦，鬧得倒也不是沸沸揚揚，說到底背後操縱的還是平甯侯，樞密院裡所掌有的軍機要密委實過多。現在新任的樞密使從外地過來上任，半路卻遇了埋伏，其實也並不是什麼壞事。」

齊眉想這個新的樞密使大人大概並不是平甯侯手下的，就算路上沒有遇伏，到了樞密院被查出有什麼「罪行」也是遲早的事。
可這和大哥有什麼關係？
前世的時候大哥並不是進的樞密院，也就沒有這樣的事情。
「若是勇哥兒明日還未能出來，我便能奏請皇上。」初冬的天氣已經處處都是寒意，可大老爺卻拿起扇子唰地一下打開，不停地搖著。
大太太被齊眉扶著回了園子，靠在臥榻上。齊眉讓新梅把爐火燒得旺些，大太太卻擺擺手。「我心裡已經是一團火在燒了。」
新梅便福身離去。
「母親，大哥是犯了何事？」齊眉問道。
「妳剛剛也聽見了，妳父親沒說，大抵是剛出了消息被扣住的。」大太太說著眼眶紅了一圈。「我就是怕啊，妳大哥心性急躁、好大喜功，妳也知道。」
齊眉想了下。堅定的搖頭。「大哥斷不會做出為了當樞密使而下毒手的事。」喜功是一回事，本性又是一回事，大哥前世走得再艱難也沒有做過害人的事情，何況是今生去了這樣需要隨時打起全部精神的地方？
「不是的。」大太太亦是搖頭，撫著齊眉落下的一縷青絲。「我怕妳大哥被人害了，他的性子知曉的人也不少，若是有誰再吹吹風……
「他又倔強得絲毫不變通。」
大太太說著。齊眉都彷彿能看到大哥正被軟禁在屋裡，手背在身後，緊抿嘴唇，臉上盡是對外邊看守的人不屑一顧的神情。

齊眉晚些時候回了園子，子秋低聲道：「今日奴婢去府內的大廚房找廚娘拿之前餘下的藥材，結果遇上了新梅。」

「她有和妳說什麼？」

子秋連連搖頭。「奴婢去了大廚房兩次，第一次的時候她並不在，第二次的時候便見著她端著藥壺出來，壺口還冒著熱氣。」

「莫不是母親還是病著？」齊眉急急問道，難怪今日母親總是要趕她走的模樣。她吩咐道：「妳再去仔細問問。」

大太太身子不好也不是一日、兩日的事，她這次卻要隱瞞著，也不知中間是不是有什麼她不知道的事，先讓子秋打聽清楚了，反正母親也是日日用藥，並沒有落下哪天。

大老爺這幾日都是披星戴月的回府，為了齊勇的事他沒少奔走，以前極少放下身段去同別人講交情、談關係，沒想到竟是這麼難。

「老爺，您就直接說了吧，勇哥兒到底有沒有事？」大太太終究覺得不安心。

「我現在也沒個準兒。」

大太太面色一變，張口要問清楚，外邊小廝來報說居家大公子來了。

大老爺愣了一下，讓小廝帶進來。

趁著間隙，大太太鎖起眉頭。「居家那長子怎麼會過來？」

大老爺道：「只怕是御史大人讓他來報信，我託了御史大人幫忙打探消息。」
「御史大人是個四通八達的。」大太太點頭。
居大老爺讓居玄奕過來，比他自己過來的好，即使齊勇被扣在樞密院的消息並未傳開，但有心之人可是盯得緊，剛剛大老爺的話讓大太太心裡生出一陣不安的情緒，齊勇這關只怕是不好過。
幾日的工夫大老爺也總算鬆了口，齊勇是遭人誣害了。說懷疑他和謀害新上任的樞密使有關，偏巧了齊勇在樞密使出事的那日不在，被人落了話柄，又拿了封不知道哪裡來的書信說是謀事的證據。
居玄奕被小廝領著走進來，書房的門大敞著，拱手向屋裡二位長輩福禮，舉手投足間越發有大官之風。
「家母說最近天氣越發的凍人，想著前些日子尚書大人無意間提起過陶老太太近日腰腿不適，便拿了這個來。」說著居玄奕拿出一個錦盒，大太太接過去，打開一看，裡頭滿滿的鋪著張小絨毯。
「有心了。」大老爺點點頭，又和居玄奕說了幾句。
大太太走出去，把書房的門半掩著，讓丫鬟們再去多準備些果子來。
在這個天氣，已經很難有新鮮的果子，大太太讓丫鬟們端過來的果子卻都是新鮮又水靈的，讓新梅端進去，很快地退出來。
大太太拿著居家帶過來的禮去了清雅園，齊眉正在裡頭和老太太說著話。

見著大太太進來，齊眉忙起身福禮。

老太太道：「怎麼這個時候過來？」

大太太把錦盒捧過去。「這是居家大公子帶來的，說是居大太太念著母親身子，這個小絨毯保暖最是好，母親您現在就可以蓋上。」

嚴媽媽把錦盒打開，果然是一張小絨毯，老太太手摸上去，絨絨的確實尤為舒服。

把小絨毯展開鋪在膝上，暖意漸漸的襲來。老太太挪了挪身子，才問道：「居家大公子說了些什麼？」

大太太道：「和大老爺在書房裡說著話，估摸著是勇哥兒的消息。」

過了半個時辰，小廝過來稟報大老爺和太學品正大人從書房裡出來了，正備著馬車要過來。

齊眉站了起來，雙手垂在身旁兩側，拳頭微微地攥起來。

這是居玄奕中了文狀元，順利入宮後他們第一次見面。前世的時候大哥並沒有出這樣的事，而陶家去了居家，兩家的長子一個中了文狀元、一個中了武狀元，居家先遞了請帖，慶宴便選在居家擺。

這樣一起擺宴席的舉動，連旁人都知曉兩家要結親的意思。

用飯的時候陶老太太還打趣地說兩家人一起辦這個慶宴，列位實在賞面得緊，這麼多人都應邀而來，倒和辦喜事一樣的熱鬧。

說了這話，卻無人接下去。那樣大的場面，達官貴人來了不少，連誰都不歡喜的齊眉都能被邀請著過去。難得大哥中了武狀元，為陶家掙了分面子，卻還是改變不了什麼。

陶老太太尷尬不已卻又只能坐下，陶家那時候的地位一直在往下滑，沒有誰願意和一個沒落的將軍之家交好，齊眉後來想，之所以一起辦，只怕還是因為居家並不想去陶家，索性便把陶家請過來，還能顯得他們大方又有禮數。

今生大哥出了事，居家卻是不怕惹禍地主動前來伸出援手。

花廳的簾子掀起來，珠玉碰撞發出清脆悅耳的聲音，一雙鑲藍金玉棉底鞋從大大的屏風後露出來，齊眉一直低著頭，在這種時候她應當是要迴避的，可祖母和母親卻都沒有這個意思，她便只能留在這裡。

想不到無論如何，前世今生，她和居玄奕見面的次數只增不減。

「陶老太太、陶大太太好。」居玄奕爽朗卻又帶著低沈的嗓音讓齊眉不由得微微抬頭，堪堪能見到不遠處那一抹朱紅的身影。

錦緞的袍子穿在他身上，襯得整個人都耀眼得厲害。

「五姑娘。」

齊眉心裡的弦被這聲音撥了一下，在一瞬間調理好了表情，抬起頭微微衝他笑了一下，而後躲到一邊，終究她在這裡並不適合。

老太太似是看出了她的不適，笑著讓她先回去。

齊眉依言福禮，微微屈身直到蓮步走到屏風後，都能感覺到一道目光似有若無的追隨著她。

卻並不扎人。

站在珠簾外頭，鶯藍笑著衝齊眉福禮，齊眉看著她腰間的玉墜。「這是在哪兒買的？」

「小姐喜歡這個？」鶯藍笑得酒窩都嵌進去，整個人都透著歡快的調子。「是在府外的珍寶齋……」

就這樣閒聊起來，而花廳裡頭的談話聲並沒有刻意壓低，齊眉一心二用，裡頭的話也聽得一清二楚。

大老爺和居玄奕兩人通了氣，最開始的時候蘇公公便得了消息，趕過去把事情壓住，過不幾天，御史大人、阮大學士和蘇公公一起過去，拿著書信細細地看，阮家素來和陶家交好，阮大學士十分肯定這書信並不是陶家大公子所寫，蘇公公便命人徹查，他在宮裡的地位本就頗高，現下又到了皇上身邊，誰也不敢怠慢他的話。

細細地對比了陶齊勇和這書信的筆跡，果然有一處不一樣，陶齊勇在收筆的時候筆鋒會微微重些，墨跡也會沁得深，而這封書信便不是。

齊眉輕輕舒口氣，難怪父親一開始的時候並沒有那麼焦急，唯一證明有罪的證據有了阮大學士拿來的大哥筆跡駁斥，等同於無。

現下再扣著陶齊勇，只怕也是例行而已，最多三日，大哥便能回來。

不過在這個當口，陶家也不宜過多的去打聽。

第二十七章

過不了幾日，陶齊勇總算回府了，前前後後被扣住七、八日，這日是皇上得了消息，把樞密院罵得狗血淋頭，這樣大的事樞密院竟只是草草的上報了一句給他，陶家大公子被扣住這麼多日也無人向他具體的稟報。

若是有證據的話還好說，書信的證據已然是假的，卻還扣住陶家大公子。

皇上當即下令讓樞密院放人，讓人用華貴的轎子抬回來。

雖然在樞密院裡並未受到折磨，但齊眉看著大哥消瘦了一圈的身子，還是擔憂得厲害。大哥這樣傲的性子……

嚴媽媽拿了火盆過來，大哥被人扶著跨了過去，大太太這才舒了口氣。「一腳過火盆，晦氣盡消人。」

又命人扶著勇哥兒去沐浴一番，一早熬好的薑湯遞上去，把一身的寒氣也逼了出去。在樞密院裡被扣住時的衣裳大太太也命人去燒了，忙完全部的事情，已然入夜。

沒有人多問齊勇在樞密院這幾日過的什麼日子，齊眉只看著大哥被扶著去西間的時候，腳踩著路面都是輕飄飄的。

翌日一進園子就見大太太在那兒抹淚。「勇哥兒這脾性真是要改一改，怎麼能拿自己的身子來強！」

上前請了安後，齊眉坐到一邊，今日難得季祖母也來了，滿面擔憂地看著大太太不停地說著。

大太太深深地嘆口氣。「扣在樞密院的時候，一日兩頓飯他都不吃，若不是被強行灌了些稀粥，這麼幾日過去，那還不命都沒了？勇哥兒的性子真是比父親、老爺還有過之而無不及。現下皇上出面，這關是徹底過了，可以後也不會次次都有這樣的好福氣，他在朝裡怎麼能走遠，只怕真是要鬧到命都沒了的地步。」

嚴媽媽又給大太太添了道茶，再好的嫩茶葉泡了三道也品不出滋味了，抿了一口，大太太只覺口中一陣乾澀。

「可若不是皇上出人意料地讓勇哥兒去樞密院，也不會有這樣的事。」大太太愈說愈沒有方向的樣子。

老太太這才咳嗽了聲，接過齊眉遞上的帕子擦擦嘴。「勇哥兒和居家大公子一樣，都是年紀輕輕中狀元，自古以來哪次不是站在越高的人摔得越快越重。」

待到傍晚，齊眉在東間裡小憩了一陣醒來，洗了把臉去西間看齊勇。

難怪大哥這樣虛弱，饒是鐵打的身子，幾日不吃飯、幾日也只喝點粥水也難扛過去。

隔著屏風，依稀看得見紗帳垂下，大哥一直在昏睡著，芍藥說午時醒過一次，吃了點東西又睡下了。

齊眉微微點頭，這時候別的丫鬟端了雞湯過來，裡頭卻看得到冒油泡。

「這是誰準備的？」平時都溫聲溫氣的五小姐發火，把端雞湯的丫鬟嚇了一跳，差點就把雞湯灑了一地。

「這、這是廚娘怕大少爺這兩日回來還吃得這麼清淡，會被責罵。」丫鬟忙解釋著。

齊眉搖搖頭。「妳去告訴廚娘，大少爺先前吃得那麼少，廚娘自個兒心裡清楚，現下送補身子的東西只會適得其反，若真的喝下去，那她就不只是被責罵了。」

丫鬟忙點頭出去。

芍藥要把雞湯端走，齊眉伸手阻止了。

其實廚娘倒是也沒全錯，大哥是要補一補身子，不然難得好起來。細細的把雞湯裡的油水舀出來大部分，齊眉嚐了一口，清淡了許多。讓芍藥把雞湯端去服侍大哥喝下，芍藥登時就紅了臉。

齊眉看著她躲躲閃閃的眼神裡似是透著些什麼。

忽而想起前世的芍藥，早就做了通房丫頭，不過大哥年紀本就不大，滿腦子都是要奮發上進的念頭，身邊的鶯鶯燕燕並未顧及。

芍藥還算是個通情達理又柔順服貼的丫鬟，一直老老實實的跟在大哥身邊。可奴婢的命運真的只能暗嘆可惜而無力改變，芍藥的好日子，也只有這一陣。

陶齊勇足足休養了一個月的時間，家裡人都圍著他轉，二叔、三叔甚至季祖母都隔三差五地就來瞧他。

直到他實在憋得受不了，不顧芍藥的苦苦勸阻，自行下床更衣，芍藥比他矮了足足一個頭，再加上主僕身分之別，饒是她使了全力也動不了陶齊勇半分。

園外又是另一番熱鬧的景象，剛過了大年初一，新的一年到來人人面上都是喜氣洋洋。深深吸了口氣，深冬的天氣風中夾雜著刺骨的涼意。

入夜，二姊拿了一幅雙面繡和一頂絨毛帽送給了大老爺和大太太，齊勇這兩、三月都是忙忙碌碌，之後更是渾渾噩噩，自是沒有準備，只好打了一套拳給大老爺、大太太看。

園內點上了大紅燈籠，把外頭照得喜慶又亮堂。

大老爺和大太太站在一起，一個英武，一個柔美，尤為相稱。

大哥這一套拳除去被悶在屋裡一個月，身子骨活絡不開而打得略微飄忽以外，稱得上氣勢非常。一拳下去，不遠處正對著的大紅燈籠竟是忽地一下熄滅了。

大老爺滿意地笑起來，微微屈身在大太太耳旁說著話。

大太太卻看著小女兒一個人走到滅了的大紅燈籠邊上，讓丫鬟又重新點起來。紅紅的喜色光芒照耀著她，從大太太的方向只能看到小女兒的側臉，重新燃起的大紅燈籠讓她眸子彎了起來，不經意地流瀉出點點星光，比夜幕上掛著的星星還要美上幾分。

「最像妳的，就是齊眉了。」大老爺也看了過去，笑著道。

大太太搖搖頭，嘆了口氣。「只是性子不知像誰。年歲最小，想得最多，時時刻刻都警惕著、注意著，看似純真無憂，內心卻不知道被多重的石頭壓著。」

看著齊眉對大紅燈籠依依不捨的模樣，別人不知為何，但做母親的心裡清楚。以前齊眉還在莊子裡的時候，除夕夜她從不能前去，只讓小廝每年都帶一個她親手做的大紅燈籠給齊眉。齊眉最喜歡大紅燈籠還是聽劉媽媽說的，說每次五小姐都會高高興興地讓她把大紅燈籠點上，然後搬著個小軟椅坐在門口的燈下，身邊都是黑暗，但仰頭便能看著紅光滿滿地照著自己，她會笑得眼睛眯起來。

大太太總算是親眼看到了這個情景，心都被揪得厲害。

大老爺從不曾知曉這些，聽過之後再看齊眉，半天不知該說些什麼。

倒是齊英走過去，一下子把呆呆的齊眉拉到身邊。「這麼個紅燈籠有何好看？被下人瞧見了還以為妳多沒見識。」

齊眉回了神，眼眶微濕。

「趕明兒我做一個給妳，和母親的一樣好，我的和母親的合在一起，一左一右的掛在東間門前，妳走到哪兒都能照得亮堂。」

二姊的話讓齊眉身子微微一震，有種莫名的感激湧上心頭，她頭一次拉住二姊的手，冰冰涼涼的卻分外溫馨。

父親和母親也不知在說些什麼，時不時看她們姊妹倆一眼，齊眉收了心緒，和二姊一起走到他們面前。

「齊眉還沒有送東西給母親和妳父親呢。」大太太笑著道。

齊眉顯然沒有準備，愣了一下，繼而很快地道：「女兒吹一首曲子可好？」

「聽妳祖父提起過，妳笛子吹得好聽。」大老爺嗓音低沈，透出父愛特有的慈意。

齊眉笑了笑，把頭一年回莊子時，齊勇送的竹笛拿出來。

「五妹還收著這個？」齊勇指著竹笛，還以為她老早就換了。

齊眉笑著點頭。「這可是大哥熬了一整晚做出來的，怎麼能不好好的收著。」

很快地笛聲響起，齊眉奏了一曲，說多麼震撼不至於，但流露出的情真意切，在場的幾人都感受到了。

絕望到谷底又奮而一搏，急促的跳音讓人屏息，忽而一轉，兜兜轉轉的綿長之音又讓人跟著放鬆。最後是溫暖的調子，依稀可以看到所描摹出的一幅闔家團聚、飲茶閒聊的和睦景象。

夜深了後，齊眉在床榻上坐下，想著家人歡笑的臉，比那大紅燈籠要溫暖不知多少倍。

三更時分，睡沈的大老爺忽然被外頭的敲門聲驚醒，小廝在外急急的道宮裡來人了。

在萬人同慶的年間，宮裡卻並不太平。

皇上把一眾大臣急召入宮，殿外的天還是暗沈沈的，四更天的時候最凍人，大臣們嘴往手裡呵氣，匆匆地往殿內趕去。

在大臣們來齊之後，一炷香的時間不到，皇上負手於身後急步到龍椅上坐下，面色沈鬱，右手擺在龍頭雕刻的精緻扶手上，手指漸漸地扣緊。

不過片刻，殿內的大臣們全部跪下。

皇上萬歲的聲音響徹大殿，但誰都心裡沒底。本來是該歇息的好日子，只不過過了兩日就被匆匆召入宮。入宮裡的都是武官，也不知道會是怎樣的大事。

跪在後排的一位中年男人正是樞密使，在陶齊勇被放回來之前便再次選好了，下了文書上任，大老爺打探之下得知是平甯侯身邊的人。

齊眉今日起得比平時要晚很多，昨日與家人共聚的溫暖讓她心情極好，睡得也尤為香甜，迎夏和子秋都沒來打擾她，由著她睡。

直到猛地睜眼，驚覺時辰過了後，子秋才忙道這是老太太的意思。

「祖母親口說的？」齊眉還是不放心，現在已然過了辰時，她從未起得這麼晚，心臟撲通撲通跳得有些厲害，眼皮也跟著猛地眨了下。

「讓鶯藍姊姊過來吩咐的，小姐放心好了。」子秋笑著把盛著溫水的木盆放到一邊，又拿了竹鹽過來給齊眉先漱口。

梳洗了一番，齊眉讓子秋去挑了件顏色喜慶些的衣裳，換上了縷金百蝶穿花雲錦襖裙，外披著翠紋織錦羽緞斗篷，一頭青絲梳成拈花髻，以一個玲瓏點翠蝴蝶鑲珠釵固定，蝴蝶跟著齊眉的走動微微擺動，給她裹得像小包子一樣的身形平添了些靈動。

匆匆用過飯，齊眉站起身伸出手。

「小姐還是要去老太太那兒？」子秋看明白了她的意思，扶著齊眉往外走。

到了內室，齊眉看了看四周，問道：「父親今日出去了？」

老太太嘆口氣。「可不是，還是半夜被急召入宮，也不知出了怎樣的事。」

聽得這話，齊眉立馬想了起來，心裡猛地一沈。

前世的這個時候，確實出了大事，邊關戰亂一直平復不定，不到幾個月，鄰國暗地聯合起來準備入侵，而祖父在之後……

茶添了兩道，大老爺和老太爺一同入了屋裡，齊眉福身的時候瞥見祖父的面色，果然是泛著紅光，自從陶家走回上坡路，而且還是有人抬著轎子往上走，祖父就變得不再似之前那般陰鬱。苦口良藥，祖父的身子也養得好了不少。

「皇上今日把我留了下來。」大老爺鎖緊眉頭道。

「一開始是在說勇哥兒，和顏悅色的，和在殿內的嚴肅神情絲毫不一樣，皇上命勇哥兒擇日回樞密院。」大老爺說著頓了一下。「現在邊關鬧得有些厲害，越發的有壓不住的勢頭，就上個月將士損傷大半……」

「這個你沒同我說。」老太爺竟是站了起來，面上的神色透著焦急，嘴唇也微微抖著，一把抓著大老爺的手。

「父親您先坐下。」大老爺一下子說漏了嘴，只能先把老太爺扶回位上。

「再派去邊關的將士皇上已有安排，不會有什麼岔子。」大老爺說著撇嘴。「像那些小國，饒是聯合起來打也只有那樣的力氣。」

陶齊勇得了可以回樞密院的消息，整個人都興奮起來，連著三日都在練習武藝，要把生疏的這一個月給迅速地補回來。

三月是平甯侯家老太太的生辰，那老太太傳聞連旁人說話都聽不清楚了，肉菜都嚼不爛只能喝稀粥，平甯侯下了幾家請帖，除了阮大學士、御史大人和陸丞相收到了外，陶大將軍一家竟是也收到了請帖。

老太太拿著請帖，只覺得燙手無比。

送請帖來的人態度異常恭敬，接過陶老太太賞的小紅包，拱手笑道：「將軍府果然出手大方。」

臨走前，他才回身說了句。「平甯侯夫人提起陶五小姐，說讓陶家定是要將她也帶過去。」

即使離先前平甯侯帶兵把陶家弄得天翻地覆的事已經過去一年多的時間，但只要一想起，一幕幕的場景還如發生在昨天。

陶五小姐這四個字一出來，老太太幾乎是立刻想起了當時齊眉那副傲然正氣，又什麼都不怕的模樣，莫不是平甯侯心裡還記著這個？

大太太過來聽老太太說完，愁得眉頭都解不開似的。

「已經下了請帖，那便是一定要去的。」老太太自是不樂意，陶家的人沒有誰會願意去平甯侯府，連帶著三老爺的妻室自從出了平甯侯帶人搜府的事後，也極少有人再去親近。收了請帖，老太太心裡清楚，這趟是一定要去的。

「總覺得侯爺夫人無端端提起齊眉……」大太太也不知道該如何說，心頭升起隱隱的不安感。

「齊眉身子這兩年才好起來，就被平甯侯家惦記上。」大太太說著鬱結起來。

老太太低頭沈吟了下，道：「平甯侯家也沒有適齡的公子，總之我們小心些就好。」

「平甯侯家也不是山野猛獸，我們做足了準備過去，也難被挑出差錯，請的幾家都是朝廷重臣，在京城裡極有地位，到時候平甯侯也沒法子在他們面前做出什麼下三濫的事。」老太太狠狠地道。兵來將擋水來土掩，他們陶家行得正坐得直。

大太太把平甯侯那邊的事源源本本地說給齊眉聽。「妳怎麼看？」

「如祖母所說，萬事小心，那麼多達官貴人在，即使出了岔子，少說十幾雙眼睛看著，白的也說不成黑的。」齊眉道。

「兒子定要去，若是那平甯侯敢動五妹一根毫毛，我便把他們家掀了！」陶齊勇憤憤地開口，主意打到他五妹身上，真有什麼事，他可不會管那麼多，非得把侯爺府扒層皮下來。

大太太點點頭。「你祖母和我也是這個意思，這次就帶齊眉和你去，沒提的小姐就不帶過去。你在齊眉身邊，我和你祖母也好安心。」

接下來的日子，齊眉便靜心窩在東間裡準備賀禮，既然獨獨提了她，那她也不能空手跟著過去。

離國太夫人的壽辰還有半個月，賀禮準備妥當，只差個特別的錦盒。

陶家打聽過，國太夫人雖然年事已高。眼花耳背，卻還是愛賞花聽曲。而每年國太夫人生辰，素來孝順的仁孝皇后都會請其母去宮內小住幾天。

今年平甯侯卻以邊關戰亂，不敢大張旗鼓興師動眾為由，改為只在府內賀壽，百姓都道平甯侯果真是個清廉的人。

迎夏把這些有樣學樣的說給她聽，齊眉不由得撇嘴。「真要不鋪張浪費，怎會請的都是這樣的大官，到時候飯桌上少不了都是稀罕菜色，清廉在何處？」
在一旁仔細繡著的齊英把手放下，道：「平民百姓不知曉，可我們清楚自家和平甯侯家的關係，到時候若真是有什麼事，妳要仔細著點。」
齊眉點頭。「我定是會小心謹慎。」看著齊英手裡的東西，好奇的把頭探過去。「二姊的繡藝已然是登峰造極的境界，傳說最難的繡法之一——蜀繡，二姊都能做得來。」
「我也是在學。」齊英搖搖頭。「還是太難了，針法細密繚亂，傳說真真做得登峰造極，繡起蜀繡來比跳舞還好看。」說起這個，齊英素來沒有表情的面上帶著些嚮往。
齊眉看著手裡完成一半的雙面繡，好在她平素無事也會繡些東西。而齊英繡藝極好，日日過來陪著她繡，看著不對了就指點一番，有了她，齊眉這才繡得又快又好。等繡完了就能蓋在錦盒裡當緩托，對於送給國太夫人的賀禮來說，這樣做就剛剛好。
把繡品蓋在錦盒裡，齊眉重重地吐口氣。
等到賀壽這日，齊眉挑了件雲霏妝花緞織彩百花月蝶錦衣，是之前繡院裡做好的華貴衣裳之一，花樣繁複卻不顯得密集，平甯侯獨獨點了讓她去，她也無須裝什麼素淡性子，現下陶家的地位上漲，他們跟著出門的小輩就要打扮得體又貴重。
一條淡粉輕紗挽在雙臂間，走起路來隨風輕輕擺動，整個人平添幾分靈動。
馬車到了垂花門，齊眉跟著老太太和祖母上馬車，齊勇非要單獨騎馬跟在兩旁走。
齊眉勸道：「平甯侯饒是想做什麼，也不能在外頭大庭廣眾之下做。」
齊勇卻不理，一個跨步飛身上馬。「兵法裡有提過，萬事小心才是上策，讓對方無縫可尋。」

「由妳大哥去吧，他也是擔心妳。」大太太挑開簾子，招手讓齊眉上車。

馬車行到府外，齊眉挑開前頭的車簾子，大哥騎在馬上，英挺踏實的背影，時不時的左右看一眼，尤為警惕。

「有妳大哥這樣跟著，我們等會兒也才放心。」老太太讓齊眉把簾子放下，把她拉到身邊坐下。

馬車內很寬敞，齊眉一坐到老太太身邊就幫她捏著膝蓋，這些天陰雨綿綿，雖然還是用了好的藥膏按摩，但也要時時刻刻注意。

老太太開始囑咐。「賀禮的事情等會兒我們會說起，到了平甯侯府妳就一直跟著我和妳母親，實在要分開的時候，妳大哥一定還會在妳邊上。」

看著一家人去趟平甯侯府比打仗還要警惕，氣氛如此凝重，齊眉噗哧一下。「若是孫女再小幾歲，只怕要以為祖母和母親是把孫女送去平甯侯府做成菜吃了呢。」

老太太忍不住笑起來。「妳這個皮丫頭，剛說妳穩重懂事，這會兒就油腔滑調。」點了下齊眉的額頭，老太太表情也沒剛剛那般緊繃了。

馬車行到平甯侯府的時候，老太太已經合上眼小憩了一陣，齊眉一直小聲的和大太太說話，並沒有吵到她。

到了侯府，齊眉如老太太所言，緊緊地跟在她和大太太身後，身邊的陶齊勇像個護衛一般在她身邊，只差沒把劍拿在手裡。

齊眉拉了齊勇一把。「大哥還是莫要這樣，平甯侯那般狡詐，指不定拿大哥這舉動來說事。」

到時候聚在花廳，把陶齊勇這模樣說出去，免不了得被其他那些權貴笑話，面子拉不下去的就成了陶家。

齊勇一想也是，放鬆了身子往前走，但鷹一樣的眼眸還是銳利無比。

路過的丫鬟雖是目不斜視，但齊眉無意回頭，瞧著幾個丫鬟都在竊竊私語。

鼎鼎大名的武狀元、大將軍的嫡長孫，還被皇上欽點入了樞密院，該是怎樣傳奇的男子。

陶齊勇的臉龐輪廓雖是隨了大太太，帶點兒柔和之氣，但一雙銳利的眸子和鷹鈎鼻，再加上滿身正氣，常年習武身子也英挺高大，看上去威武又勇猛，直把那些小女子看得心都怦怦跳，礙於男女之間授受不親，又只能躲在遠處偷偷地看，只那麼幾眼，也臉都紅得厲害。

平甯侯府比他們陶府要大了一倍，四處奇花異石，走在道上竄入鼻息的花香沁人心脾，鋪在地上的石子都是從別國運來的。

原先聽說平甯侯府並沒有這麼宏偉，看著這麼些年，暗暗地不知拿了多少好處。

可誰也不能說什麼，皇后的娘家，就算建得再華貴，只要沒超了皇宮，那便是自然而然的事。

一眼看到花廳裡正向平甯侯拱手的男子，齊眉心裡微微地跳得快了些。

高䠷的身材，繡著金絲花紋鏤空木槿花的鑲邊衣袍，和他頭上的羊脂玉髮簪交相輝映。

不知在說些什麼，忽然笑了一下，只覺得比現在初春的天氣還要明媚。

「如今居家大公子可是太學品正，拿了文狀元，肚裡的墨水自是不消說，今日一見這模樣，都有些忘了他原先那皮孩子的過去了。」平甯侯夫人掩嘴笑起來。

再往左手看過去，阮大夫人安靜的坐在一旁，看似已經打過招呼，齊眉掃了一眼，果然是沒有帶阮成淵來。

陶老太太帶著兩個小輩上前，平甯侯夫人笑著道：「這可是大將軍夫人，身後這一對金童玉女，想來定是陶家大公子和五姑娘了。」

齊眉和齊勇一個福身一個拱手，向平甯侯和平甯侯夫人問好。

雖然兩家關係像被凍在冰窖裡似的，但在外頭該做的表面功夫那是一定要做。

問好後，平甯侯家的丫鬟就搬了軟椅過來給陶老太太和大太太坐下，陶大老爺一早便和阮大學士碰頭，兩人比齊眉他們都要早來些。

本以為平甯侯夫人會對她說些什麼，可對方卻轉身和陶老太太問起好來，態度竟是幾分恭謙。

國太夫人因得年紀老邁頭昏眼花，在壽宴開始之前都不會過來，聽旁的丫鬟說，壽宴開始後也只會過來露一下面。

齊勇和齊眉被丫鬟帶著到了側廳，說是側廳，實則是個小花園，平甯侯府裡頭可謂處處都是亭臺樓閣，側廳也不例外，繞過廳內簾子一掀開便是另外一番場景。

一左一右兩個大大的亭子分得極開，左邊的亭子裡坐著小姐們，右側則是少爺們待的地方。

這會兒大抵是都才進來，還在分成兩邊走，亭子兩旁的抄手遊廊中間嵌著不大深卻占地頗大的池塘，裡頭的金魚覺察著有人過來，呼啦一下聚在一起，拚命擺尾討食。

側廳的簾子掀開後，丫鬟道：「陶大公子、陶五小姐來了。」

陶家兄妹進去的時候廳裡一下安靜下來，只聽得到魚兒擺尾濺得水花層層的聲音。

京城雖不是那些小城鎮小縣市，可說到底人們都還是一個脾性——好熱鬧，像陶家大公子的諸多事蹟早在京城傳得厲害，饒是今天來的都是權貴家的小姐和少爺們，雖說不是全部，但少說一大半的人都想會會這位傳聞中的少年俊才。

尤其是少年郎們，年紀差不了多少，出生地位也都旗鼓相當。而且說起來陶家本該是沒落了的，還差點遭了大事，大概是鴻運當頭照到他們家。不僅逃過一劫，還無端端地被平反，再之後陶家大公子也是平步青雲。

少年郎們多少心裡不平衡起來，見到陶齊勇，舉手投足之間竟是帶著點兒大將的風範。少年郎們都板起臉，不理會陶齊勇的問好，兀自鑽進右側的屋子。

陶齊勇不屑與他們爭，看了眼齊眉，眼裡都是讓她小心些的意思。

齊眉點頭，跟著丫鬟走上左邊的遊廊。

掃了一眼亭子內在閒聊的小姐們。都有意無意的往遠處的亭子裡瞅，這些小姐除了阮家的三小姐和四小姐以外，其餘的齊眉前世都不曾見過。

而阮三小姐成煙和四小姐成慧還是前世嫁入阮家才得以見過幾次。

這樣的場面對她來說特別的陌生。別家的小姐無論是大官還是小戶，都多多少少會有手帕交，即使出門去宴會沒有遇上，也總能找著一、兩個說得上話的人。

前世她連出自己閨房的次數都屈指可數，這麼兩、三年也大多都是別家來陶家拜訪，現下面對的都是權貴家的小姐，齊眉一時之間升起些無措的情緒，換得前世的她，即使去了宴會也不會有誰來搭理。

在她怔忡的時候，小姐看清了上來的人，有幾個都站起來，拉著她的手，親切無比。

「陶五小姐吧？過來我們這兒坐。」

拉著她的是陸丞相家的二小姐，長得秀麗可人，舉止言談都極有教養，現下正到了說親的年紀，這樣人家的姑娘定是能配得好姻緣。

亭內的小姐們都穿得華貴異常，國太夫人的壽宴，來的又都是重臣之家，若是誰打扮得樸素，只會被人說家裡寒酸。

齊眉撫了撫髮髻，上頭的珠翠有些鬆了，伸手把它又固定好。

小姐們圍著她開始說話。

好在她來之前做足了功課，把幾家人的小姐和少爺們都認全了，跟著坐到桌旁，反正現在也只是聚在一塊兒等著壽宴開始，坐在哪裡都無所謂。

阮三小姐性子溫婉懂事，齊眉前世的時候與她還說過幾句話，那種柔柔淡淡的清麗感覺讓人覺得尤為的親切，與阮三小姐相處更是能讓人覺得舒適。

傳聞陶五小姐是個病痨子，常年不出門，面色蒼白得若是在晚上見到了能嚇去半條命。

可現下見到了，卻是個好性子的，且聲音輕柔、容貌柔美，也不知那樣的傳言都是怎麼出來的。

居三小姐心直口快，把這些一股腦兒都倒了出來。

齊眉不在意地抿口茶，端莊的模樣讓身邊的小姐們都搖搖頭，看來傳聞果真是不可信的。

「我瞧那些人啊，就是嫉妒了才會胡亂說些陶五小姐的閒話。」這爽利的聲音傳來，亭內的小姐都起身，齊眉也跟著站起來。

來的正是左家大小姐，已為人妻室的黃左氏和亭內的小姐絲毫不一樣，不拘謹的舉止卻也談不上落落大方，有些刻意在她們這些未出閣姑娘面前擺架子的感覺，光是髮鬢間的珠釵即便大白天就晃得人眼睛都疼起來。

左家大小姐嫁的正是鎮國將軍之子，鎮國將軍在早年被封了輔安伯，而黃家二郎算得上是個才子，舞劍之餘更作得一手好詩，平甯侯家和輔安伯家真真的門當戶對，而等到鎮國將軍這次去邊關立了戰功，黃家二郎只怕是要繼承那伯位的。

「早聽說過陶五小姐的名字，原先我就沒信過那些傳出來的渾話，瞧這利索的模樣，可不比我家妹妹要差。」黃左氏笑著上下打量齊眉，直把她看得渾身都不舒服。

平甯侯家並沒有與她適齡的少爺，也不知這侯爺夫人和黃左氏都是在暗暗地指些什麼。

「左三小姐怎地沒來？」黃左氏說起妹妹，陸二小姐忙問道。

黃左氏看向一旁的丫鬟，丫鬟忙福身道：「左三小姐受了點風寒，便未能前來與各位小姐們相聚。」

陸二小姐登時不滿，和陶家五小姐就可勁兒（注）地說話，她問一句，竟是要丫鬟來回答。

心裡不快是一回事，只是放在心裡，一下生氣的勁兒便過去了。

右側的亭內氣氛便沒有女子們複雜，少年郎們原先還對陶齊勇板著臉，與他相談幾句後便敞開了話題，雖然性子是焦躁了些，但也不像別的那些平步青雲的人一般，轉頭就翻臉不認人。

陸家的三公子反而有些不好意思，拍著陶齊勇的肩。「我開先對你還有成見，現在看來還是我太小人了。」

陶齊勇哈哈一笑，端起酒壺給他倒酒，陸三公子也忙站起來，兩人舉杯一口飲盡。

黃左氏在亭內坐了一會兒，小姐們都漸漸地不與她說話，她便也只坐在一邊，拉著倒楣的齊眉不停地說著。

齊眉苦著臉，半點也脫不得身，旁的小姐們看著她求救的眼神，也都只是愛莫能助的搖搖頭。

「陶五小姐。」阮三小姐忽而過來，在她耳旁耳語兩句，齊眉連連點頭，兩人一起和黃左氏說要去茅廁，阮三小姐臉有些微微地紅起來。

黃左氏擺擺手。「妳和陶五小姐都是頭一次來，讓丫鬟帶妳們去。」

直到下了亭子，齊眉才重重地舒了口氣，感激地衝阮三小姐一笑。

第二十八章

齊眉和阮三小姐並肩走著，丫鬟領著兩人去淨面，黃銅的盆兒內水清澈無比，映照出兩人的臉。

齊眉正要掏出帕子把手上的水漬擦淨，卻手一滑，帕子掉到地上。

阮三小姐遞了絹帕過來。「用我的吧。」

齊眉不好意思地笑了笑，接過去擦著手，無意間瞥到帕子上的題字，細密的針線卻縫了一個奇怪的蟬蛹，雖然看上去並不滲人，但也並不似大家閨秀會用的花樣。

眼神只是稍稍滑過，不著痕跡的遞還回去。「謝謝阮三小姐。」

「妳我兩家交好，那我們二人也該要互相親近些，我長妳三歲，妳叫我姊姊便是。」阮三小姐笑得溫婉。

說著壓低些聲音。「聽說平甯侯夫人獨獨點了要妳來侯府，父親說送請帖來我們阮家的時候並沒有特地說要誰過去，只是分外客氣的邀請大家賞面而已。」

「姊姊也知道，我身子不佳的傳聞太過厲害，平甯侯一家見多識廣，侯爺夫人又是菩薩心腸，說不定會有什麼好法子。」說著齊眉笑了笑。「大概是這樣才點名我來的。」與阮三小姐縱使說了要親近，那也不能什麼都與她聊起，這還是齊眉頭一次和阮成煙獨處，自是不

注：可勁兒，北方方言，指在情緒激動或興奮的狀態下，不受拘束和限制。

能言無不盡。

阮成煙聽出了她的防備，倒是不介意，只是這個話題也沒往下聊。

阮三小姐拉著齊眉的手。「只要見著妳的人便能知曉外頭傳的那都是胡話！妹妹一舉一動透著閨秀之氣，眉眼之間又有將門之後的神采。」

「姊姊誇得也太好了。」齊眉不好意思地抿起唇。

阮三小姐認真的看著她。「而且妳心地很好，別人或者不知道，但我可知道。」

「這話怎麼說？」聽出了弦外之音，齊眉和阮三小姐對視。

「還不是我家的大哥。」原來說的是阮成淵。

提起自家的傻大哥，陶五小姐果然並未像其他人那般露出不耐或者不屑的神色，如之前交談時那般面上帶著傾聽的笑意，阮成煙吐口氣。「每次從你們陶家回來，我去大哥園子裡瞧他的時候，他都會說起妳。」

阮三小姐和阮成淵是同輩裡頭關係最好的，前世每次回娘家。阮三小姐都會來看阮成淵，平日回不來的時候也隔個一、兩月便託人帶些禮物回來，而且齊眉每次也都有分。

阮三小姐說著笑起來。「一口一個小仙子的，聽得我心裡好奇得厲害，讓我極想和這個小仙子交交朋友，只是先前一直苦無機會。」

齊眉眉毛挑了一下，阮成淵在陶府的時候並未與她過分接近，除了頭一次來家裡，送了月季花給她以外。沒承想，阮成淵記得那麼深刻。

上次她在陶府裡出手幫阮成淵解圍，也只是舉手之勞而為之。

「也是姊姊失禮了，一上來就和妳說這些。」阮三小姐果真是個心細的，齊眉一舉一動都能被她猜著意思。

「和姊姊之間沒想到竟能這樣契合，妹妹是心裡高興。」阮三小姐這樣客氣，齊眉有些不好意思起來，回握著她的手。

花廳內，長輩們都在閒聊，女眷坐到一塊兒，雖然都沒明著說，但細細一聽，都是扯著自家的孩子如何如何。各家的小姐和少爺們年歲遞增，每家都有那麼幾個適齡的。

「那緩托可是陶五姑娘繡的？」侯爺夫人忽而笑著問道。

大太太點點頭。「繡藝算不上多好，讓侯爺夫人見笑了。」

「也不是個個都是宮裡第一的繡娘，哪裡能一出手就是驚世繡品。」侯爺夫人似是極為體諒。「珍貴的是那份認真繡出來的心意。」

大太太不知要不要接話，頓了一瞬，老太太笑著道：「也是平日就偶爾會繡些繡品，侯爺夫人喜歡就極好。」

平甯侯夫人點頭，又喚來了身旁的大丫鬟。「妳去把小姐和少爺們都叫回來。」

齊眉和阮三小姐剛回到亭內坐穩，就有丫鬟來傳話，壽宴要開始了。

和阮三小姐說了幾句體己的話，兩人走去花廳的時候便自然的走在一起，陶齊勇看了眼齊眉這邊，竟是沒有過來，反而跟著少爺們一起，似是極放心的樣子。

席間國太夫人被扶著出來，並不是駝著背的老太婆。

年事已高，雖盡顯老態，但一身朱紅的綢緞袍，髮鬢間的金絲繞銀髮簪，鑲著在夜裡還能發出光芒的貢品夜明珠，看上去氣質出眾。
國太夫人左手拄著枴杖，右手被丫鬟扶著，走得有些艱難。
眾人皆起身福禮，國太夫人的聲音蒼老得厲害，對來的幾家大官都表達了謝意，和平甯侯爺的矍張模樣絲毫不同。都說女像父親、男像母親，平甯侯那張略方的臉和國太夫人確是一個模子刻出來的。
大抵還是身子不好的緣故，國太夫人坐下後並沒吃幾口菜，但也不似傳聞裡那般只喝得了稀粥。
勉強的挑了幾筷子，國太夫人咳嗽起來。
平甯侯夫人忙過去關切的詢問幾句，便勸著讓丫鬟扶國太夫人回去歇息。
國太夫人卻是不肯。「這麼多人聚在一起也不容易，我這才出來又進去，太欠誠意。」
居老太爺道：「平甯侯夫人說的才對，現下吹的可是初春的風，最是容易染上風寒，國太夫人還是要著緊些為好。」
旁的幾人跟著勸了幾句，國太夫人才滿是愧疚地起身。
壽宴的主人雖是離去了，但壽宴並未受什麼影響，依然繼續熱鬧著。
齊眉和阮三小姐挨著坐，長輩們還在吃著，阮三小姐提起了壽宴的賀禮，不知怎地知曉齊眉繡的是緩托，向她討教繡藝。
阮三小姐苦著臉。「我大概是天生笨些，看別家的小姐繡起東西來都特別順手，就只有我，那針線似是長了眼，只要我一拿起來縫就總往我肉裡扎。」說著伸手給齊眉看她的手指。

一雙蔥段般的玉手翻過來，手心裡幾個細細的針扎過的小坑坑，看著可疼。

「我繡藝也不好，若說我見過繡藝最好的……」齊眉話還沒說完，阮三小姐笑著道：「是陶二小姐。」

「姊姊怎麼知道？」齊眉訝異地看著她。

齊英的繡藝不常向外頭展示，喜靜的性子更讓外頭極少有人談論這個陶二小姐，阮三小姐卻是她一提便說了出來。

阮三小姐頓了下，一臉比齊眉更驚訝的樣子。「我隨口一猜便猜中了？」

齊眉笑著點頭。「二姊現在在研究蜀繡。」

「那可是出了名極難的繡法。」阮三小姐張大了嘴。「聽說繡得好的人，手指翻飛像是在奏琴，密而不亂的手法比跳舞還要好看。」

和二姊竟是說得差不多。齊眉盯著阮三小姐看了一會兒，對方頓覺多言，低頭攥了攥帕子。

齊眉順著看過去，小小的蟬蛹繡得這樣栩栩如生，若果不是別人代勞，那阮三小姐的繡藝並不像她自己說的那般不濟。

「為何姊姊會想著繡蟬蛹在帕子上？」齊眉問道。

一般閨秀用的絹帕無非都是花草魚作花樣居多，極少有人會用蟲。

阮三小姐臉微微一紅，聲音也低了幾分。「是有特別的意思。」

齊眉聽得話裡鬆動的意味，阮三小姐對她並未設防，反而有想要敞開心思說的感覺。

「蟬蛹蟬蛹，都不過只是『陪襯』。」齊眉沒用「遮掩」二字，湊近了阮三小姐耳旁。「蛹同勇，對不對？」

阮三小姐一下子臉炸紅起來。

遠處坐著少爺們的那桌，陶齊勇正端著茶盞，借著抿一口的姿勢往齊眉這邊看過來。

齊眉拉了拉阮三小姐的袖子，聲音只得兩人聽得見的程度。「蟬蛹往這邊瞧了。」

若不是坐著，阮三小姐定是要跺腳了。明明那人說五妹妹是個沈穩又寡言的性子，才多久就拿她來打趣，阮三小姐紅到了耳根子。

陸二小姐察覺到異樣。「阮三小姐莫不是飲了酒？瞧這臉比紅果子都要紅了。」

大家都笑了起來。

用完了飯，依舊分成幾撥人坐著。

小姐們被許了去花園玩，平甯侯府的花園那是出了名的景致極佳，只比御花園遜色那麼一些，齊眉看著偌大的花園口，只是站在這裡便能聞到裡頭飄出來的淡淡花香，不甜膩，卻宜人。

齊眉剛嘆息的搖搖頭，忽而耳朵就被拎起來。

「大哥你做什麼！」其實陶齊勇並沒使什麼力氣，也沒人看到。

齊眉只是稍稍動了下就掙脫開來，反而是陶齊勇愧疚起來，紅臉皺眉的樣子和阮三小姐有幾分相像。「難道扯疼了嗎？我明明沒下力氣的。」

「大哥是習武之人，就是半分力都沒使也是比常人力氣要大些的。」齊眉面上沒有表情的背過身子，不願意和他說話。

陶齊勇見齊眉板著臉，當她真的生氣了，支支吾吾半天也不知該怎麼哄人。

他只會舞刀弄槍，只知道要保護心裡那些重要位置上的人，可若說哄人，著實比練字還要難。

齊眉被陶齊勇抓耳撓腮的樣子逗得噗哧一聲笑出來。

陶齊勇不明所以的看著齊眉笑得前仰後合，好一會兒才明白過來他這是被齊眉捉弄了。兄妹倆漸漸的落後，齊眉壓低了聲。「大哥與阮三小姐確實看著尤為般配呢。」

「妳個小女娃子懂什麼……」陶齊勇結結巴巴，擺出大人的模樣訓斥。「我、我只是與她互相投緣，偶爾在宴上遠遠見過兩次而已。」

「大哥與妹妹還這樣遮掩做甚。」齊眉捏起帕子捂唇，偷偷在後頭笑著。

「我與她總是提起妳，她便也對妳印象極好。」陶齊勇鬆了口吐實。剛剛席間上看著齊眉和阮成煙的小動作，他便猜著這個心細的五妹妹定是知曉了什麼。

他和阮成煙的相遇也談不上特別，去年的年間和父親一起在城門查看，阮家的馬車正從他面前經過，陶齊勇神經這麼大條的人，每每想起那一幕也覺得心中柔軟萬分。

厚重的車簾被纖纖素手掀起一角，潤紅的唇，再往上是一對美目好奇的往外頭瞅。

美目的主人正是阮成煙，大雪洋洋灑灑地落下，對上視線的那一剎那，陶齊勇覺得有一股熱血冒了出來，心裡頭不知道被什麼撞擊了一下。

陶齊勇是個粗神經的人。走到哪裡都目不斜視，縱使以前去阮府的次數不少，也從未曾和這阮家三小姐有過什麼交流。

車簾後的姑娘羞怯得厲害。眼神觸到的一瞬間，面上就泛起了紅暈，襯著街道上隨處掛著的大紅燈籠，好看得讓陶齊勇到很久以後都難以忘懷。

想起一年多前的事，陶齊勇不由得笑了起來。

「大哥、大哥。」齊眉晃了他的胳膊好幾下，沒得辦法只能在他耳旁大吼了一聲，只差點沒把陶齊勇吼得跌到地上。

「我們落後太多了，其餘的人早都進了花園，只有我們兄妹倆還沒到，丫鬟剛折回來催過兩回了。」看著陶齊勇出神的樣子，齊眉嘴角微微地翹起來。

「催得這麼急做什麼，也不是缺了我們就不能在園子裡玩兒。」

「我是不急，但阮三小姐也在裡頭呢。」齊眉覺得打趣自家大哥真是一件特好玩的事，看著他臉騰地一下通紅，看她一眼，要說什麼又說不出來的樣子。

來平甯侯府也並不是什麼糟糕的事，至少能看到前世都不曾見過的大哥的模樣。

陶齊勇嘴裡責備了句，下一刻卻邁著步子往前趕，齊眉撒開腿追著跑卻都沒有跟上。

花園裡頭，小姐們和少爺們已經各自尋了好玩的地方。

小姐們賞花看池子，少爺們坐在亭內悄悄地飲酒。

陶齊勇走過花開得最繁密的一處時腳步放緩了不少，手背在後頭，咳嗽了一聲。

一旁的阮三小姐頓了下，沒有回身，嘴角悄悄翹起來。

好不容易追上的齊眉，看著他們的小動作，即使是隔很久拿出來回味，也只有他們二人能感覺到箇中心動。

「大哥好似是肺臟不大好的樣子，看來回去得讓丫鬟做雪梨糖水給他喝了。」齊眉站到阮三小姐身旁，說著卻忍不住地笑起來。

習武之人自是耳朵極好，陶齊勇聽著自家妹妹的揶揄，只想上前敲她腦袋一下，又不能真的有什麼動作，甩了甩衣袖，警告地又咳嗽一聲，才疾步去了亭內。

居玄奕笑著道：「陶大公子是被路邊的花兒絆住了？這麼遲才過來。」

陶齊勇抬眼看他，他眼神內並無其他的意思，陶齊勇亦是笑著道：「與我那五妹妹邊聊邊走過來，非讓我講了個故事才肯走，這樣才耽擱了。」

「什麼故事引得陶五姑娘那麼大的興致？我倒是都想聽聽了，若陶兄樂意的話，不如再說與我一次？」現在並不是熱天，居玄奕卻拿著把扇子，唰地一下打開，微微地搖了搖。

陶齊勇看著他，給他的酒盞倒滿，對方會意的一口飲下，豪氣干雲地看著他。「這下可以說了吧？」

陶齊勇擦擦嘴角，乾脆地道：「不說。」

亭內爆出一陣笑聲，小姐們都好奇地偷偷看一眼，又匆匆回過頭。

黃左氏讓丫鬟端了平甯侯府特製的茶，掀開茶盞，一顆青梅躺在晶瑩剔透的茶水中，只是看著就感覺沁人心脾。

給每個人都端上，到了齊眉的時候丫鬟被裙襬絆住，青梅茶盡數倒在齊眉的裙上。

丫鬟登時驚叫了一下，阮三小姐立馬掏出帕子，給齊眉擦著大腿處。

裙子上盡是淡黃的印記，丫鬟嚇得跪在地上，黃左氏出聲訓道：「妳怎麼這般不長眼？端個青梅茶也能灑了，若這是熱茶的話全數倒在陶五小姐身上，妳擔當得起？」

丫鬟跪在地上抖得厲害，頭都不敢抬起來。

黃左氏冷哼了一聲，丫鬟忙搧起自己耳光，啪啪地一聲聲特別的清脆，旁邊少爺們待的亭子也聽到了這裡的響動，陶齊勇看著不遠處的情景，立馬站起身要過去。

「不礙事的。」齊眉輕聲道。

「這怎麼不礙事！」黃左氏憤憤地道。

阮三小姐出聲提醒。「還是先讓陶五小姐去換身衣裳才好。」

黃左氏頓了下，也對，轉頭又笑著說道：「我家的三妹妹身形與妳差不多，我讓丫鬟帶妳去她房內拿件沒穿過的衣裳換了。」

丫鬟帶著齊眉一進到左三小姐的屋裡，一股子香味就直愣愣地往鼻子裡鑽。

左三小姐站起身，身旁的丫鬟扶著她起來，面色倒是紅潤著並不似偶感風寒的模樣。

黃左氏讓婆子早一步過來知會了左三小姐，左三小姐走過來，聲音婉轉動聽。「陶五小姐過來吧，這件衣裳是新做好的，我並不曾穿過。剛剛老媽媽過來告訴我，我便讓丫鬟準備好了，陶五小姐只須過來內室換下便好。」

齊眉笑著道謝，即使對左家的人萬般不快，但伸手不打笑臉人，左三小姐的脾氣看著是不錯的，身邊跟著的丫鬟們收拾得很精緻，個個氣色亦都不錯。

一個人在內室裡換衣裳，左三小姐的身形果然和她的差不了幾分。

衣裳穿在身上只大了一點兒，環視著左三小姐的閨房內室，應該是個性情雅致的人，書桌上的書冊整整齊齊的擺放在一邊，文房四寶只是看一眼便知道極為講究。

內室裡的裝潢也並不華貴繁複，簡簡單單又不失大氣。

齊眉正想走過去看那書桌上的書冊名字，左三小姐隔著厚厚的珠簾問她可是衣裳不合身。

齊眉沒有法子，只能挑開簾子走了出去，左三小姐看一眼便笑起來，面上都是真誠的神色。「衣裳穿起來總歸還是要看人的，這衣裳若是我穿的話就定沒有陶五姑娘這般好看。」

齊眉打量了左三小姐一眼，說不上驚豔的容貌，倒是給人一種親切的感覺，只要一說話，小圓臉上的一對杏眸便會不自覺的彎起來，勾出一個讓人覺得尤為舒適的表情。

一頭青絲鬆鬆地用藕色髮墜綰起，藕絲琵琶衿上裳，一條對稱花樣的長褲，外罩著一件絲綢罩衣，大概是婆子過來後才匆忙披上的，無論怎麼看都好似是她多心的樣子，齊眉猶豫地由著丫鬟引著坐到軟椅上。

「左三小姐過謙了。」齊眉禮貌的回了句。

忽然覺得喉嚨很癢，齊眉不自主地咳嗽起來，這一咳可不得了，一下子就喘了起來，齊眉難受的弓起背希望能減輕苦楚。

左三小姐慌亂的起身，彎身扶住齊眉。「陶五小姐可還好？

「早聽說過陶五小姐有哮喘症，大姊讓陶五小姐來及時換衣裳也是怕青梅茶過涼，引發陶五小姐的哮症。」左三小姐說著皺起眉頭，有些六神無主。「也不知道哮喘症要怎樣才能好一些，這可怎麼得了，這下子陶五小姐喘得這麼厲害。」

頓了下，左三小姐轉頭吩咐婆子。「快去花廳裡告訴陶老太太和陶大太太。」

婆子立馬去了。

左三小姐急得是團團轉，齊眉艱難的抓著她的胳膊。「我、我的衣裳裡有……有個薄荷香囊……」

左三小姐忙讓丫鬟去拿，一會兒丫鬟手捧著薄荷香囊，屋裡的人都未見過哮喘症發起來是怎樣的，看著陶五小姐登時面色蒼白、喘個不停的模樣，只覺得心慌。

急切地接過薄荷香囊，左三小姐命人端了熱茶來，待到齊眉緩下來些後端給她。

齊眉唇色都白了，在陶家的這幾年哮喘症復發的次數漸少，雖然偶爾有之，也從沒有這樣突然過，只是說一句話而已……

齊眉眉頭鎖了起來，屋裡的香味再次飄入她的鼻息，一呼吸就覺得被桎梏住。

「左三小姐，能不能把窗戶打開？」齊眉把茶盞放到一邊。

左三小姐點了頭，丫鬟把窗戶大大的敞開。

齊眉頓覺得好了些。緩緩地站起來，聲音還帶著虛弱。「敢問左三小姐屋裡熏的是什麼香？」

「是山丹花，今晨才送到府裡的，夫人分著給各園子一些，三小姐素來喜歡山丹的香味，便馬上磨了用來熏香。」一旁的丫鬟忙解釋著。

左三小姐侷促地搓著手。「莫不是因得山丹花的緣故才導致陶五小姐突然這樣？」

齊眉皺起眉頭，難怪她會哮喘，山丹花乃百合的一種，百合是最容易誘得她哮喘症發的花，何況從一早就開始熏，氣味該有多濃。

沒有回答左三小姐，齊眉轉頭對一直站在外頭的子秋道：「妳去跑一趟，告訴祖母和母親不必過來了，我已經沒事了。」

子秋聽得出五小姐話裡的緊急意思，一轉身便跑出去。

齊眉回頭看了眼這個長她幾歲的左家三小姐，雖然不知這一家子到底在算計什麼，但這些莫名其妙的小動作實在是夠了，她從換好衣裳心就一直跳得比平時要快。

「陶五小姐還是快些進屋子裡來，才剛剛緩過一些，還是坐下來歇息一陣再過去的好。」丫鬟把門關上了。

一旁的老媽媽慈眉善目的模樣，扶著齊眉，手下卻在暗暗使力，被強制扶著坐回了軟椅上。

外頭突然響起一聲貓叫，突兀又刺耳，似是受到了驚嚇。

不知道那老媽媽低身同左三小姐說了什麼，齊眉一得自由便起身要走，剛邁了一步卻被老媽媽拉住。

左三小姐滿臉愧疚，把罩著的絲綢罩衣脫下。「陶五小姐把這個披上再出去吧。」

齊眉自是不會再信她，伸手推了回去。「不必了，身上的衣裳等我回府洗好了送回左三小姐這裡。」

脫下了絲綢罩衣，藕絲琵琶衿上裳被挽起一些，露出了雪白的胳膊，左三小姐有些難堪，捏著絲綢罩衣進退兩難的樣子。

這時候門口一陣聲響，接著就是男子從稚嫩完全蛻變成成熟的低沈嗓音。「五妹妳沒事吧？」

齊眉一個激靈，只是一瞬，所有亂七八糟的小事在她腦子裡串成線，根本來不及阻止，陶齊勇就衝了進來。

左三小姐驚叫一聲，齊眉立刻轉身把絲綢罩衣罩住她的胳膊。

陶齊勇站在門口，被眼前的場景震住了。

這時候身後零零碎碎的腳步聲傳來，齊眉把左三小姐往後頭一推，自己站到陶齊勇面前。

陶老太太和陶大太太跟著趕過來，還沒來得及說話，忽而後邊不知道誰喊了一句。「這可是左三小姐的閨房啊！」

陶老太太一下子哆嗦起來，重重地吐口氣，手也捏得緊緊的。

平甯侯夫人越過陶老太太和陶大太太，走到陶齊勇身旁。「這是怎麼回事？」

老媽媽一五一十地說了。

是陶五小姐換好了衣裳要走，左三小姐想著她的哮喘才剛剛緩過來一些，便要脫下絲綢罩衣給陶五小姐穿上，免得被外頭的冷風鑽了空子。

「是這樣嗎？」平甯侯夫人問道，絕口未提身邊的陶齊勇。

身後的女眷已經有人開始竊竊私語。

所有的人都看著齊眉，她努力平定下心神，知道自己現在的話雖然不夠分量了，但也能關係到左家要做的下作事。「先前在花園的亭內，丫鬟不小心把青梅茶潑到我身上，而後便被帶來身形相似的左三小姐這裡換衣裳。換好了出來一張口一呼吸，便發了哮喘。」齊眉頓了一下。「這裡的熏香是山丹花，哮喘症最忌諱的東西，以前倒是從未曾聽過拿山丹花來做熏香。」

平甯侯夫人滿臉擔憂。「我們也是在花廳裡正閒聊著，忽而丫鬟傳話說妳哮喘發了，陶老太太和大太太心裡掛記著妳，便說要趕過來瞧瞧，陶大公子一聽這消息便衝了出去，動作快得咋舌，我想著是在我們平甯侯府裡才發生這樣的事，便也過來看看，結果卻……」

平甯侯夫人似是才看到陶齊勇，只是瞥了一眼，卻並未往下說。

陶齊勇退了幾步，沈著聲音說道：「我是心裡掛記著五妹妹。」

這時候屋裡傳出哭聲，齊眉回頭看過去，那老媽媽環著左三小姐，看不見她的臉，只見得肩膀在抖動著，左三小姐似是在扭動著身子，不知道是為何。

但齊眉知道，這哭聲可真是悲戚萬分。

齊眉經歷過這樣的事，名節對女子何其重要，饒是她七歲的年紀，被賊子擄去一晚，即使毫髮無損，也無人再願上門提親。

何況是在這樣大庭廣眾之下，朝中幾位重臣家的女眷都親眼見到的情況，只能給夫君瞧見的部位，被別人看到了。

陶大太太已然面色蒼白，幾次張口想要說什麼，卻又無從說起。

齊眉心裡迸發著怒意，這樣的處心積慮，算了這麼長這麼久，竟然就是等的這一齣。這麼多人證在場，雖然阮家和居家與他們陶家交好，可陸丞相家裡卻並無過多的交集，何況這裡丫鬟婆子一大堆，無論誰說一句，很快便能傳開。

本是喜慶的壽宴，被這莫名的一齣戲給活生生地攪得雞犬不寧。

齊眉耳旁充斥著左三小姐的抽泣聲，間或夾雜著那幾位重臣女眷的小聲議論。無非都是指責陶齊勇性子過於急躁，雖是無心之失，但卻釀成這樣的後果。

到現在這個地步，說什麼都是徒然。

鬧騰了一陣，平甯侯夫人讓丫鬟把其餘的女眷帶回去，轉頭看向陶老太太和陶大太太，語氣可以說是平靜。「陶老太太、大太太，這事情既然已經發生了，又是在這麼多人面前，那也得有個解決的法子才好。」說著又低頭和老媽媽說幾句，讓老媽媽將左三小姐帶回內室。

陶大太太無意間瞥見左三小姐哭得紅腫的眼睛。

不待陶老太太和陶大太太答話，平甯侯夫人又嘆了口氣，把一直繃緊身子站在一旁的陶齊勇拉過來。「陶大公子也是心裡念著五姑娘的身子，也都是我不好，明知道陶五姑娘身子不大靈光，還非要她過來。」

陶齊勇牙齒咬得喀喀響，他神經再大條，也明白他這次是栽了，一步步掉到平甯侯府設計的陷阱裡頭，深陷其中不知怎樣才能拔出來。

剛剛女眷們被帶走，那麼多人，陶齊勇一下就從人群裡看到那雙充滿擔憂的眸子。

握緊雙拳，陶齊勇沈聲開口。「無心之失也是過，既然犯下了錯誤，我定會一力承擔。」

「果然是將門之後，有擔當就是好的。」平甯侯夫人似是欣慰。

陶齊勇和齊眉被帶到了正廳外頭，陶家和平甯侯家的長輩在內裡商議。

「這次的矛頭竟然不是妳，反倒是我，那丫鬟跑來說的時候我登時就慌了。滿心只想著妳定是被左家人欺負。丫鬟描述得妳喘得一口氣都要過去了，不單只是我，祖母和母親也慌神。我那會兒心都猛地沈下去了，哪裡顧得了其他。」陶齊勇憤恨地說著。「好一招聲東擊西！」

齊眉只嘆了口氣，轉頭望向珠簾遮擋得嚴實的內室，心裡千般轉過，邁步走了進去。

陶家女眷和左家女眷坐在一起，說是商議，但陶家絲毫沒有說話的分。

陶老太太和陶大太太並不大清楚箇中過程，可陶齊勇闖入未出閣的左家三姑娘閨房是事實，無論是再合情合理的理由，只要是入了未出閣的女子閨房，那便都不是理由。

平甯侯夫人看著陶五小姐進來，面上閃過一絲不悅。

齊眉福下身子。「這次的事，不只是我家的無心之錯，平甯侯爺一家也有著過錯。」

「我們有何錯處？」平甯侯夫人揚高了聲音，這可真是天大的笑話，他們左家清清白白的閨女被人闖了閨房，這樣的事傳出去誰會覺得他們有錯？

齊眉抬眼看著平甯侯夫人。「先是有丫鬟把青梅茶倒在我裙上，若不是這一齣，之後的事也不會發生。當然並不是執意要怪責那個丫鬟，人非聖賢孰能無過？」

齊眉說了這句，一個丫鬟悄悄的舒口氣。

「但之後去了左三小姐的房內，熏著的是極不常見的山丹花熏香，山丹花是誘發哮喘症最厲害的。」齊眉看著平甯侯夫人一絲波動都沒有的臉。「不過左三小姐素來喜愛山丹花，拿來搗碎磨了做熏香也是情有可原。」

「陶五姑娘說了這麼大一段話，指著所謂的錯處下一句卻又反過來駁斥自己，不知用意為何？」平甯侯夫人勾著唇角，縱使都發現了又如何，饒是陶五小姐一張再巧的嘴，也改變不了事實。

「只因最後要說的這個錯在何處。」齊眉豁出去了，前世的陶齊勇的婚事並未攪和到爭權奪利的局面裡，到了這一步，饒是她也猜得出來這唯一的解決辦法是什麼，只有陶齊勇娶了左三小姐，一切才能稍稍平息。

「在我換了左三小姐的衣裳後，張口說話的時候吸入了大量的熏香，一下誘發了哮喘，老媽媽立馬讓丫鬟去稟報侯爺一家和陶家。還要感謝大家對齊眉的關心；可無論是丫鬟還是媽媽們，明明都知道房內兩位小姐是在換衣裳的，為何不阻攔我大哥進園子？」齊眉說著聲音銳利起來。「堂堂平甯侯府，守衛森嚴又精銳，走到哪裡都能見到巡邏的人，可為何到了左三小姐的園子，就能一路通順地進去？」

「放肆！」平甯侯夫人怒拍著身邊的案几，站起來情緒激動。「妳這是在說我們侯府敞開大門讓陶大公子闖進去？」

陶老太太和陶大太太面上的表情已經有了微妙的變化，二人對視一眼，卻只能嘆口氣。

「今日剛好是國太夫人的壽宴，朝裡幾位德高望重的大臣及其家眷都在，就趁著這個機會與大家說說陶大公子和我家三姑娘訂親的事吧。」平甯侯夫人的話讓齊眉眼皮一跳，轉頭望向祖母和母親，看著她們的神情便知道事已成定局。

真是每一步都算到了，全程都在聲東擊西，暗地裡默默的把一切都部署好，讓那些別家的長輩也看到那一幕，陶家只能百口莫辯。如平甯侯夫人所說，那些大臣和家眷都在，把這事情當眾宣佈，就等於完全塵埃落定，一點更改的機會都不會有。

哮喘、熏香、衣裳，齊眉腦子裡亂糟糟的。

饒是前世，她也從不曾涉及這樣的陰謀，她從來都是不被關注的那一個，現在想來，活得雖然淒慘，但至少能坦蕩蕩的。

兩家人又商議了一陣，去了花廳。

齊眉走在最後頭，陶齊勇跟在陶大太太身邊，步伐十分的緩慢。

在平甯侯夫人面上露著喜色，宣佈陶家大公子和左三姑娘訂親的時候，齊眉遠遠地看到阮三小姐，眸子裡的神采一下就消失殆盡了。

第二十九章

回去陶府的路上，馬車內尤為沈寂，在平甯侯府待的時間太久，在宣佈了訂親的消息後，陶老太太和大太太又入了內室，和平甯侯家商議一二。

齊眉撩開車簾，和來時不同，來的時候，大哥騎在馬上的背影挺得筆直，而回去的時候，暗暗的路旁燈籠光照在他身上，把蕭索的身形拉得很長。

「千算萬算，算不了這齣。」大太太一句話打破了沈寂。

老太太抬了抬眼，一會兒又合上。

大老爺拳頭捏得死緊。「我活了幾十年，再沒見過像左家那樣下作的，為了把左家人塞到我們府裡做探子，親生閨女的清白都可以不要。若是一個沒弄好，那左三姑娘也是會白白犧牲的。」

素來溫婉的大太太冷笑一聲。「左家的人，犧牲清白又如何？他們臉都不要，還要清白做什麼？」

齊眉始終沈默，聽著長輩幾人不停地說著。

在祖母和母親入了內室後，平甯侯夫人語氣不容商議。「雖是無心之過，卻也已然發生，你我二家已經訂親，卻還是越快越好，翻了黃曆，今年裡最好的日子便是十月初一。」

真是什麼事都準備好了，赤裸裸的逼婚，一切的一切都安排得妥妥當當。

齊眉記得阮三小姐臨走前，長長的睫毛垂下來，眼眸裡散出的悲傷和無措被掩去大半，齊眉不知道要說什麼話來安慰，一瞬如桃花春風拂面，一瞬如楊柳曉風殘月。

回府後，老太爺得知了在平甯侯府發生的事情，差點一口氣沒上得來。

陶家翻身了，連齊勇差點被陷害都能得了皇上的幫助全身而退，下一刻卻又被平甯侯緊緊箝制住。

翌日大老爺上朝，平甯侯見著他一改往日的挑刺，親切地拍著他的肩膀，大老爺心中不悅，緊繃著臉。

「還要恭喜平甯侯爺和尚書大人結親，陶家大郎是難得的青年俊才，就是急躁了些，而平甯侯爺家的三姑娘，聽得傳聞是個素淨的性子。這一水一火，再毛躁的，也能被打磨成最耀眼的玉石。」說話的是蘇公公。大老爺看過去，蘇公公的面上並無任何巴結或者取笑的意思，說得十分認真。

過了幾日。齊眉把左三小姐的衣裳洗好，命子秋送了過去。

隔日平甯侯家來了婆子，說平甯侯家三小姐送了回禮過來。

齊眉眼睛都不抬。「我只是把衣裳還給左三小姐，並不是送禮，既無送禮何來回禮？」婆子不知道該如何作答，只能把身子埋得更低。「這是三小姐連夜做出來的東西，一會兒都沒睡的。」

幾日都未有過什麼動靜的西間，忽然門砰地一下打開，陶齊勇走了出來，齊眉嚇了一跳，不過幾日的工夫，大哥竟是消瘦了這麼多。

陶齊勇瞥了眼，一支月季銀簪，簪上精巧地鑲著一塊細玉。銀質的簪子上一朵月季花，素淡又雅致，和左三小姐透出的氣質極為相像。

他一把奪過婆子手裡的簪子，狠狠地扔到地上。「表面做得再好又如何，瞧，這簪子是壞的，妳看，裡頭是黑的！爛的！」

婆子嚇得半句聲都不敢出，那簪子被砸得裂成兩半，婆子腦裡閃過三小姐坐在油燈前一整晚不眠不休，眼睛都紅了的樣子，心裡不由得一疼，又不敢伸手去撿那個簪子。

她只是個婆子，面前的都是少爺小姐，她本來就是偷偷來的，鬧出什麼響動，害的不只是她自己。

「做了下作的事，難不成還想把臉撿起來？」齊眉從未見大哥發過這樣大的脾氣，他說完了這句，背過身，狠狠地吐了個字。「滾。」

婆子急急忙忙把碎裂的簪子撿起來，狼狽地告辭了。

齊眉跟著齊勇去了大老爺的書房，大老爺正在按著前額兩側，看著陶齊勇終於出來，舒了口氣。「你想通了。」

「兒子從未想得這麼清楚，我們陶家個個都是錚錚鐵骨，被個靠女人哄著的侯爺家壓著，無非就是個權字！越是這樣，兒子越不能倒下，消沈只會順了他們的意。」陶齊勇說得激動起來。「現在是我，誰知道下一個是不是二妹妹、五妹妹。」

結親的事情被提上了日程，陶家和平甯侯家都忙得昏天暗地，但兩家的景象卻是絲毫不同。

平甯侯家喜氣洋洋，而陶家卻是平平靜靜，即使忙得厲害，也並無其他的動作。

而邊關的戰亂也愈來愈緊急，並不是預料的那樣能很快平息。

摺子不斷的遞上來，皇上的眉頭也越鎖越緊。

到了七月，炸雷一樣的摺子遞上了殿堂。

幾個小國暗地裡聯合起來，發動了一次強大的攻擊。

皇上氣得不行，入夜了後，一個人悄悄地去了德妃的園子。

她只是低頭撫琴，而他飲著無須擔心是否有毒的茶，心緒漸漸平息。

和二皇子夜談了一晚，皇上出來的時候，正好遇上日出，從黑暗到漸漸亮起來的美景。

早朝的時候接到了八百里加急的摺子，幸得鎮國將軍所帶領的將士個個訓練有素，雖然被殺了個措手不及，但那幾個敵國也損傷大半，誰也沒占了便宜。

皇上終是鬆了口氣。

七、八月總是最炎熱的，阮大夫人來時，除了阮成淵以外，果然還帶了阮三小姐，老太太也知曉阮三小姐這幾個月都病病好好，關切地問了幾句。

齊眉看了眼阮三小姐，她整個人都透著虛氣，連著幾個月的病，雖然之後的病不嚴重，但也讓阮三小姐元氣大損。

阮大夫人嘆口氣。「也不知是怎麼回事，她就這樣病了好、好了病，現在好不容易恢復了些，我就想著帶她出來走走。」

「多走動些好，原先我也是不愛走動，多虧我這個孫女拉著我隔三差五地在府裡慢慢地走，也是活動了身子，日子短了不覺得，現在過著夏日，即使吹著涼風也極少有病痛的時候。」老太太說著把齊眉拉到身邊。

正說著話，陶齊勇走進來，頎長的身子停在阮大夫人身旁，頓了一下。「阮大夫人。」而後看著阮三小姐。

阮三小姐起身，面色蒼白，微微地福身，兩人禮貌地互相笑了下。

和阮家相處，兩家的氣氛總是和睦，二姨娘得了阮家要來的消息，轉身就道她娘家人正好這日要來，只能帶著陶蕊離府。

沒了二姨娘，只得齊眉幾人在場，卻是一團和氣。

阮成淵似是心情不錯，一直咧嘴笑著，牙齒潔白又整齊，眼眸裡也透著神采。

飯後，長輩們閒聊，齊眉帶著阮三小姐和阮成淵去花園裡賞花，亭內丫鬟已經裝好了冰塊在打扇，圍著亭子的池水透心涼，只是走過去，整個人便舒適起來。

與阮家的關係好，小姐和少爺們的忌諱也並沒有別家那麼深，四個人都坐在亭內。

阮三小姐的眼眸微微垂下，齊勇站起來，嘴唇動了動，一肚子話想說卻又不知道從何說起。

阮成淵這時候一下蹦起來。

「淵哥兒要去玩！」

「大少爺！」這是易媽媽的聲音，無論去到哪裡，易媽媽都會跟著阮成淵，剛剛她沒來得及把阮成淵也叫出來，這會兒他倒是聰明，自個兒跑出來了。

齊眉尾隨易媽媽出了亭子，來到池邊，面前的池子內蓮花正是開得最好看的模樣，粉嫩的花瓣，花蕊的顏色嫩黃得讓人忍不住想去嚐一口。

現在大哥和阮三小姐應是在說話了吧，她特意把子秋和另一個懂事的婆子留在亭外，免得兩人獨處落人口實，而留下服侍的人都是她自己的人，不會隨意亂說。

這段時日，齊眉知道大哥一直給阮三小姐偷偷地送信，對方卻絲毫沒有回應，信都被原封不動地退了回來。本以為是已經冷心的緣故，今日聽阮大夫人一說才知曉，竟是一直病著。

齊眉還是一下子心事重重。

在池邊坐了一會兒，蓮花被風吹得微微地飄搖，亭內傳來幾聲笑聲，齊眉伸手想去觸碰那蓮花，一個不留神腳底一滑。

以為要落水了，胳膊在一瞬間就被拉住，避免了後邊糟糕的事情。

齊眉回頭看拉她一把的人，被拉住的一瞬間心頭湧過熟悉的感覺，她回頭得太快，阮成淵眉頭微微鎖起，嘴唇也抿得緊緊的，下一刻才忽而變成大大的笑臉。

「小仙子要是摔下去了，會變成醜醜的落湯雞。」

一段時日不見，中間見過的幾次也只不過匆匆一瞥，現在的她身子漸漸好起來，名聲也保住，無論如何都不可能會嫁給阮成淵了。阮大夫人即使帶著阮成淵來陶府，也是衝著陶蕊。

不過沒辦法的是，陶蕊年歲漸長，心思也多了起來，雖然不似原先那般口無遮攔，但卻學會了避而不見，每次都是身子這又不舒服，那又受了涼的。這麼長的時間過去，阮成淵也沒見過陶蕊幾次。不過齊眉感覺得到，阮成淵對陶蕊毫無興趣，傻子喜怒哀樂都寫在臉上，毫不遮掩也不須遮掩。

這樣的兩個人，也不知有沒有緣分走到一起。陶蕊很記仇，小時候二姨娘被阮成淵打了一巴掌的事，她會一輩子記得的。

阮成淵已經自覺的坐到齊眉身邊，兩人之間隔了一隻小貓兒的距離，雖然阮成淵不會計較這些，但齊眉還是向他道謝。

收到謝意的阮成淵笑意更濃了，純真的笑容卻總給齊眉一些不一樣的感覺。

阮成淵如今也十三歲了，阮大夫人焦急起來，卻也沒得別的法子。阮大學士和父親是同一類人，一派清流，但不同的是阮大學士的膽子小，不與賊人為伍，但也絕不與人起衝突。

這樣的人家，清清白白，卻也討不到什麼好處，不知哪家會願意把姑娘嫁給阮成淵。

其實說起來，嫁給阮成淵也不全是壞處，總比成為政治權力的犧牲品要好，而且傻子待人都是掏心掏肺，不會摻一點假。

「淵哥兒剛剛見妳一直皺著眉頭，是不是有不高興的事？」阮成淵說著又拿出了他的法寶，手心攤開，幾個彩色的糖塊遞過來。「吃了這個，就會高興的！」

歡快的語調，由衷關心的模樣，齊眉伸手拈了一塊。「謝謝你。」

「淵哥兒知道妳的大哥要娶平甯侯家的小姊姊。」阮成淵說著刻意把眉頭鎖起來，扮成小大人的樣子。「平甯侯家我也不喜歡，很不喜歡，隨娘去過一次，他們嘴上沒有說，但是淵哥兒看得出來，他們心裡在笑話娘親，下人也對淵哥兒不好。」

阮成淵越說越認真，語調都跟著低下來。「淵哥兒回去的路上都和娘說了，然後娘告訴我，人生不如意事十之八九，另外那一、兩件好事，可遇不可求，所以人只能好好的活下去，無論面對什麼困難都不要放棄，覺得難受的時候大哭一場或者睡一覺，第二天總能比昨天要好。」

齊眉驚愕地看著他，阮成淵的臉幾分秀氣又有幾分男子氣概，側臉看過去，鼻梁很挺。大概是心中無事的緣故，眸子裡總是比誰都要亮，黑葡萄一樣的眼珠裡溢出點點光芒。

看來阮大夫人還是下了功夫的，想前幾年阮成淵來拜年，一句普通的賀詞也要抓耳撓腮的想半天。

覺得難受的時候大哭一場或者睡一覺，第二天總能比昨天要好。

齊眉心裡鬱結的心情舒散開不少。

「淵哥兒不懂這話的意思，但娘說得很認真，那就一定很有道理，淵哥兒也說來給齊眉聽。」

自己名字從阮成淵嘴裡滑出來，齊眉不禁有片刻的怔忡。

「大少爺怎麼躲到這裡來了。」易媽媽總算找到了阮成淵，看到他坐在陶五小姐身邊，雖然隔了些距離，但這樣坐在池子邊易媽媽還是覺得怕，萬一少爺玩心大起，陶五小姐可禁不起折騰。

想起那次大少爺把二少爺推到水裡，易媽媽是看得清清楚楚的，二少爺病得特別厲害，春試都砸了。

之後阮大夫人問起，她說了實話，阮大夫人便塞了她一些碎銀子，讓她不要四處亂說。

易媽媽沒有收。

她怎麼會去同別人說，大少爺是她帶著長大的，到現在她都記得大少爺半歲的時候生了場大病，可怖的一晚她誰也沒有說過。寒冬臘月，她和阮大夫人已經衣不解帶地照顧了大少爺好幾天，太夫人硬是命人把阮大夫人帶回園子內歇息，她當時衝阮大夫人再三拍著胸脯，會好好守著大少爺。

幾日來的勞累，她抵不住攻勢猛烈的睡意，桌上一杯濃茶還未消去熱氣，她端起來要飲，結果本來病懨懨的大少爺卻哇地一下大哭起來，嚇得她一下子把濃茶打翻在地上，去哄了大少爺後，他倒是很快不哭了，睜著黑珍珠一樣的眸子看著她，伸手要她抱。

而後手就一直緊緊的勾住她的脖子，怎麼都不肯放手。

十幾年過去了，易媽媽總在想，其實初生不久的小娃兒說不準還是這小娃兒前世未變化完全的老人精，她緊緊地抱著大少爺，怎麼也不敢撒手，和小小的大少爺眼神相對的瞬間，她還記得心裡微微地顫了一下，明明是純淨清澈的小孩兒眼神，卻生生地透著一股子滄桑和成熟。那樣的眼神實在太可怕了，她就那樣和大少爺對視著，一下都不敢放手，也整整照顧了大少爺一晚，因為當晚大少爺竟是再次發了高熱，而且十分的厲害。

第二日再看大少爺，又還是那般單純粉嫩的小男娃兒，也是在第二日易媽媽才想明白過來，她當時若是真的離開了大少爺，那麼大少爺的高熱在短時間內復發得那樣厲害，她又沒及時發現的話，說不準人都救不回來。

「易媽媽？」齊眉喚了老人家幾聲，卻只見得她的表情越來越悲傷。

「陶、陶五小姐。」易媽媽回了神，面上有些尷尬起來，大少爺還是坐在池子邊上，一臉好奇地看著她。

易媽媽走過去牽起阮成淵的手。「雖然是夏日，大少爺還是不要在涼涼的池子邊，知道了嗎？」

阮成淵似懂非懂地點頭，而後咧嘴，像是做了好事的小孩子向長輩要獎賞一樣。「剛剛小仙子差點掉下池子，淵哥兒救了她。」

易媽媽愣了一下，捂住阮成淵的嘴。「這樣的話大少爺不要同別人說。」如果傳了出去，也不知別人會把陶五小姐和大少爺胡亂說成什麼樣子。

在易媽媽的眼裡，陶五小姐是個極善良又懂事的，而且最難得的是，從不見陶五小姐面上有過一絲不悅的神情，即使大少爺要同她一起坐在池邊，陶五小姐也沒有起身離開。雖然在府裡的時候，若大夫人她們偶然說起陶五小姐，大少爺都是一聲不吭的，卻總是時不時私底下與她這個老人家說起陶五小姐，一口一個小仙子。

其實在少爺的心裡，孰輕孰重還是有個掂量的，他大概是能隱隱地感覺到，若是在眾人面前談起陶五小姐，並不會讓她好過。

易媽媽心底裡期望過，陶五小姐能嫁給大少爺，若是能有這樣的好小姐與少爺相伴走過之後的幾十年，少爺會過得更好。但她只是個老媽媽，哪裡能有說話的分？而且陶五小姐這樣的好姑娘，如今陶家又是愈來愈高的地位，應當要配更好的良人。

易媽媽想著不由得嘆氣。

那些表情都落在了齊眉眼裡，她悄悄地繞到假山後，亭內的二人已經處於沈默之中。與剛剛的氣氛並不一樣。齊眉猶疑地上前，阮三小姐見她過來，起身拉著她。「也不知長輩們是不是要我們回去了？」

齊眉看了眼齊勇，他靠著亭柱，眼望向外頭的風景，看不清是什麼表情。

子秋得了老太太的令過來，阮家人已經準備著要離開了。

齊勇這才動了動，悶著臉率先走出亭子，誰也沒有打招呼。

一行人慢慢地步行到花廳，路上的時候齊眉刻意和阮三小姐走在後頭，阮三小姐倒是自己開口。「妹妹的心思我明白，不過緣分盡了就是盡了，饒是說再多的話也是徒勞無功，命中的一切皆有定數。」

看來是說崩了，齊眉只能嘆口氣。「大哥這幾月一直沒什麼精神，只希望以後能慢慢地恢復一些。妹妹過些日子再去阮家看看姊姊，聽阮大夫人說的，姊姊一直病病好好，無論如何也不能這樣糟蹋自己的身子。」

阮三小姐沒有接話，只是搓了搓手裡的帕子。

小輩們依次入了花廳，阮家人和老太太幾人告辭，阮成淵也湊過去，說了幾句漂亮話，老太太樂得笑了起來，抓了把糖塊給阮成淵。「淵哥兒喜歡吃這個，我記得。」

阮成淵拿著糖塊，高高興興地道謝。

「以後淵哥兒要經常來這裡。」坐在馬車，阮成淵的高興勁兒沒有消散，拿了個糖塊吃，甜滋滋的味道讓他笑得越發的開心。

易媽媽小聲地和阮大夫人稟報今天阮成淵在陶家一天的舉動。

「那個五姑娘，真的是不錯的。」阮大夫人聽了只覺得可惜。

若是陶八姑娘還有些可能，剛剛在花廳裡與陶老夫人無意間說起陶家的姑娘們，老夫人個個都說到了，唯獨陶五姑娘只是稍稍帶過一句。

陶老夫人的用意很明顯，不想讓齊眉和阮家大少爺有什麼瓜葛。

易媽媽也嘆口氣。「大少爺容貌生得極好，性子純真又良善，若不是……」

不自覺的戳中阮大夫人最傷心的地方，易媽媽這才反應過來，忙捂著自己的嘴。

阮大夫人已經面露傷感的神色。「陶八姑娘我並不是多滿意，她生得那樣貌美又妖魅，嫁給淵哥兒定是心不甘情不願，到頭來變成我們阮家給淵哥兒討了個欺負人的。」

況且就是陶八姑娘那樣的身分，也是老大不樂意。

「老實說，陶家我最歡喜的便是陶五姑娘，可今日在花廳裡，我是看出了陶老太太的意思，到底還是不會願意把一個好好的孫女兒嫁給我們淵哥兒；其次歡喜的便是陶三姑娘，但那三姑娘只見過一次……」

阮大夫人還在說著，一邊的阮成淵慢慢停下了手舞足蹈的動作，安靜下來。阮大夫人還以為他被糖塊噎到了，易媽媽忙去拍拍阮成淵的背。

見兒子沒事，阮大夫人看了眼易媽媽，繼續道：「妳說得沒錯，若淵哥兒小時候沒遭罪的話，訂親哪裡會是這麼難的事。」

說著眼睛酸澀起來。易媽媽忍不住跟著眼角紅了，抬手抹了抹，越發的自責。從小帶著大少爺長大，她始終覺得是自己照顧得不夠好才讓大少爺頻發高熱，其實身子害病的事她又如何能作得了主。

忽而颳起了夜風，車簾被吹得翻飛起來，阮成淵側頭，直直地盯著外頭的車水馬龍，黃黃的光亮描摹著他的側臉。

進了九月中，邊關再次送來急報，鎮國將軍身負重傷，正準備著護送回京，可鎮國將軍卻死活都不願回來，傷勢越來越嚴重。

誰都沒料到，這次的戰爭打得又長又久，那些小國安靜了那麼幾年，讓弘朝的人都鬆懈了太多。

眼下邊關失了主心骨，居大老爺和陶大老爺下了朝去酒樓裡想散散心，卻又說起了這個事，兩人直到夜深了才從酒樓裡出來。

陶大老爺坐上回去的馬車，心事重重。

馬車停在府門口，大太太竟是站在柱子旁，焦急地看過來。「老爺您可回來了，我讓常青去找你，他回來卻說你不在宮裡。」

「何事？」爾容甚少這樣慌亂，大老爺聲音放輕了些。

「老太爺他不知從哪裡得了邊關的消息，現在正在正廳裡，老爺快去看看吧！」

大老爺跟著大太太疾步去了正廳，門口倒是沒有絲毫喧囂，出乎意料的安靜。看到門口站著的齊眉，大老爺走過去，齊眉轉頭看到他，鎖起的眉頭鬆了一些，福身道：「父親、母親。」

「妳祖父還是老樣子嗎？」大太太不急著進去，反而問了起來。

齊眉點頭。「祖父還是直直地看著那幅皇上御賜的親筆字帖。」說著伸手指過去，從她站著的方向正好能從敞開的窗看到老太爺的側影。

大老爺忙走進去，齊眉站在門口。

長輩們先在一旁說著話，內容斷斷續續的，齊眉也聽不清楚。

忽然老太爺把梨木枴杖扔到一邊，聲音洪亮。「伯全，明日我與你去上朝。」

「父親？」大老爺立馬明白了老太爺的意思，想要過去扶他，老太爺卻揮揮手。

「我拄這根枴杖，一拄就是這麼多年，本來是要幫著我走路好一些，卻不想拄了枴杖後路卻是越走越少。」老太爺說著又望向那幅字帖，龍飛鳳舞的四個大字顯得幾分閃耀。「現下也是該把它扔掉的時候了。」

皇上御賜的字帖，是在當時陶家逃過大難後送來的，人若是在鬼門關走過一遭，看許多事的態度也會改變。

翌日祖父果然和父親一起去了宮裡，天還是暗著的，齊眉便被外頭的響動吵醒。從東間半敞開的窗看過去，齊勇穿著官服，正往外頭走。

齊眉喚了子秋來，讓她跟著齊勇去看看。

已經被吵醒了，索性讓迎夏打了水來淨面漱口。

換好了衣裳，迎夏打開齊眉這年生辰時老太太送來的金花盒，把盒內雪潔的細粉倒入一小盂米湯裡，仔細攪勻。然後齊眉伸手舀起一捧塗到面頰上和手上，輕輕地揉搓著。

從老太太送給她那日起齊眉就開始用，果然是昂貴又極難得到的東西，特別的有用。

銅鏡裡的自己雖然算不上肌膚勝雪，但也不再是病懨懨的模樣，再均勻的抹上胭脂，已經看不出是個身子不爽利的了。

昨日躺著睡了會兒絲毫都沒有喘，讓齊眉有些驚喜，若不是現下老太爺這樣的事，她定會更高興。

早早地去了老太太的園子，老太太還未起身，齊眉讓鶯藍幾人不要去打擾，轉身一個人站在門口，看著天際慢慢地泛白。

「五姊姊。」

齊眉訝異地轉頭，陶蕊竟是這般早的就過來了。這兩年，二姨娘緊緊地抓著讓陶蕊閉門練習，生生地把陶蕊的性子變成了現在這般。

齊眉總算明白，前世陶蕊為何會變得判若兩人，也說不上不好，但卻讓兩姊妹的距離越來越遠。

「八妹妹也起得這樣早？」

「昨日一夜都未能睡好，索性就早些過來了。」陶蕊的聲音多了幾分魅氣，小時候那樣軟軟糯糯的感覺漸漸地從她身上消失，困倦地抬起手揉著眼睛的動作，還很熟悉，而眼眸裡尚透著的幾分神采，還和記憶中一樣帶些頑皮。

「祖母還未起身，我們姊妹也不好去打擾。」齊眉笑著道：「八妹妹知曉了祖父的事？」

「嗯。」陶蕊重重地點頭。「聽姨娘說了，祖父今日天還未亮就出府了。」

「五姊姊不必擔心。」陶蕊過來環住她的胳膊，態度有幾分親暱。「祖父那樣英武的人，到了邊關，定是能讓那些賊子聞風喪膽！」

到了傍晚，老太爺、大老爺和陶齊勇一起回了府。

屋裡的人都站起來，老太太看著老太爺，心裡還是帶著些許期望。

老太爺沈聲道：「我與伯全上朝，奏明聖上掛帥出征，等到急報送去邊關，鎮國將軍啟程回來養傷的時刻，就是我啟程之時。」

老太太一下癱回軟榻上，齊眉和陶蕊都去扶她，老太太連連擺手，重重地嘆了口氣。

「皇上親口點了勇哥兒。」大老爺接下來的話，連齊眉都覺得驚異。

前世的時候是祖父和大哥主動請纓，這一世皇上對大哥的態度卻是接二連三的出其不意。

「那大哥的親事怎麼辦？」陶蕊一下子就想到了這個，齊眉也望向齊勇。

大老爺冷哼一聲。「最晚也是在十月初以後啟程，親事還是繼續。」

齊勇一直抿著唇，站在一旁一語未發。

消息雖然來得不算突然，但老太爺已經多年未再出征，何況還是這樣大的年紀，齊眉陪著老太太回屋裡，老太太連連嘆氣。「妳說為何老天就總不給我們陶家好路走？」

「陶家歷經百多年的錘鍊，一半的生命怕是都獻給了戰場，好不容易拚出一條路，以為能一直這樣安安穩穩的走下去，妳祖父卻……」老太太說著眼角都紅了起來。

齊眉看著有幾分不忍心，她也不願祖父上戰場，到底是高齡，縱使不一定會親臨戰場，也是危機四伏的。大哥又年輕氣盛，一身的武藝卻衝動易躁。

聽父親說起，祖父和大哥一同去的話，是有勝算的，再沒有比祖父還有經驗的將士，而像大哥這樣血性的男子漢，在朝裡也挑不出幾個。

鎮國將軍都身負重傷，比他高強的非祖父莫屬。

老太太睡下後，齊眉回了東間，剛入屋子子秋就把門關上。

「小姐，奴婢有件事不知當講不當講。」子秋難得神色沈重的模樣，齊眉忙點頭。

「今日大少爺比平時出去得要早，奴婢提著籃子出去採購用品，一路跟著大少爺，小姐可知大少爺去見了誰？」子秋聲音壓得極低。「平甯侯爺。」

「平甯侯爺？」齊眉驚得重複了一遍。「莫不是找平甯侯爺算帳？」大哥那樣衝動的性子也不無可能。

子秋卻連連搖頭。「大少爺和平甯侯爺站在隱蔽的街角說話，奴婢聽不到在說什麼，但無論是大少爺還是平甯侯爺，神色都只是透著嚴肅。」

總不是在說左三小姐的婚事，這樣於理不合。

齊眉怎麼都想不通，索性去了西間，大哥屋裡還亮著黃黃的油燈，齊眉輕輕地叩了三下門。

「誰？」

「大哥，是我，齊眉。」

門立刻就打開了，齊勇披著件大大的長袍，面色有幾分疲憊。

「這麼夜了過來找大哥，是不是有什麼地方不舒服？」齊勇打起精神，伸手探齊眉的額頭。

「大哥是不是今日與平甯侯見面了？」與齊勇的關係讓齊眉並沒有打算拐彎抹角，把門關了一半，直接地問了出來。

齊勇頓了一下。「妳怎地知道？」

並沒有否認，齊眉細細地看著他的表情，並沒有哪裡不對的地方。

「大哥與平甯侯有何事要一清早就去見面？」齊眉聲音揚高了些。

齊勇是這樣爭強好勝的人，但好在始終都是善惡分明，齊眉只怕這一世大哥的路走得和前世不一樣，他的心性也跟著有所改變，再加上與阮三小姐的事，大哥是受了極深的刺激的。

「平甯侯爺是怎樣的人，大哥與妹妹一樣清楚，只希望，大哥不要與虎謀皮。」齊眉加重了這四個字。

齊勇眉毛動了一動，背過身。「妳回去睡吧。」

「大哥。」齊眉還要再說，卻被一把推出了屋子。

隨著老太爺和齊勇出征的事情定下，陶府也忙碌起來。

這些日子老太太幾乎都合不上眼，年紀大了總是容易擔驚受怕，老太爺又是這麼久沒再上過戰場，她光是想就覺得心驚肉跳的。

第三十章

在陶家這樣忙碌的時候，還要忙齊勇和平甯侯三小姐的親事。

熱心的只有平甯侯一家，平甯侯正右手撐著前額，左手翻閱著冊子。

「陶家那邊怎麼說？」平甯侯皺著眉問道。

「陶大太太無非就是把她家勇哥兒要出征的事又說了一遍，每次我過去她都要提起。」平甯侯夫人說著有些來氣。「千算萬算，偏偏算漏了這一齣，誰想得到皇上會欽點個毛頭小子跟著出征？嫁過去就守空房，三丫頭真的是可惜了……」

平甯侯爺合上書冊，唇角微微勾起，看不出是笑還是別的表情。

「人都說這弘朝，權力最大的自是皇上。」平甯侯爺站起來，看著窗外。「但最狡猾的人莫過於平甯侯。就好比下棋一般，下著下著，皇上頓然驚覺四周被圍得水洩不通，可已經別無他法，只能旁敲側擊。」平甯侯說著冷哼了一聲。「接著黑子下一步，白子就緊跟在一旁。」

「妳說，這盤棋將會孰勝孰敗？」

「是說皇上……」平甯侯夫人聽得半知不解。

「皇上是年紀大了，愚鈍的時候也有，可說到底能坐這麼久的龍位也不是吃喝拉撒睡便可以安安穩穩的。」平甯侯爺的話粗俗了起來。

平甯侯夫人臉一白。「這話在外可說不得。」

「我正是在自己府裡，有何不能說？如今的我，就是當著皇上的面說，妳猜皇上敢不敢動我分毫？」平甯侯冷笑了下。「三丫頭嫁過去。我的目的已經達到了，讓陶府吃這麼大一個癟，讓他們知曉我平甯侯要做什麼，沒人能阻止。妳瞧，這裡再落下白子，那也是虛招一點實處都沒有，也傷不了我。」

晚些時候，子秋捧著洗淨的衣裳入了東間，正在練字的齊眉也沒有分神，一筆一畫認認真真的。

「小姐，剛剛聽後院的丫鬟們在說……」

「何事？」齊眉沒有抬頭，手下的功夫也沒有停下。

「倪媽媽病逝了。」

「常青知曉嗎？」

「知道。昨兒個去的，常青一個大男人也扛不住，哭到現在都沒有停下來，有個丫鬟同奴婢講，倪媽媽去的時候，口口聲聲說她是報應。」子秋仔細的想著剛剛在後院聽到的話。自從常青去求了大太太，倪媽媽的膳食也好了些，平日的藥也沒少讓常青抓了去熬。可倪媽媽到底年紀大了，身子底也不好，勉勉強強撐了這麼久，終歸還是敵不過病痛的折磨。

想著最後一次見倪媽媽，她就已經是個將死之人的模樣，還能撐到現在，母親也算是沒少命人照顧她。

齊眉放下筆，把寫滿的紙疊好放到一旁，又抽了張新的紙出來鋪好。

但她卻沒再把筆拿起，讓子秋服侍她換了衣裳，重新梳了髮髻，坐上馬車去了後院。

後院她並沒有來過幾次，每次都是婆子們出事，倪媽媽原先住過的屋外已經被佈置成靈堂的模樣，齊眉看了眼子秋，子秋忙道這是稟過嚴媽媽的。

屋內，常青跪在棺材前，背影看上去消瘦得厲害。

「五小姐來了。」子秋在門口提醒了句。

常青怔了一下，忙站起來給齊眉福禮。

喪母之痛給常青的打擊不小，眼袋又大又重，還透著暗暗的顏色，眼角也是紅紅腫腫的。

「五小姐聽聞倪媽媽的事，便過來看一看。」子秋解釋了句。

常青自是再次福禮。「謝過五小姐，真真是個良善的小姐，娘親過身後，並未奢望會有主子過來，小姐還是快些離去，免得染上了晦氣。」

常青感動歸感動，基本的禮數還是記得清楚。

齊眉掃了一眼棺材，秋日的涼風從外頭吹進來，把棺材前準備供奉的紙錢也吹散了一些，常青忙去把紙錢重新堆好。

「這麼多紙錢和貢品，看來母親心頭還是在意的……」齊眉說著望向常青，常青卻忙道：「大太太還未命人來過，這個是與娘生前交好的人送的。」

「原來如此。」齊眉點了點頭。「你一個人也怪可憐的，我讓子秋留下，看看有沒有什麼可以幫忙的地方，好歹倪媽媽以前也是一直服侍著我母親。」
常青感激得跪下來磕頭，倪媽媽失勢後，原先親近的人都紛紛疏遠，在她病痛的時間裡，來看過她的人屈指可數，五小姐卻這樣屈身關心，實在讓他覺得受寵若驚。
齊眉上了馬車，撩開簾子看外頭的丫鬟們走走跑跑，忽而一個熟悉的身影匆匆而過，齊眉讓馬夫停下，她探出頭仔細地看了看，穿著黛色衣裙的人確實是吳媽媽。
看吳媽媽去往的方向是後院，這麼步履匆匆也不知是為何事。
齊眉讓馬夫先離開，反正才剛離開後院沒有多遠的路，她走回去也花不了多少時間。剛到了後院門口，假山後的交談聲讓她忙躲到一旁的柱子後。
是吳媽媽的聲音。「這些你就給你娘親，多燒點兒，讓她在路上好過些，入了地府多花點紙錢疏通鬼差。」
「多謝吳媽媽。」常青高興地接了過去。
吳媽媽嘆了口氣。「原先與你娘親一起服侍過大房一段日子，總算有些緣分在裡頭，忽而得了這樣的消息，我心裡也不好受。」
「常青心裡頭是熱乎乎的，今日五小姐也來過，還把身邊的大丫鬟子秋留下來說要幫忙。」常青說著感激起來。「娘以前脾氣也不大好，到了這日還能有主子和您送一送，真真是大福氣了。」
吳媽媽本要去靈堂的步子停住。「你說子秋也在裡頭？」
常青點點頭。

子秋那個丫鬟沒接觸過幾次，但看樣子就是個聰慧沈穩的。吳媽媽頓了下，拍了拍常青的肩膀。「既然子秋在的話，那我也就不去了，二姨太那裡還有事要忙。」常青送吳媽媽離開。

齊眉記起那次子秋拿著糕點去試探下人們，只有吳媽媽沒吃，她便多了分心思。再之後大姊的事情被她得知，母親對二姨娘的態度也完全轉變，二姨娘心裡定是清楚得很，吳媽媽自是想得到最開始是誰來打探過。

說起來，和陶蕊的接觸越來越少，也並不單單因得她被二姨娘壓著學十八般武藝的緣故。

若不是齊眉的年紀不大，二姨娘只怕要防得更深，現下府裡的小姐們都慢慢要到了訂親的年紀，二姨娘的算盤大抵打得越來越響。

雖然陶蕊越發的像二姨娘那般國色天香，生得一副媚態，多看上一眼，更覺得白璧無瑕，那種奇異的糅合感最足以吸引人。但她畢竟是庶女，若真想入高門，嫁嫡子是萬萬不可能，而阮成淵這個「送上門」的嫡長子，二姨娘卻又看不上。

為自家的女兒覺得不平，可偏偏身分天注定。

齊眉忽而靈光一閃，前世的時候母親病逝，過了一年，可不就是二姨娘扶正，而後陶蕊也成了正兒八經的嫡女？

再之後祖母找她說教，認命的她也認了，情竇初開的對象娶的也不是她，而是門當戶對的陶蕊。

不知為何，再一次想起這些，心裡卻並未有原先回憶起來那般酸澀了。

待到子秋回了東間，說起常青之後又哭了好一陣，鬧到子秋不知道是該安慰好，還是由著他這樣好，只能搬了把小矮凳坐在門口，陪著這淚眼婆娑的男子，時不時也聊幾句。

「常青三句話不離感謝五小姐您，奴婢聽得耳朵都起繭子了。」子秋說著皺了皺眉頭，聽說常青是要和二房裡的丫鬟成親的，出了這樣的喪事，起碼是要守孝一年了。

子秋說著又去沏了壺茶，熱氣一下子騰騰地冒上來，子秋低聲道：「常青說，倪媽媽在五小姐回來後，便偶爾會去二姨娘那裡一趟，倪媽媽總說是和吳媽媽關係好，兩個老婆子聊聊天。」

可今日常青收到吳媽媽的東西，吳媽媽言語間並未有特別交好的意思，卻又意外的有幾分濃濃的可憐之意。

「常青說倪媽媽總是一個人，這些日子病得迷迷糊糊，嘴裡總是說胡話。彌留的這兩日才越說越清楚，常青聽得心驚膽顫。」

「什麼胡話？」齊眉提起了精神，問道。

子秋想了想，道：「大太太隔段日子便會命人送些東西去，畢竟也是服侍了她許多年的老人，可倪媽媽每次都不肯收下，那些補藥一類全都收在櫃子裡，分毫都不動。」

「倪媽媽都沒有吃？」齊眉訝異地睜大眼。「那那些補藥……」

「常青把櫃子打開給奴婢看了，真的是滿滿的半櫃子呢。」子秋說著搖頭。「也不知倪媽媽在想些什麼，大太太賞的東西定是對她身子好，她卻不肯吃，只是寶貝的收起來，難不成還準備給常青留著做個萬一？」

忽而想起了什麼，子秋又道：「常青說倪媽媽走的時候，反覆跟他說著，對不起大太太，對不起五小姐，讓常青以後一定要好好做人，不要做壞事，不然會落得像她這樣的報應。」

齊眉鎖緊眉頭，往下想深了些。

倪媽媽原先主管廚子那邊的事，齊眉還清楚的記得她剛回府的那幾天，差點吃下了誘發哮喘的食物，亦都是與倪媽媽息息相關。

倪媽媽口口聲聲說對不住母親和她，對她有過壞心，那便是對母親也有。那時候在母親的園子裡，總看著母親咳嗽，面色也不好，最近這些日子也是，雖然都覺得是忙碌過度的原因……

齊眉攥緊了帕子，莫不是……

子秋一直跟在齊眉的身邊，最開始府裡的事情子秋也知曉，也猛地抬眼看向齊眉。「小姐！」

第二日一早先去給老太太請了安，而後主僕倆便去了月園，事先沒有讓丫鬟去稟報，大太太並不在園子裡，齊眉沒有讓丫鬟去母親那裡稟報，自個兒入了屋裡。

屋內整體透著大方又不失貴氣的氣質，她曾在這裡住過一段時間，對母親屋裡的用具自是熟悉，這樣看看不出什麼，齊眉索性先坐了下來。

進來上茶水的並不是新梅。新梅跟著母親去做事，這個端茶倒水的丫鬟並不是個新面孔。

齊眉只看一眼便認出了她，正是原先服侍父親的丫鬟——巧雪。之前在書房裡也見過她，前世巧雪也是對她極好的，不過前世的這個時候，巧雪已經懷上了和常青的孩子。若不是倪媽媽今生得病而去，也不至於巧雪和常青到現在還沒有成親。

巧雪得了五小姐來的消息，忙泡好了茶，端了果子糕點過來。

「五小姐。」巧雪衝齊眉福身，看著齊眉探詢的目光，巧雪笑著解釋。「奴婢原先是服侍大老爺，只不過奴婢前段時日被調過來了。」

前世齊眉不知道巧雪有沒有被調來調去，她只知道那時候終日在閨房裡，她期待巧雪過來的時刻並不少，巧雪每次一來都能帶不少好吃的食物或者好看的衣裳。和迎夏的關係也很好，齊眉很是喜歡看到她。那時候母親去了，齊眉哭得整個人都快暈過去，也是巧雪和迎夏一起安慰她，朦朦朧朧的記得這個長她幾歲的巧雪像姊姊一樣，緊緊地摟著自己。

雖然沒有任何要對她好的理由，但只要是對她好的人，那就一定是好人。

當然這個認知僅僅是前世的她才會有的想法。

「原來是這樣。」齊眉微微地笑了笑，讓巧雪把茶點放到桌上，卻並未伸手去拿。

「母親最近真的是極忙的。」齊眉說著滿臉擔憂。「而且身子也愈來愈差，只盼著能忙過這陣子，母親好好調養一陣才好。」

巧雪點頭應和著。

坐到離晌午還有半個時辰，齊眉站起來，笑著道：「母親大概是快回來了，不知是不是要做飯吃了？」

「五小姐餓了？先吃些桌上的糕點，奴婢馬上讓下人去做。」巧雪說著準備出門，卻被齊眉一把拉住。「我想親自下廚給母親做一頓飯。」

大太太回月園的時候只覺得渾身像散了架似的，偏偏頭還特別的疼，拖著疲累的步伐走回屋裡，剛坐穩了，忽而一陣腳步聲由遠及近，一抬頭便對上小女兒笑眼彎彎的眼眸。

「齊眉怎麼過來也不和母親說一聲？」大太太打起了精神，看著齊眉讓丫鬟們把菜端進來，新梅這會兒剛進來，也跟著幫忙。

齊眉笑著道：「這段日子見母親這樣累，齊眉也幫不上什麼忙，正好今日去給祖母請安後還有很多時間，便想著來母親這兒，做一頓飯給母親吃。」

「這些都是妳做的？」大太太看著桌上的三盤菜，色香味俱全，盤盤都做得很用心，她平時的食量就不大，越是忙就越吃不下，三盤菜的分量，兩個人吃倒還算不錯。

「是。」齊眉笑著點頭。巧雪端起白玉瓷碗，給母女倆一人盛了一碗香香的米飯。

「真是乖。」大太太摸著齊眉的腦袋，笑得十分舒心。

這一頓飯的時間特別地和睦，但也很快就過去了。

當天傍晚回到月園，大太太驚訝地看到齊眉又坐在屋裡，算準了時間一般，飯菜剛剛好上桌。

「妳一個下午都在屋裡？」

齊眉點點頭。「母親中午吃了後誇說好吃，那齊眉便再做一次，反正要不了多少時間，母親也吃得開心。」

小女兒這體貼的樣子，讓大太太眼角都紅了起來，都說女兒是母親的貼心小棉襖，這話真是一點都沒錯。

這一趟回園子後也不用再出去了，大太太索性換了舒適的褻衣，只披了件薄薄的紗衣在外頭。

吃起這頓飯的時候只覺得比中午的還要香些，飽了後，大太太笑著放下筷子。「也不知是不是做菜的人是齊眉，我就覺得今兒一天吃得舒心不少。」

門口守著的巧雪動了下身子。

齊眉忙道：「這幾日母親還要忙大哥的親事，若是覺得女兒的飯菜吃得舒服些的話，那不如女兒每日都來給母親做飯吃，如何？」

倒是極少會有這樣的事，大太太猶疑了片刻，搖搖頭。「妳的身子才好了些，就不要這樣來回奔波了。」

「那齊眉搬來和母親住幾日吧。」齊眉說著把凳子挪了挪，離大太太近了些。「母親總是很忙，自從住到大哥的園子後，與母親相處的時日都能用手指頭數。」

語氣帶著點兒撒嬌的意味，聽得大太太不由得點點頭。「也好，明日我與妳祖母說一聲，也不用搬太多東西，讓子秋收拾幾件換洗衣裳過來就成了，妳在母親這兒住的時候，那些用具一類母親還收得好好的呢。」

第二日與老太太說了一聲，老太太欣然同意了，大太太用的理由是齊勇平日要去樞密院裡，這幾日他的心緒大概也尤為紛繁複雜，若是齊眉能暫時去月園住幾日，讓齊勇一個人待著，說不定他能好好的調整情緒。

到了齊勇和左三小姐大婚的前一日，齊勇比平時回來得要晚些，回復到又剩他一人的園裡，透過大敞的窗戶看著外頭的月色寧靜地灑落進來，心卻越發的紛亂。

明日的這個時候，他枕邊便會多一個人。

今日又送來了邊關的急報，朝野上下都因時時傳來的不利軍情而恐慌起來。

老太爺得了消息，趕著時辰入宮，邁入正殿的時候正看到齊勇對著皇上拱手，主動提出後日出發的請求。

齊勇在正殿上，當著所有人的面道：「微臣承蒙皇上厚愛，才得以到今日的地位。家祖父和家曾祖父的忠肝義膽，對微臣影響甚深，所以微臣一早下定決心，誓死為弘朝效忠。這並不只是愚忠，微臣覺得，為國者，國為一，國之穩固才得以保家之太平。而古人云，保家衛國，微臣此舉不單只是為國，亦是為家。」

皇上猶豫了片刻，陶家大公子與平甯侯家三小姐的親事是明日。於公，陶齊勇的請求深明大義；於私，又好似有些殘忍，新婚燕爾的夫婦，不過一晚就要面臨最少大半年的分離，而且邊關這樣的軍情，只怕得有個兩、三年，即使中途能抽出空回來，只怕也……

一番漂亮話，說得平甯侯眉頭皺起，看著站在殿前拱手的陶齊勇，若有所思。

眾大臣議論紛紛，入耳的都是讚嘆話，這樣的所想所作所為，真真不愧是少年英才。

消息很快傳入了平甯侯府，相比之平甯侯夫人和幾位姨娘，左三小姐的園子裡卻是尤為的安靜，好似外頭的紛紛擾擾都與她這個園子無關一般。

身邊的婆子看著從頭到尾未曾說過一句話的左三小姐，幾個月前，她連夜做的簪子被陶大公子摔碎成兩半，即使如此，左三小姐也是這樣平靜，得了陶大公子不久要去邊關的消息，便去了國太夫人那裡，捧了一堆東西回來，自那日起就埋頭安心做著活兒。

婆子輕輕地嘆了口氣。

天剛剛泛白的時候齊眉就被響動聲吵醒了，今日是齊勇的大婚之日，大太太正換好了衣裳在梳髮鬟，看到齊眉睜開眼，笑著道：「再睡一會兒吧，還早呢。」

齊眉揉了揉眼睛，聲音有些沙啞。「我不睏，今日府裡一定很忙，我也早些起來幫忙。」

「剛剛平甯侯府送來了嫁禮，大少爺按著規矩接了後便跨馬迎親了。」子秋道。

街道上正是敲鑼打鼓的好不熱鬧，百姓們都探頭出來看熱鬧，陶大將軍的嫡長孫和平甯侯家的嫡三小姐成親，門當戶對不說，兩家在百姓心裡也都有著一定的傳奇色彩。

這時候敲鑼打鼓的聲音由遠及近，眾人都興奮起來，簇擁著要看陶家大公子接回的新娘。雖然是坐在轎子裡頭，但只看觸目遍是的喜慶大紅，站在兩旁的路人都覺得沾上了喜氣似的。

定睛看過去，卻發現新郎官抿著唇，面色緊繃，全無喜氣之色，喜服穿在身上，暖暖的顏色偏偏愈看愈覺著寒凍。

「小姐，大少爺接回平甯侯三小姐了。」迎夏氣喘吁吁的從門口一路小跑進來。

「還叫三小姐，得叫大少奶奶了。」齊眉說著卻嘆了口氣，跟著走到正廳裡，滿目都是客人的笑臉，越發襯得大哥面上寒若冰霜。

和身旁的新娘一起牽著紅綢緞，綢緞中心是一朵大大的結心花。新娘蓮步輕挪，大紅的蓋頭把容貌遮住，只能努力低頭看著腳下一點點可見的路，身邊的新郎卻絲毫不等她，新娘拚命邁著步要追上他，偏偏規矩是不允許在成親之前言語，不然便犯了大忌。

齊勇不耐地扯了把紅綢緞，新娘一個踉蹌，終是摔在了地上，兩旁爆出一陣驚呼。新娘摔倒，這可是更大的忌諱。

陶老太太忙站起來，喜娘的臉唰地一下白了。

齊勇站在一旁，手裡握著紅綢緞，挺直身板一動不動，連看都沒有看一旁摔倒的新娘子，好似摔倒的並不是以後將與他長相伴的人一樣。

「笨手笨腳，若是她，定不會如此。」反正都摔倒了，這樣的親事兆頭再壞、忌諱犯得再多他也不在乎。

那摔在地上的新娘忽然微微動了動，在喜娘要去扶起的時候，她自己撐手起來了。有著蓋頭遮臉，誰也不知曉她的表情。

齊勇頓了下。

新房四周安安靜靜的，觸目可見的都是大紅的喜色。

婆子和丫鬟見著齊眉過來，忙福禮。

齊眉並沒有進去，只是站在門口，裡頭的新娘不知是怎樣的心情。齊眉只記得自己成親的那晚，什麼也沒做，她坐在床榻上，阮成淵坐在她身邊，小孩子一樣的拿糖塊給她吃，叫她媳婦。

入夜後阮成淵就呼呼大睡了，齊眉看著外頭的月色，悄悄地哭起來，明明毫無聲息，阮成淵卻忽然醒了，拉著她一臉驚慌，反正是個傻子，齊眉把自己的情緒都發洩在他身上。

明明什麼都不懂、不會、不明白，阮成淵看著齊眉哭成淚人，也跟著掉眼淚，卻並不讓人覺得他幼稚。擦過眼睛，阮成淵就跑了出去，回來的時候拿了一堆月季花，齊眉也沒看他，哭了一晚上累得她直接睡著了。

第二日清晨睜開眼，阮成淵拿著做好的月季花項圈遞給她。「淵哥兒以後一定要給媳婦一個最好最好的成親日。」

齊眉被他逗樂了，嫁都嫁了，難不成還能娶兩次？

陶齊勇進了新房，沒有人來鬧洞房，這是老太太的意思，先前的壞兆頭讓誰都沒了心情，也正合陶齊勇的意，這樣的親事有什麼好鬧的？

新床上的女子坐得筆直，交握的柔荑幾不可見的顫抖，是她在盡力掩飾緊張的心情。

喜娘過來，匆匆地把禮數都做完，陶齊勇拿了喜錢給她，特別的多，但喜娘卻只覺得害怕，這個新郎官是她見過最嚇人的一個，從頭到尾都不見笑，她趕緊拿了喜錢便出了新房。

陶齊勇耳旁還是那些早生貴子、永結同心的喜慶話，拿起喜秤把蓋頭撩開。

一張素淨的臉出現在面前，即使上了濃妝，看上去還是這樣素淨端莊，與實際的性子可真是差了十萬八千里，從平甯侯府裡出來的女子，外表再顯得無害，在他心中也如蛇蠍一般讓人退避三舍。

陶齊勇冷哼一聲，左三小姐，左元夏，是平甯侯家出來的小姐，千算萬算總算嫁給了他。

平甯侯還真以為先前所說的那些話，他是真心答應的？

自己做得出來，賣女還不是為了別的，只是為了給他們陶家一個警告、預示。

這樣的父親，能生出來什麼好女兒。

陶齊勇面無表情地一聲不吭，左元夏也只是微微垂著頭，夫君不開口，那她就不能開口。

心裡想著昨日大姊神神秘秘拿來的圖冊，裡頭的內容她只看一眼就嚇得要暈過去。

這樣緊窒的新房氣氛，讓她不知所措。

陶齊勇拿了兩個酒杯過來，裡頭倒了一小口酒，遞給左元夏一個酒杯，她滿臉通紅的接過去，陶齊勇引導著與她喝下了交杯酒。

這是必須的步驟，陶齊勇說到做到，他會按規矩來。

雖然只是仰脖一喝就飲盡，但那一瞬，陶齊勇身上的氣息鑽入左元夏的鼻息。

男子漢的氣味，可又帶著些溫暖的感覺。

沈默的度過了半個時辰，齊勇起身要離開，本以為自始至終都不會吭聲的新娘卻忽然開口。「你要去哪裡？」

「我去哪裡容得了妳過問？」齊勇挑眉，回頭看著她的目光凌厲無比，卻並未對上預期那樣充滿懼意的眼眸。

果然是那家的人，他都做得這麼壞了，一點脾氣都沒有，大概也只因身上帶著平甯侯給的任務。思及此，陶齊勇眸子寒了幾分。

左元夏起身，竟然從箱子裡捧出一件金縷玉衣，遞到他面前。「這是我做給你的，你明日就要出征，這個可以……」

「好了好了。」陶齊勇不耐地打斷她，接過金縷玉衣，出屋子之前冷冷地拋下一句。「我並不是明日出征，我現在就準備收拾著走，這幾年，妳就一個人待在府裡吧，好好侍奉我的祖母和母親。」

門砰地關上，發出極大的聲響。

齊眉被關門聲弄醒，這一晚她回了東間睡，大哥明日就要走，她想著得早些起身幫忙收拾東西，而且本就只在母親那裡住到今日為止。

她心裡想著事，本就睡得不深，一下就醒了。

爬起來摸索著走到書房，大哥正在裡頭收拾。

「大哥？」齊眉是有過孩子的人，看到大哥此時出現，自是尤為驚訝。

「妳來得正好，我還有些東西沒收完，也不想去麻煩母親，妳來幫我收一下可好？」齊勇轉頭看著是五妹妹，本來冷峻的面部線條也立馬柔和起來。

了。

齊眉點點頭，也不多問話，安靜的幫忙收拾著，餘下要整理的東西其實只有那麼幾件

一件金縷玉衣分外打眼，卻被隨意地擱在案几上。

齊眉走過去拿起來，細細地看了一陣才轉頭問道：「大哥，這個是母親命人做給大哥的？」看來母親花了不少心思，金縷玉衣的製衣材料就不好找，何況還要做到這般絕佳的模樣，只怕得要好幾個月，還得保證中間不出差錯。

「不是，是她做的。」

齊眉頓了下，看大哥冷下來的表情就知道那個「她」是誰。

「妳隨便放吧，不放進去也成。」齊勇擺了擺手。

齊眉還是把金縷玉衣放了進去，幫齊勇把餘下的收拾好，而後就到老太太那兒陪著。

第三十一章

老太太一直抹著眼淚，看著孫女過來，只覺得有些不好意思。

老太爺轉頭道：「我這一趟去也不是不回來了，妳瞧妳這模樣，齊眉該笑話妳了。」

「哪裡能笑話，孫女也不捨得祖父。」齊眉跟著拿起絹帕擦著眼角，眼眶紅得厲害，老太爺的表情也柔和了幾分。

別人不知道前世的事，但是她知道。

這一世的路走得與上一世不盡相同，也不知祖父出征的結局會不會和前世一樣。她只希望祖父和大哥都能平平安安的回來，不要像上一世那般。

臨走前，老太爺讓鶯柳去他屋裡取了錦盒出來，府裡的人亦都出了來，馬車駛到門口，老太太把帕子攥得愈來愈緊。

鶯柳在馬車走之前趕了過來，老太爺接過錦盒遞給齊眉，笑著道：「以前妳吹過的那支曲兒可還記得？」

齊眉點頭。「記得的，還給祖父寫好了譜。」

老太爺壓低聲音，看了眼一旁抹著眼淚的老太太。道：「妳祖母最歡喜那個曲兒，我不在的這些日子，妳有空就吹一吹曲兒給妳祖母聽，她心情也能好些。」

齊眉接過了錦盒，打開盒子，裡頭是一支通體碧玉的笛子，這是祖父最寶貴的東西之一。

這時候齊勇才來了府門口，大老爺鄭重的囑咐了他幾句，大太太眼眶已經紅得不成樣子。「你的性子太好強，到了邊關要時刻記得收斂，那裡可比不得京城，你還有祖父要照顧。」

後頭的話大太太只用了齊勇可以聽到的音量，畢竟老太爺年歲上來了，饒是再驍勇善戰也只能從旁提點，祖孫倆都是要強的性子，這一趟去也不知會如何。

大太太滿心滿眼的都是擔憂。

齊勇重重地點頭，在人不注意的時候把齊眉拉到身邊。「妳也得好好的知不知道？大哥這一去只怕最少得要一、兩年，妳就還是住在朱武園裡，那裡的丫鬟小廝都是極聽我話的，定是會好好照顧妳。」

頓了下，齊勇又道：「若是妳有空的話，多去去阮府。」

齊眉微微一愣，點頭應了下來，大哥始終心裡還是掛記著阮三小姐。

從頭到尾，大哥亦都沒有提起大嫂，若不是齊眉餘光瞥見一個身影悄悄地站在不遠處，她只怕也想不起來。

大哥囑咐完後轉身就上了馬車，大老爺一路跟著兩人上去，馬車行駛的一刻，老太太終是哭得厲害起來。大太太忙過去攬住她的肩膀，輕聲安慰。

齊眉轉過頭，借著淡淡的月色，看見左元夏的臉上帶著濃濃的憂傷。

這也是自然，新婚當晚夫君就要出征，還沒來得及過上新婚的日子，就要面對長久的分離。

像大嫂這樣的遭遇，只怕也是弘朝第一人，成親的當晚，竟然不待在新房裡。

在各自散開後，大太太陪著老太太回了園子，齊眉回到東間剛剛坐下，外頭的天際就慢慢泛白。

索性梳洗一番，早早地去了老太太那兒，果然大太太和老太太坐在一起，正在說著話，兩人的表情都帶著擔憂。

齊眉福了禮，坐到一旁，過不多時，丫鬟們端了蟹黃鮮菇、玉簪出雞和雪凍杏仁豆腐來，菜做得十分鮮美好吃，可無奈屋裡的人都沒有胃口，拿著筷子挑了幾口，便再也吃不下了。

到了辰時，鶯藍進來道：「大少奶奶來了。」

老太太明顯愣了一下，似是這才想起從昨日開始，陶家就多了一個人。

大太太道：「昨兒個她也沒有出來，大抵是成了……」

說得隱晦，聲音也不大，老太太點點頭，繼而又哼一聲。「這個孫媳婦我還沒仔細看過，平甯侯家既然要這樣把她送過來，那我就得好好瞧瞧到底是怎樣的妙人。」

老太太這個妙字指的是心，能讓平甯侯派來陶家，又不顧自己的姻親幸福，也不知是怎樣的女子。老太太對於左元夏，只記得那日在她閨房外聽到的悲戚哭聲……想到這裡，面上的嫌棄不禁多了幾分。

齊眉望向門口，大嫂已經再次梳洗過一次，出乎意料的是精神並沒有受到影響，還是很好的模樣，唇角帶著淺淺的笑意，一身喜色的衣裳，膚色比雪還白。

饒是打扮得極為隆重，看上去還是一副素淨又端莊的模樣。

規規矩矩的先給老太太奉茶，老太太卻並沒有接過去，反而半合上眼。

大嫂屈身端著茶水等了一陣，把身子福得更低。

一炷香的時間過去，老太太這才接了茶，掀開茶蓋抿了一口，點點頭。

大太太仔仔細細端詳著這個媳婦，頭一遭做婆婆她還沒什麼經驗，想著多年前自個兒頭一日給婆婆奉茶的情景，還覺得尤為鮮明。

老太太並未為難她，茶奉上去，老太太便接過喝下，還隱晦地問她昨兒個睡得可好，直把年輕的新娘羞得滿臉通紅。

想了想昨日這個媳婦的處境，大太太不免有些不忍，左元夏把茶奉到她面前的時候，大太太便接了過去，又讓婆子打了喜頭錢給她。

左元夏這才輕輕地舒了口氣。

大太太撫了撫衣裳，道：「妳既是嫁入了我們陶家，那便是陶家的人了，為人妻者，該做什麼、不該做什麼，我想妳也應當是清楚萬分。妳是平甯侯家出來的三小姐，學識和禮數自都是極好的。勇哥兒這一趟，雖是委屈了妳，可也是為了國。勇哥兒其間也會寄書信回來，到時候妳若是有什麼想說的，附上兩句，我會命人寫好。」

左元夏福身，道：「多謝婆婆，媳婦一定謹記為人妻者的本分。如夫君所說，有國才有家，國之有難，為人臣者若是不能挺身而出，等到國之大難的時候，就更別談家這個字了。」

所以夫君去邊關，媳婦並不覺得絲毫委屈，反倒引以為豪。」

老太太抬眼看了堂下的人，幾不可見地微微點頭，倒是沒像她想的那般鬧騰，反而字字句句都深明大義。

等到左元夏請安完告辭，嚴媽媽正掀開簾子走進來，老太太看著她，嚴媽媽搖搖頭，聲音透著些慌亂。「元帕已經收來了，乾乾淨淨的，和拿進去之前一樣。」

說著端了進來，果然是一方雪白的綢緞帕子。

老太太微微愣神，大太太也驚訝地抬眼，而後猛地起身。「我去問問看。」

「不可。」老太太目光寒了幾分。「平甯侯家出來的果然沒有省油的燈，若真是個清心寡慾的，若她真如剛剛表現出來那般端莊，定不會讓婆子去端了沒有染上一點東西的帕子出來。」

「這事若是傳出去，平甯侯家定會藉這機會吵鬧。」老太太聲音揚高。

大太太卻是不解地道：「元帕上什麼都沒有，平甯侯家就不怕我們說她是個不清白的？這樣我們便有退親的理由，平甯侯家也會抬不起頭做人。」

「妳糊塗了。」老太太搖搖頭。「嫁進來之前的新娘，都是認真檢查過的，哪裡能有什麼問題，況且檢查的婆子還是我們家的人，如若這帕子的事鬧大，吃虧的只有我們家。」

「可元帕既是什麼都沒有，那便是禮數未成。」大太太擔心的是這個。

老太太咬咬牙，看了眼嚴媽媽，嚴媽媽會意地點頭，拿了小刀，咬牙割了自己的小指，鮮血滴滴的落到帕子上，染成紅紅的印記。

平甯侯家的人過來，嚴媽媽拉著她入內室，把元帕給那人瞧。

傍晚的時候，齊眉才回到朱武園，西間看上去安安靜靜的，一點兒聲響都沒有，問了子秋，子秋道大少奶奶請安回來後出過一次屋子，神色有些慌亂，拉著身邊的丫鬟問了半天，又垂著頭進去。

「問的是什麼？」

子秋道：「奴婢隔得不近，也聽不大清楚，但隱約聽著說了帕子之類的話，大少奶奶還問她那個陪嫁丫鬟，怎麼不提醒她。」

齊眉沈吟了下來。這樣看來，莫非大嫂並非是有意的？

今日在園子裡，老太太和大太太在內室裡說著話，並未壓低聲音，也是認定了坐在外頭的齊眉是個未出閣的姑娘，什麼也不懂。

聽著老太太和大太太的話，齊眉也有些懷疑起這個大嫂的用意，如若老太太和大太太的猜測是真的，那大嫂未免也想得太深，出招也太厲害。

齊眉又忽而想起，昨日送老太爺和齊勇出府，大嫂在門口擔憂看著的模樣，那個神情並不是假的。

第二日齊眉按時去給老太太請安，屋內大太太正張羅著次日大嫂回門要準備的禮。

大哥去了邊關自是不可能同行，但這也並不是壞了規矩，平甯侯家與別人說起來，三姑爺急急地出征，那是因得皇上器重，說出去是種榮耀。

大太太把所有的活兒吩咐完，拿著冊子給老太太過目。

所有的禮都是一對對的，沒有一樣是單個，明日回門，大太太特意挑選了四個容貌清秀的丫鬟、四個挑夫。

「很好。」老太太把冊子放到一邊。「禮數都是做到最足的，這樣平甯侯家也沒法子拿我們家的錯處。」

齊眉給老太太福了禮，老太太笑著招手。「這幾天忙得厲害，也沒與妳說幾句話。」

齊眉坐到老太太身邊，眉眼微微地垂下。

「妳現在還住在妳大哥的園裡，他這一去就得幾年，若是有什麼不舒心的地方，直接與祖母或者妳母親說便是。」老太太說著語氣沈下來。「妳大嫂是個心機深的，妳年紀又輕，可千萬別受了委屈還瞞著，這是自家府裡，有什麼都是我們說了算。」

齊眉聽得出老太太的意思，想了想，還是把昨日的事情說了出來。「大嫂或者並不是有意為之，做了金縷玉衣給大哥，昨日幫忙收拾的時候，大哥也還是讓齊眉把金縷玉衣帶上了。」

「剛說了妳年紀還是太小了。」老太太搖搖頭。「箇中道理妳也想不透，平甯侯家出來的，怎麼會是省油的燈。」說著帶了些情緒。「想我活了大半輩子，還得被個丫頭整得慌慌張張，嚴媽媽服侍了我這麼多年，哪裡受過那樣的事，到現在她的唇還是白的。」說的是嚴媽媽割破手指把血滴到元帕上的事。

「金縷玉衣看上去是幾個月才做出來的心意，可妳應是明白，那做衣的材質可不容易找，若沒得他人指點幫忙，妳大嫂能做得出來？」老太太說著，嚴媽媽正好端茶進來，指頭上纏了一層繃帶。

老太太和大太太說的都不無道理。

齊眉前世或者今生都不曾涉及過那樣的事，她也只是把自己所看所想說出來罷了，真正的實情是如何，她也猜不出幾分。

「妳要多分心思，別被妳大嫂那模樣騙了去。」老太太囑咐著，把齊眉落下來的一縷青絲勾到耳後。

這時候左元夏來請安，齊眉先退了出去。

簡單的福禮問好過後。老太太把左元夏叫住了，讓大太太點了明日回門的那些禮給她看，親暱的把冊子也遞到她面前。「孫媳婦覺得這樣如何？」

左元夏接過去看了，老太太從她的角度看過去。這個長孫媳婦一臉沈靜，眉眼間透著柔和的神采，過了一會兒，冊子遞還給她，長孫媳婦笑著道：「一切都憑老太太和母親作主。」

「明日妳一個人回門，心裡頭可不要多想什麼。」大太太叮囑著她，意思讓她別多話。這次陶家做足了排場，到時候用轎子風風光光地抬回平甯侯府，下人也都是最體面的，送的禮又都是成雙成對的玉器金碗，平甯侯家要說什麼，別人也不會信。

左元夏福身退下。

老太太面上露著不悅的神色。「這個孫媳婦，不過來了一日，便能讓齊眉幫著說話了。」

「當真？」大太太訝異地抬眼。

老太太冷哼一聲。「也不知使了什麼計，剛剛齊眉坐在我邊上，十句有八句是在為她說話，我聽得出來。」

大太太沈吟片刻。「媳婦一會兒去與齊眉說說，那孩子心眼細，但也易被打動，勇哥兒娶的這個媳婦，誰看上去都覺得是受了委屈的，何況齊眉年紀又不大，耳根子總會軟些。」

大太太到東間的時候齊眉卻不在，問了子秋，說是還未回來，大概是走著回朱武園，路上才耽擱了。

大太太索性走上一旁的遊廊，去了西間。

左元夏在整理著新房，從窗外看過去，彎著腰收拾著，手下利索得很。

大太太揚高了聲音，斥責丫鬟。「芍藥，妳是怎麼做事的？怎麼能讓大少奶奶自個兒動手？」

芍藥委屈的抿嘴，心裡頭不快，嘴上卻不能說什麼，只能進了西間。「大少奶奶，讓奴婢來吧。」話裡並未有恭敬的意思。

左元夏愣了一下，看著剛剛還盛氣凌人的芍藥，這會兒又放下身段，餘光瞥到窗外那抹朱紅的身影，心下了然。

走到西間外，要迎大太太進去。「母親若是有事要吩咐，先進來了說。」

「我是來找齊眉的。」大太太擺擺手，並沒有要邁步進去的意思，四下的下人們都在做自己的事，大太太收起了笑意。「齊眉年紀不大，原先接回府的時候身子也不好，這才讓她住到勇哥兒的園子裡，多少有個照應。

「雖是在莊子裡靜養著長大，近兩、三年才接回來，卻也是容不得誰在她耳邊胡說些什麼的。」大太太說著，左元夏的表情並沒有什麼起伏，低眉順眼地聽她說話。

大太太本就是硬不下心腸說話的人，見她這模樣，也就沒說重話。子秋小跑過來，說五小姐回來了。

大太太被扶著去了東間，齊眉有些訝異地福身，母親極少親自來朱武園，想著母親走過來的方向，那是去了西間的。

這麼一想，齊眉也明白是什麼事兒。

子秋把茶水端上來，給大太太和齊眉倒上熱茶。

母女倆說著話，大太太倒是沒多提左元夏的事。

抿了口茶，大太太忽而劇烈的咳嗽起來，齊眉忙起身拍著大太太的背，給她順氣。待到大太太恢復過來後，看著小女兒有些驚慌的面色，拿起帕子掩住嘴。「我這也是老毛病了，動不動就要犯的，大夫過來開了藥，服下了便能好幾天。」

「母親在園裡是不是咳嗽的時候會多些？」齊眉搬了軟椅過來，扶著大太太坐上去。「這個坐著會舒服些。」

大太太點點頭。「說起來，妳給母親做飯吃的那幾日身子就覺得舒服些。」

大太太是想說母女的情誼，齊眉卻聽得心裡早多出的那分心思又深了些。

「母親，巧雪是誰提議換到您園裡的？」齊眉問道。

大太太不明所以地看她一眼，道：「是妳父親說起的，妳父親怕我過度勞累，便把身邊的丫鬟送到我身邊來，說這樣可以減輕些我操心的事。」

齊眉微微一愣，父親？

不，不可能。

把大太太送出去，齊眉在東間裡頭坐立不安。

一切都還只是她的猜測，原先倪媽媽那次她便拿不到證據，但早早地提了出來，把人趕走後也是相安無事。

她倒是從沒想過，會不會有誰從母親那裡下手？

仔細想起，前世就是這陣子，母親的身體越發差勁，這才病逝了。

雖然以她的身分，現下說什麼也沒用，反而會掀起巨大的風波，但好在她的地位不同了，想做什麼，只要提出來，不過分的旁人都會答應。

齊眉舒口氣，傍晚便讓子秋和迎夏準備起來。

翌日去請安，大太太正在忙著打理左元夏回門的事，門口的排場光看上去就覺得滿意，左元夏打扮得十分隆重，髮鬢間的金累絲嵌紅寶石雙鸞點翠步搖顯得尤為奪目，貴重不必說，那還是老太太今晨從自個兒的妝奩裡拿出來給她插上的。

轎夫們一個使力，轎子輕輕鬆鬆地抬了起來，後頭的丫鬟和挑夫們跟著前行。

大太太看了一陣，輕輕地舒口氣，轉身往清雅園行去。

入了屋裡，齊眉正陪著老太太說話。「祖母就答應了吧，齊眉也想與祖母和母親一塊兒用飯。」

「這是怎麼了？」大太太好笑地看著齊眉帶著撒嬌的模樣，坐到一邊的軟椅上問道。

老太太笑著道：「齊眉這孩子說，勇哥兒和老太爺都出去了，大部分時間那都得是自己用飯，想讓妳我和她，這幾年都一起用飯呢。」

尋常的時候陶家都是早飯一起在老太太的園子裡用，但並沒有強著要求，雖是規矩，但規矩都是人訂的，誰還沒個急事，若是有誰有事，早早地命人來老太太這邊說一聲，便可以只請了安便回去。

而老太爺本就不喜太多人在身邊，老太太便也索性讓這規矩漸漸地淡了下去。

大太太摸了摸齊眉的腦袋。「說妳年紀小，妳就真當自己年紀小，都快十一歲的姑娘了，說著訂親那再過一、兩年就要嫁出去了的，這會兒才開始黏人。」

齊眉咧嘴笑了笑，一會兒抬起眼，看著窗外泛黃的樹葉伸進來的樣子。「也不是不想和大嫂一起用飯，總覺得不習慣，再者祖父臨走前也是說讓齊眉好好陪著祖母和母親的。」

提起老太爺，老太太嘆口氣，心裡軟了下來。

原來齊眉並不是撒嬌，只不過是變著法子想要陪她，怕她這個老傢伙悶。

「也好。」老太太終是點了頭。

齊眉笑著攬住老太太的胳膊。

左元夏在入夜之前回了府，新娘回門是斷不可過夜的，平甯侯府和陶府又都是在京城裡，轎子一來一去步子若是快些，天黑之前也是完全回得來。

回了西間，看著空空落落的屋子，囍字還貼在門上，屋裡的那些喜慶擺設也並沒有拿走，左元夏忽然覺得鼻頭酸了起來。

左元夏在娘家用了飯，平甯侯夫人吩咐了家裡的廚子，做的都是她喜愛的菜色，可惜她一點兒胃口都沒有，平甯侯夫人到底是她的親母，饒是她偽裝得再好，還是被平甯侯夫人看出了不對勁。

把她拉到一邊問了幾句，左元夏都只是微微搖頭，用了夫君出征，極為想念的藉口來搪塞。

「妳與他總歸也是成了，現在就母親和妳二人，沒什麼好害臊，他這一趟出去，少不了得一、兩年。」平甯侯夫人說著嘆口氣，摸摸三女兒的頭。「若是妳這一次能懷了孩子，那便是最好的，若是不能……」

話未說盡，左元夏連連擺手。「能有孩子那是福氣，不能有那也不可強求，母子的緣分也是天注定的。」

平甯侯夫人揚高了聲音。「什麼天注定，若是陶大將軍和妳夫君打了勝仗回來，妳以為妳夫君不會去要個賞賜？」

左元夏抬眼，不明所以的搖頭，行軍打仗拚的就是命，得了勝利歸來，即使不開口要獎賞，皇上也定是會賞賜一二，這本是無可厚非的事，可母親話裡似是有弦外之音。

「妳這個榆木腦袋，我就說清楚些。」平甯侯夫人似是著急起來，緊緊地拽了一把左元夏的胳膊。「妳本就沒得到他的心，若是能有個孩子，妳的地位才能保得住。免得到時候自己的夫君抬了妾室進門，妳還傻乎乎的一個子兒都掉不出來。」

左元夏眼簾垂下，平甯侯夫人也沒再說下去。

傍晚夕陽的餘暉從窗外灑進來，落到書桌前。

左元夏整理著西間，這是她和陶齊勇一日都不曾一同度過的新房。寬敞的西間，佈置擺設還是喜慶的模樣，她嘆了口氣，手撫上那大紅的剪紙囍字。鼻頭酸得更厲害了，眼眶紅紅的半天也回不過神。

厚皮絨簾被掀開，芍藥走了進來。

左元夏忙把眼角擦擦，芍藥進來並沒有福禮，反倒環視了一周屋內，帶著些不悅的神色。「大少奶奶，奴婢都跟您說過了，不要亂動屋內的東西，大少爺歡喜怎樣的擺設，奴婢比您清楚得多。」

「妳這丫頭可真是放肆！」略顯蒼老的聲音傳來。

芍藥嚇了一跳，看清楚是陪著大少奶奶嫁過來的瑞媽媽後，又笑了笑。「敢問瑞媽媽，芍藥哪裡放肆了？只不過是告訴大少奶奶，屋裡的東西不能隨意挪動，不然破壞了大少爺看慣的喜好，罪責芍藥也擔待不起！」

「說的什麼胡話！」瑞媽媽圓潤的臉上。被氣得有些紅紅的潤色。「妳這不是頭一回了！事不過三！妳跟我去老太太的屋裡說清楚！」瑞媽媽說著一把抓住芍藥細細的胳膊，芍藥一個踉蹌差點跌倒在地。

隔了一段距離的東間也隱約聽到了鬧騰聲，迎夏好奇地要跑出去看，被齊眉攔住了。

「在這個園子裡，哪裡的熱鬧妳都能去看，但是大哥屋裡的不可以。」

迎夏撇撇嘴，朱武園裡除了東西間。哪裡還有屋子住了主子的，鬧騰的聲音越來越大，還聽得有哭聲傳過來。迎夏心裡撓撓的，但五小姐神情堅定，她便也只能作罷，做起活兒來心猿意馬。

左元夏上前一步，扯著瑞媽媽的胳膊。「瑞媽媽，放開芍藥。」

瑞媽媽訝異地轉頭，手下的力氣鬆了些，芍藥立馬乘機掙脫開，躲到一邊。

「小姐……不，大少奶奶，您這是哪門子的菩薩心？」瑞媽媽重重地嘆口氣，不明白地連連搖頭。既然大少奶奶開口了，她做奴婢的也只能照做，把周圍看熱鬧的幾個丫鬟打點了一下，讓她們嘴巴能緊緊地閉上。

放在她身上的銀子還是夠打點園子裡這班丫鬟婆子們，但那個芍藥，仗著是大少爺的通房丫頭，簡直到了無法無天的地步。

元帕的事情瑞媽媽只覺得怨氣，結果真正的事實只有她和大少奶奶再加上陶家老太太、大太太知曉。

瑞媽媽從小帶著左元夏長大，她恨不得事情鬧開了，這樣三小姐還是清清白白的，先回娘家住下。等到大少爺回來，一封和離書簽下便是了，接下來三小姐便能尋個真真對她好的良人。

可惜了，沒想到陶家的動作那麼快，雪白的元帕端進去，一炷香的時間還不到，端出來的時候就已經處理好了。

之後大少奶奶衝她和陪嫁過來的丫鬟南姝頭一遭發了火。「並不是什麼菩薩心。」左元夏把拴起的門簾放下。「是要認清我在陶家的地位。」

「若是妳剛剛真的把芍藥拉到老太太面前，我在陶家就真的再也無法立足。」左元夏說著眼角酸澀。「從父親母親把我塞進陶家，我便沒指望過真的受了委屈還能去找誰，更別提對我盡是敵意的陶家了。」

左元夏說著乾乾地笑了下。「是我不好，若是我能強硬一點，夫君也不會臨走了還要討個心裡不歡喜。」

瑞媽媽聽著萬分心酸，眼淚一下就啪嗒啪嗒地掉下來。「也不能這樣一直忍著，後頭還有幾十年要過的。」

左元夏搖搖頭，安靜地坐到一邊。

她只記得，頭一次聽說陶齊勇的名字，同齡的小姐們有興奮的、有不屑的，還有假意不關心、實則耳朵豎得老高的。

不管她感不感興趣，陶齊勇的事蹟就越來越多的在她身邊口傳——尊敬長輩、尤為愛護家裡病弱的五妹妹、男子氣概十足，當然也有小缺點，脾氣過於急躁。

聽得他出事的時候，左元夏表面上不感興趣，暗地裡讓瑞媽媽去打聽，知道陶齊勇被放出來那日才舒了口氣。

左元夏開始想，這樣的男子又會是怎樣的容貌。

始……

初見他太過糟糕，她哭得厲害，他站在她閨房門前，不知所措，並不能算是什麼好的開

瑞媽媽去打了熱水來，給左元夏沐浴。

齊眉聽著不老實的迎夏在她面前嘀嘀咕咕，把傍晚時分西間裡發生的事說了個八、九分，還特意強調並不是她去打聽來的。

子秋忍不住幫五小姐狠狠地敲了一下迎夏的腦門子。「就妳不老實，小姐都讓妳不要去問了。」

迎夏一臉的認真。「真的不是奴婢去問的，小姐您猜猜是誰與奴婢說的？」

齊眉搖搖頭。「或者是芍藥跟妳訴苦？」

「是巧雪姊姊。」

齊眉聽了抬頭，竟然是巧雪？可巧雪不是調到月園做活兒？怎麼管起了西間的事。

「剛剛去拿飯吃，遇上了巧雪，奴婢與她閒聊起來，巧雪姊姊無意間說起了這個，奴婢也很好奇，為何連在東間的我們都不清楚，而她會這般清楚。」說著迎夏托著下巴。「可是巧雪姊姊不願意說。」

齊眉記起來，前世的時候巧雪和迎夏就交好，那時候她以為是因得巧雪總要送東西來她的園子，而她身邊又只有迎夏照看著，兩個丫鬟才熟了起來，卻不想原來是一早關係就不錯。

齊眉把迎夏拉到身邊的時候正好能看到她脖頸上露出的項墜，銀白的邊，看上去並不便

宜，看來現在府裡給下人的月錢完全穩定了。齊眉壓低了聲音道：「巧雪與妳說了這事，妳就當沒聽過，知不知道。」

迎夏重重地點頭，她本來就不是嘴碎的人，只不過巧雪說起來，她便沒有打斷罷了。

今兒個守夜的是子秋，齊眉坐在床榻上，讓子秋進來，十月的天氣還不至於凍人，但夜風吹起來也是很厲害的。

子秋推託了幾次，在五小姐的堅持下搬著小矮凳坐到床榻旁。

齊眉看子秋不大安心地瞅了幾次門口，笑著道：「饒是有人瞧見了也無妨，就說我怕黑，讓妳陪在我身邊講講故事。」

子秋知道五小姐是怕她被外頭的風吹得著涼，這段時日被反覆的天氣惹得病倒的丫鬟不止一、兩個，想著感激起來。

「小姐，奴婢和迎夏能跟著您，真真是修來的福氣。」子秋真誠地說道。

齊眉笑了笑。「身邊有妳和迎夏能說些貼心的話，我也覺得很開心。」說著拉過子秋的手。

子秋笑開了眉眼。「小姐的手又柔嫩了幾分，青蔥玉指一樣。」

「若是妳要的話，我把祖母送的潤手膏也給妳塗。」齊眉笑著道。

子秋連連擺手。「小姐莫要尋奴婢開心了。」

齊眉卻把子秋的手拉過來，潤手膏就放在枕頭旁，打開來，玉露一般的物體上透著淡淡的香氣，在子秋手上細細地塗起來。

子秋大驚失色。「小、小姐，奴婢自己來……」

齊眉把潤手膏遞給子秋。「妳拿回去，只有一些了，讓迎夏也塗一塗，她前幾日就向我討過這個，今天想起來正好妳便拿去兩人用。」

子秋愣了一下。「迎夏向小姐要這個？」

齊眉點點頭，又笑著道：「她向我拿什麼都沒事，我們主僕三個是一起共患難過的，我從小也是在莊子裡長大，那些顧忌和架子，我不願也沒有必要私底下還在妳們面前端，可是別人不同。」

子秋沈吟片刻，心領神會的福身。「小姐放心。」

第三十二章

快一個月的時間過去，西間隔三差五就吵吵鬧鬧，大嫂倒是沒怎麼出過聲，主要都是瑞媽媽和芍藥的爭執。

齊眉被吵得心浮氣躁，索性起身去老太太那裡「避難」，正好趕上了祖父和大哥的第一封書信送到了府裡。

齊眉本想著祖父和大哥剛到邊關，又正遇上鎮國將軍被送回京城養傷，必定需要重整士氣而無暇顧及其他。

看著案几上一大封信箋，正是祖父命人快馬加鞭送回來的。

老太太抽出老太爺寫的一封，讓大太太讀給她聽。

果不其然，信多但內容很短，大太太才唸了一行字，老太太的眼眶就紅了一圈。

祖父的話總結來說便是讓大家放心，他和大哥剛到邊關，一切尚好。

老太太把絹帕掏出來，擦起眼睛。「好就好，老太爺不是個說謊的，記得他年輕的時候征戰，捎了封信給我，被我父親看到了，說他是個皮得不行的。」說著這個老太太面上總算露出了笑意。

陶蕊好奇地問道：「祖母，祖父那時候的信裡說了什麼呀？」

老太太還未說出口，話到腦裡成型，又不禁笑出聲，一來二去的老太太自己也覺著不好意思，輕輕地咳嗽幾聲，才道：「說住的地兒風沙大，一張口就都是沙子灌進去。」後頭的話老太太不說，只是笑著看了眼嚴媽媽，嚴媽媽忙讓丫鬟們斟茶，便沒再說老太爺年輕時的信箋。

大太太一封封地數著，抬頭望向老太太。「勇哥兒到底還是年紀輕，父親就寄了一封信回來，勇哥兒寄了三封呢！」

老太太訝異地起身，大太太手裡果然捧著三封信箋，一封是給老太太的，一封是給大老爺和大太太的，還一封是單獨給齊眉的。

老太太招手讓齊眉過去。「瞧妳大哥心裡多掛記妳，那麼忙的時候還記得要單獨寫一封信給妳。」

齊眉笑著接過去，信薄薄的，和其他的兩封是一樣的觸感。

這時候鶯柳掀開簾子，道：「大少奶奶來了。」

左元夏邁著蓮步進來的時候，老太太橫了嚴媽媽一眼，嚴媽媽福身。「是老奴的疏忽，還望老太太和大少奶奶恕罪。」

「哪裡有這麼嚴重的說法，是我在園子外四處看看，嚴媽媽派來的丫鬟才一時之間沒尋得到我。」左元夏把嚴媽媽虛扶起來，舉手投足都格外客氣。說起話來聲音不是齊眉那種柔柔的類型，但勝在聲音清亮語氣又端莊，聽上去也是很舒服的調子。

老太太挑了挑眉，轉而又笑著讓左元夏坐到一邊。

齊眉並沒有直接把信箋拆開看，而是先放到了袖筒裡。

屋裡的長輩都在看老太爺和陶齊勇寄回來的信，一時之間也沒人再注意左元夏。

大太太看過了信箋，神色也沒有原先那般緊繃，餘光瞥過去，這才發現大媳婦一直沒出聲。

大太太把陶齊勇的信遞給了大媳婦，大媳婦感激的接過去，細細地讀著。

陶蕊蹦到齊眉身邊，攬住她的胳膊。「五姊姊，大哥偏心！」

「哪裡偏心了？」齊眉一時沒反應過來。

「大嫂都沒有單獨的信箋，大哥有這麼多個妹妹，也只獨獨寫給五姊姊。」陶蕊晃著齊眉的胳膊，讓她腦袋都暈了起來。

老太太被她逗得笑了。「蕊兒莫不是連自己姊姊的醋都要喝上一壺？」

「若是五姊姊拿出來唸，那蕊兒就不吃味兒了。」陶蕊平素就這樣鬧慣了，並沒有誰覺得哪兒不妥，只有齊眉捏著袖筒裡的信，手中微微地出了汗。

大哥獨獨的給她寫了一封信，誰都會以為是出自於對妹妹的疼愛之情。可齊眉瞭解齊勇，如若不是他委實有事要她做，斷然不會寄一封單獨的信給她，把她推到眾人面前。那這信，只怕就是寫給阮三小姐的。

臨行前大哥也最後囑咐過一句，讓她偶爾去阮府與阮三小姐說說話。

大哥和阮三小姐的事情，只有她一個人知道，眾人現在都是好笑地看著陶蕊和她打鬧，卻不知齊眉手中的汗已經要濡濕信箋了。

若是當場這樣被拆穿，二姨太幾人在，大嫂也在，太容易被平甯侯府的人知曉，到時候後果定是不堪設想。

二姨娘笑著打趣。「看蕊兒這潑猴樣兒，好在是和妳五姊姊鬧，若是別人誰還由著妳這樣。」

「蕊兒就想看，蕊兒也想大哥啊。」陶蕊嘴一撇，鐵了心要齊眉拿出來。

大太太見陶蕊較上了勁，看著齊眉幾不可見地鎖眉，笑著打圓場。「齊眉妳就在這兒拆開，唸給妳八妹妹聽便是了，她聽了定是會覺得沒什麼新奇的，也不會鬧騰妳。」

進退兩難之間，齊眉正打算一不做二不休，和陶蕊一樣要做出玩鬧的模樣糊弄過去時，瑞媽媽忽然道：「大少奶奶您怎麼了？」

眾人看過去，左元夏正拿著絹帕在擦眼角，帕子拿下來的時候，看得見眼眶紅紅的。

左元夏站起來，衝長輩們福身先告辭。

這一下，誰也沒了玩鬧的心思。

齊眉看了眼老太太，老太太努努嘴，齊眉會意地跟了上去，走出園子。

左元夏先她一步上了馬車，齊眉坐了自個兒來時的那輛，車簾掀起來一角，帶著秋意的涼風拂上微熱的臉頰，這才重重地舒了口氣。

子秋一直在外頭，也不知發生了什麼事，跟著齊眉回到東間才敢問。

齊眉卻是搖搖頭。「妳去外頭幫我打盆溫水來，我要淨面。」

屋裡只剩得她一個的時候，齊眉才從袖筒裡拿出早已濕了的信箋。

拆開來，正面反面都是一張白紙，而白紙上只有依稀幾個墨點點。

莫不是自己會錯意？

齊眉不解地反覆看著，忽而想起原先二皇子在的時候教過，有一種紙是遇水才能顯出上頭寫的東西，多用於傳遞秘密的消息。

二皇子說起這個的時候，並沒有誰感興趣，齊眉被小輩們鬧得也沒聽清楚，之後認真的去問了大哥，沒想到這會兒竟是用上了。

之前在老太太那裡，手潤濕了信箋，所以有些星星點點的小墨團兒，看上去像是不經意間讓墨潑灑到紙上一般。

齊眉從櫃裡拿出一封信皮（注），這時候子秋正打了水來，齊眉淨面的時候子秋便開始磨墨。

提起筆，洋洋灑灑地寫了一封信給阮三小姐。

兩張紙一起包入了新拿出來的信皮，讓子秋送到阮府去。

「小姐和阮三小姐也通信的？」子秋訝異地道。

齊眉點點頭。「原先阮三小姐來過我們陶家幾次，我跟著祖母她們去別家走動的時候也遇上過，兩人投緣，還嘴上認了姊妹的。」

子秋到底是蕙質蘭心，捏著信皮，點點頭道：「那這信，奴婢晚幾日再親手送過去。」

齊眉點頭。「我正是這個意思。」

若是陶家邊關裡來的信剛到陶府，這邊齊眉便送信去給阮三小姐，難免會落了把柄在他

注：信皮，意指信封。

人手中。

仔細想想，陶蕊鬧騰她或者是無意，但二姨娘那樣跟著打趣分明和尋常不同。

齊眉想著最近一些事的聯繫，眸光寒了起來。

而今日在老太太那裡，是要感謝大嫂的，若不是大嫂把眾人的注意力都挪到她身上，縱使大哥的信裡什麼都沒寫，而她玩鬧撒潑也可以全身而退，但換了誰都會對這樣一封什麼都沒寫的信起疑心。

「子秋，同我去廚房準備些糕點。」齊眉起了身，該還的禮她肯定不會欠著。

端著做好的芝麻鳳凰卷和棗泥糕，子秋一路跟在五小姐身後，入了西間。還是那般安安靜靜的氛圍，西間裡頭除了瑞媽媽和芍藥的爭執以外，便再也沒有別的聲響。

子秋想著都覺得泛冷，難怪有小ㄚ頭昨兒個一臉驚慌地問她和迎夏，西間的大少奶奶是不是真的存在，說有幾個婆子在那兒傳得神神叨叨怪嚇人的。

「五小姐來了。」瑞媽媽看著難得出現的客人，忙掀開簾子讓南妹去知會大少奶奶。

齊眉被迎進去的時候，左元夏正披了外衣出來，面上一片素淨的模樣，齊眉微微屈身福禮，左元夏虛扶起來，拉著她的手讓她坐到軟榻上。「與妹妹一起住在這園子裡，幾次想要去看妹妹，又怕打擾了妹妹休息。」

齊眉笑著道：「妳是大嫂，按理來說本就該是我先來探望。」說著讓子秋把糕點放到軟榻中間的案几上。

「這是剛剛齊眉做的兩盤點心，也不知大嫂的口味，就挑著大哥最愛吃的兩樣做了。」

齊眉說著把銀質筷子拿起來，遞了過去。

左元夏眼眸動了下，看向齊眉的時候眼裡透著感激。

「這一、兩年的工夫其實眨眼就能過去的，那時候齊眉剛回府，也覺得這裡不習慣那裡不習慣的，這不一轉眼，兩、三年的時間一晃就過了。」齊眉見左元夏不吃，先挾了一塊放入口中。

左元夏忙擺擺手。「我不是這個意思，只是，只是有些意外罷了……」

芝麻鳳凰卷和棗泥糕不多時就被左元夏吃了一半，連瑞媽媽都過來拍著她的背。「大少奶奶您慢點兒，一會兒又要傳飯了的。」

「今兒就不吃了，吃這個就成。」左元夏看著瑞媽媽，淺淺地笑了一下。

齊眉沒在西間逗留多久，她的禮已經還了，不過看到大嫂高興成那樣，心裡終是有幾分不忍。

不禁想著，以後她是否也是過著這樣的日子，在婆家怎麼都比不過娘家，生她養她的人都不在身邊。

二姨太正在陶蕊的園子裡看她練古琴，吳媽媽湊過去說了幾句，二姨太本就不悅的心情越發的不快。「都是那個受氣包壞了我的事。」說著負氣的把手裡的茶盞重重往石板桌上一砸。

陶蕊停下手，不解地望向二姨太，同時美妙的樂聲也戛然而止。

二姨太看過去，笑著道：「妳繼續練吧，娘有事先走了。」

送糕點給左元夏的事，很快就傳入了老太太的耳裡。

並沒有急著叫齊眉去問，老太太反倒是坐在軟榻上，低眉沈思。

嚴媽媽道：「老奴聽著西間的丫鬟在門口的時候說起這個，聲兒還挺大的。」

老太太半晌才抬起眼。「是哪個丫鬟？」

「回老太太，是芍藥。」嚴媽媽怕老太太不記得，解釋著道：「是大少爺的通房丫頭，手腳麻利，瞧著是個不錯的丫頭。」

老太太不置可否地笑了笑，合上眼小憩起來。

新年很快就到了，陶府比往年要冷清了不少，老太爺和陶齊勇在外征戰，府裡頭的人就算是對新春吉日滿心歡喜，也不敢隨意表露出來。

從除夕那晚開始，府裡連著三晚都響著炮仗的聲兒，齊春和齊露兩姊妹儼然成了陶家最活躍的那兩個。

也不知是多大的膽子，齊春自個兒點了一個炮仗，噼哩啪啦的炮仗聲讓聚在一塊兒的陶家小姐們和二少爺齊賢都捂起耳朵，但個個臉上都是笑臉。

齊眉依舊安靜的站在一旁，前年這個時候阮家來拜訪了一次，還記得就在一旁的池子裡，阮家二少爺落水了。

今年還與那次不同，沒有阮家，陶蕊便也沒有稱病不出來。但也沒與小姐們在一起玩鬧，反倒是跟著齊眉和齊英兩人安安靜靜的。

若是換了以前，陶蕊定是衝在前頭笑鬧得最厲害的那個，而現在舉手投足之間和王室的人相差無幾。

回園子的路上，齊英和齊眉坐在一輛馬車裡，朱武園和齊英住的園子就在隔壁，住得是近，兩人來往的時日也不少。

齊英偶爾會過來看齊眉，帶著做好的繡品。

兩人即使單獨湊在一塊兒也沒了往常的尷尬，有一搭沒一搭的說著話，也不覺得無趣。

初四的時候老太爺和陶齊勇的信箋又送到了，之前子秋把信箋送給了阮三小姐，不過一直未有回音。齊眉心想下次去阮府的時候，親口問阮三小姐才是最穩妥的，便也沒讓子秋再去問。自然的也沒有回信給大哥，齊眉只跟著大太太她們寫下關切問候的話語。

這一趟回來，沒有了單獨給齊眉的信。齊眉站在一旁，輕輕地舒了口氣。

大哥縱使性子急躁也並不至於魯莽過頭，傳遞情意的事情做過一次就夠了。

這次嚴媽媽一早就知會了大少奶奶，其實去西間的時候她還有些不情願，第一封信寄回來，大少爺一句話都沒有問到過大少奶奶，縱使是丟了面子，也不必在大庭廣眾之下給大家臉色看。

除了在場的五小姐，其餘的可都是大少奶奶的長輩。

嚴媽媽的心自然是偏向陶家這一邊，大少奶奶那日哭起來，她反倒覺得是自作自受。當初若是平甯侯家不設計那麼齷齪的一齣，大少爺那樣至情至性的人，娶進來的妻子定是會對她極好，日子也能過得和和美美。

哪裡能像現在這樣，主動請纓要提早出發，新婚第二日天還沒亮就離府。平甯侯也算是本事了，外頭傳出來的話都是說大少奶奶好福氣，嫁了這樣的忠義勇士。

讀信的時候，家裡的長輩都問到了，無視了左元夏之餘，同時也沒問起同輩的妹妹和弟弟。

再一次的忽視，左元夏並沒有像上次那般紅著眼跑出去，搓著帕子坐在軟椅上，等著唸完信便立馬起身告退。

大太太把信放下，道：「回信的時候我與勇哥兒說一下吧，這麼多下人看著，傳出去了總歸不是什麼好事。明明是新婚燕爾，該是最黏的時候。」

老太太知大媳婦又心軟，正要出聲的時候。剛放下的信皮裡頭掉出來一封，嚴媽媽彎腰撿起來遞給了老太太。

老太太看著看著卻蹙起了眉頭。「竟是漏了一張，把孫媳婦叫回來吧，裡頭提起了她。」

齊眉訝異地抬頭。

已經走遠的左元夏又被叫了回來，恭敬地福身，聲音裡卻隱隱透著些許期待。抬眼望向老太太手中的信箋，眼眸裡都閃著光亮。

老太太笑了笑，直接把信讓嚴媽媽拿給她看。

齊眉在左元夏被叫回來前便看過了，確實提起了她，不過也只有半句不到，只是問東西間可還一切安好。

左元夏手裡捏著信，仔仔細細地看了兩遍，連她的名兒都沒有提，卻讓她心裡泛起一絲可憐的安慰。

之後的幾日，左元夏面上都帶著淺淺的笑意，瑞媽媽越看越心酸，想發火卻沒處兒撒。

「小姐，奴婢在廚房裡遇上了大少奶奶。」迎夏端著糕點進來，放到桌上。「大少奶奶在做小姐那日送去的糕點呢。」

迎夏性子活潑，每次一說起事情來，話都特別多。

看著齊眉挾起一塊糕點，笑嘻嘻地又道：「奴婢看大少奶奶是個不會做東西的，什麼材料都分不清楚，在廚房裡只認得鍋碗瓢盆，剛剛還差點傷了手……」迎夏還沒說完，就被齊眉狠狠地敲了腦門子一下。「越來越沒規矩了，怎麼連大嫂都笑話起來。」

「奴婢可沒有笑話她，跟在小姐身邊這麼幾年，奴婢哪時笑話過人。落井下石的都是其他那群丫鬟，尤其是芍藥。」說著迎夏壓低聲音。「芍藥這幾個月來越鬧越厲害，都是嚴媽媽那邊壓著，丫鬟婆子們見主子們都不管，對大少奶奶可隨便了。前幾日大少爺的信裡頭提起了東西間，芍藥竟放話說，大少爺說的東間是五小姐您，西間是她而不是大少奶奶。」

「放肆。」齊眉把銀筷放下，饒是平甯侯家再如何，也輪不到芍藥來說這樣的大話。

她雖然沒有親眼見到那些丫鬟怠慢左元夏，但也能猜得出來，芍藥的過分她也是清清楚楚的，看來是時候要去和老太太提一提了，丫鬟們之間的風氣被芍藥攪得越來越不好。

原先倒是沒想過左元夏是個這麼能忍的，完全不像是平甯侯府裡出來的小姐。

說起來，那日在平甯侯府裡，大哥被算計，齊眉記得左元夏哭得淒慘，回過頭來想，當時左元夏的反應不比他們陶家的驚愕要少幾分，莫不是……

正在想著事，子秋慌慌張張地掀開簾子進來。「小姐，出事了！」

「出什麼事？」不曾見過子秋慌神的模樣，齊眉忙問道。

「芍藥，那個芍藥在廚房裡和大少奶奶吵起來，爭執之間芍藥一直在推大少奶奶，奴婢看不下去上前要勸架，結果大少奶奶發火把芍藥一下掀到地上。」

「先去告訴嚴媽媽，嚴媽媽會知會給祖母的。」芍藥那個樣子，左元夏若是再不發火那就真的窩囊過頭了，這一次齊眉倒是站在左元夏這邊，下一刻子秋卻急急地繼續道：「正好鶯藍路過這兒，剛剛已經回去稟報了，大家都大驚失色的。」

「這麼嚴重？」齊眉有些訝異起來，左元夏好歹也是主子，教訓芍藥那樣的潑皮丫鬟也無可厚非，「大驚失色」四個字會不會用得太嚴重了？

看子秋支支吾吾起來，齊眉意識到不對勁，忙起身往廚房的方向走去。

廚房門口圍了一圈丫鬟，連齊英園子裡的人也過來湊熱鬧，氣氛透著幾分古怪，齊眉心下升起不好的預感，對著門口圍著的丫鬟婆子們道：「妳們都去做自己的事去，一會兒老太太知道了，問起來的話免不了要扣月錢。」

眾人這才散開，子秋和迎夏跟過來，把那些看熱鬧的丫鬟婆子都徹底趕走。

芍藥正跌坐在廚房裡，身子微微蜷縮著，顯得尤為可憐。

左元夏站在一旁，身子在發著抖，手裡拿著鏟子面容有幾分呆滯，不知是被嚇著了還是心中怒意還未散去，屋裡除了糕點的香味以外還混雜著一些腥味。

齊眉走近了才看到芍藥的身下竟是有絲絲血跡。

齊眉的心重重一跳，怪不得子秋支支吾吾的。

她不是少不更事的姑娘，看芍藥這樣子，便知她是有了身子，而被左元夏一推之下，只怕是動了肚裡的胎兒。

剛準備問清楚，老太太和二姨太竟是趕了過來，外頭的丫鬟跪了一地，齊眉忙福身，二姨太幾步走過來，要把芍藥扶起。

老太太冷著臉，剛剛鶯藍一向她說，她便知道是怎樣的事情，來不及細想便匆匆過來，看到這樣的場景，心裡說不出是氣憤還是別的。

「孫媳婦，妳說說是怎麼回事。」老太太的聲音淡淡的。

左元夏哆嗦著唇，一句話都說不出來，並不是害怕，而是被氣的。

這時候芍藥掙脫了二姨太，往老太太這邊爬，滿臉梨花帶雨。「老太太，您可要為奴婢作主啊。」

「奴婢……這孩子……是大少爺的！」一咬牙，芍藥豁出去了一般地道。

哐噹一聲，左元夏手中的鏟子掉落，一旁努力準備的糕點雖然看上去就不好吃，這會兒被鏟子砸個正著碎得稀巴爛。

芍藥說出來後，老太太面色一沈，下一刻齊眉就被嚴媽媽帶了出去。

齊眉雖不願離開，但也沒得法子，未出閣的姑娘攪入這樣的事情，極其不好。

嚴媽媽囑咐著子秋要好生照顧小姐，生怕見到這樣的場景，會讓五小姐落下什麼不利的陰影。殊不知，齊眉所見過的可怕場景，比剛剛在廚房那一幕還要椎心百倍不止。

「小姐壓壓驚。」迎夏很快地遞來了熱茶。

齊眉端起來抿了一口，確實要壓驚，但並不是害怕那一些血。

嚴媽媽重重地看著目光略顯呆滯的五小姐，重重地嘆口氣，把簾子拉下福身退了出去。

子秋和迎夏都知曉事情嚴重，兩個丫頭伴著齊眉一起長大，自是明白她的沈默並不是嚴媽媽她們所以為的原因。

子秋服侍著齊眉換上褻衣，又轉身去外頭看情況，半刻不到便回來了。「小姐，大少奶奶和芍藥都不在廚房裡了，去西間外頭悄悄轉了一圈，靜悄悄的什麼聲響都沒有，也不知大少奶奶是不在西間還是睡下了。」

齊眉低頭沈吟片刻，事情發生得突然，本以為只是大嫂和通房丫頭之間的尋常爭執，卻不想變成現在這樣的局面。

老太太親自前來，可見事情有多嚴重，大嫂或者是被安慰著睡下了，但芍藥肯定是被老太太帶走。

「芍藥會不會死啊？」迎夏忽而有些害怕地說道。

子秋掐了她一把。「別說喪氣話，現在還在年間呢。」

「子秋姊姊……」迎夏比齊眉年紀要大，但比子秋還是小上幾歲，之前在廚房瞥見的場景是她從沒見過的，心裡多少還是害怕。

翌日一早，齊眉就起身了，一晚上的時間過去，醒醒睡睡地頭都疼了起來。迎夏在服侍她梳髮鬢的時候連連打著呵欠，眼圈周圍都是重重的黑色。

坐上馬車去老太太的園子，車軲轆輾過石板路的聲音清晰得很，府裡今日安安靜靜的，若不是路旁的樹上掛著的紅燈籠，就真的一點兒過年的氣氛都沒有了。

老太太的屋裡意外的竟是和樂融融的氣氛，齊眉福了身後老太太便招手讓她過去。坐在軟榻上，心裡卻一點兒都不踏實。

陶蕊在一旁倒是安安靜靜的，衝著齊眉甜甜一笑，問候了一句便不再說話。

「好孩子，昨兒個嚇著了吧？」老太太拉過齊眉的手，揉捏了幾下，言語中帶著擔憂的意味。

「也沒有，什麼都沒看到，被嚴媽媽帶回東間，洗漱一番就睡下了。」齊眉微微猶疑了一下，笑著搖搖頭。

老太太這才舒口氣。「這就好。」

直到陪著老太太一起用完早飯，也沒見大嫂過來請安。

「用不用老奴去看看大少奶奶？」嚴媽媽蕙質蘭心，一看老太太挑眉便知她不悅，忙躬身問道。

老太太擺擺手。「罷了罷了，她心裡也好過不到哪裡去。」

齊眉豎起了耳朵，莫不是芍藥真的……死了？

「所幸天公見憐，母子平安。」老太太的話跟炸雷一樣。

齊眉端著茶正要喝，不由得放了下來。

母子平安。

短短這四個字，便能知道昨日事情的後續和老太太的態度，難怪得大嫂今天不來請安。傷心加委屈，只怕要把她整垮了。

等到屋內的人都走了，只餘下齊眉和大太太，老太太讓大太太拿了帳冊過來，一頁頁地翻看，裡頭記載的是田莊和鋪子的情況。

齊眉開口道：「祖母，芍藥的孩子留不得。」

「妳個小姑娘家家的，怎麼說起這樣的事情。」大太太大驚失色，忙要把齊眉的嘴捂住。

齊眉掙脫開，起身到老太太面前福身。「平甯侯府那樣費心地把大嫂嫁來我們陶家，即使是別的什麼緣由，那也不能被他們抓了錯處。」

大嫂嫁進來後沒看過什麼好臉色，回門之後雖然平甯侯府那邊毫無動靜，也難保她沒有說些什麼，正好芍藥名不正言不順的時候懷上了孩子，若真是大哥的，原先那些流傳的關於大哥的好話也會全沒了，等到謠言四起，平甯侯府的人借著這個錯處大作文章的話，陶家在京城裡只怕會被傳得糟糕透頂，如今大哥又在邊關奮戰，不可因得這樣的事情分神。

齊眉一字不漏地把心中所想的和老太太說了。

老太太把帳冊合上放到一邊。「可事情畢竟出了，妳也知曉其中厲害，一個處理不好，那便很難收場。」

「老太太，大夫剛剛離開，芍藥這會兒已經醒了，正哭著要見您。」鶯柳掀開簾子進來，福身道。

老太太點點頭，把齊眉的手放到掌心，重重地拍了拍。「在府裡，妳大嫂也就只和妳才能說上幾句話，也是難得的緣分了。」

齊眉乘著馬車回了東間，一路想著老太太剛剛的話。

臨走前那重重地一拍，明顯的意有所指。

齊眉下了馬車，轉而走向西間。

還沒走近便聽到屋裡瑞媽媽氣憤的聲音。「大少奶奶，這樣的氣怎麼還要嚥下去？都到了這個地步，老奴真真是看不下去！」

眼尖的丫鬟看到齊眉，忙往裡頭通傳。

簾子掀開，左元夏正低頭坐在窗邊，屋裡竟是沒有燒暖爐，即使隔了厚重的絨毛簾子，也擋不住四處都能竄進來的冷風，齊眉邁步進屋子，打了一個哆嗦。

攏緊了斗篷，齊眉走到窗旁。「大嫂，齊眉來看看妳。」

左元夏動了動身子，沒有讓她坐下的意思。

齊眉也就這麼站著，瑞媽媽搬了軟椅過來讓齊眉坐下，齊眉也沒有理會。

「齊眉知道大嫂委屈難過，受了很多苦，若是熬不住了，那便都向我說吧。」齊眉的話十分輕柔，撫慰著受傷人的心，左元夏猛地抬頭，一把拉住齊眉的胳膊，還未張口卻開始喘著氣。

一出聲聲音便是沙啞的。「他不喜歡我、恨我，我都清楚。我也沒奢望強求些什麼，只想著安安分分地等他回來，時間或者可以沖淡他的恨意。妳那日送了他愛吃的糕點，我便日日學著做，想他中途回來或者大勝歸來的時候能做給他吃。

「從嫁進來到現在，我一句怨言也未曾說過。」左元夏說著啜泣起來，緊緊拉住齊眉的手，那種隱忍又將要爆發的顫抖，讓齊眉的心也跟著抖了下。

「你們都不喜歡左家，我清楚得很，我想用自己的方式和平相處下去，畢竟這是以後我要待一輩子的地方，可為何要一而再、再而三的讓我忍不下去？成親的大喜日子，我以前也胡思亂想過很多次，都是極美好的畫面。能嫁給妳大哥，我真是實實在在的開心，可誰知道真的成親這日……」左元夏本要往下說，看了眼齊眉，又生生地嚥了回去。

齊眉一時之間不知道要怎麼安慰她，對這個大嫂，她原來和陶家所有人一樣，是看著就心生不快的。慢慢地相處幾月，交流幾乎沒有，可也並不是想像中那樣盡是陰謀詭計。

朱武園裡如原來一樣，都是一片平靜。這也就證明大嫂並沒有與平甯侯府的人互通消息一類，現在看大嫂悲戚的模樣，在她這個絲毫不熟的小姑面前，再也忍不住的掉淚，齊眉再硬的心也軟了下來。

「大嫂，妳也不要這樣想。」別的她都行，安慰人就真的不會，尤其是這樣的女子，齊眉只能由著大嫂把她的胳膊愈抓愈緊。

「其實我是心甘情願。」左元夏聲音斷斷續續。「我與妳說心裡話，能嫁進陶家做妳大哥的妻子，我真的很開心。

「妳年紀不大，與妳說這些大抵不合規矩，可我已經無人可說了。」看著齊眉坐到身旁，左元夏緊緊抿了抿唇。「我是真心的喜歡他，英武又俊朗的少年將才，多少女兒家不為之心動？都說平甯侯家三姑娘性子素淡，諸事都不關心，可我也並沒能例外。」

齊眉伸手，輕輕拍著左元夏的背。

在陶家從未遇上誰能坐下來聽她說話，左元夏鼻間飄散著齊眉身上帶的淡淡香味，恍惚間有成親那日飲下交杯酒，她和陶齊勇唯一一次近距離接觸時，所聞到的氣息。

「大哥並不是冷心腸的人。」齊眉輕輕地開口。「若大嫂能真心待大哥，大哥也定會以真心報之。」

「真的？」左元夏抬眼，淚眼迷濛的模樣顯得有幾分可憐。

「嗯。」齊眉重重地點頭。

像左元夏這樣的，不幸，卻也幸。她至少能嫁給自己的心上人，無論結局如何，至少能長久相對朝朝暮暮。大戶人家的小姐有幾個能嫁給自己心裡的人，無外乎都是被拿去當政治權力交易的條件。

左元夏難得地抒發了情緒，把嫁入陶家以來的委屈全都傾訴給了齊眉。

在齊眉離開後，瑞媽媽滿面擔憂。「大少奶奶，您這樣和五小姐掏心掏肺，她看著是領了您的情溫聲安慰，可誰知道她會不會轉頭又去和老太太說什麼？添油加醋一番，甚至扭曲黑白，到時候吃虧的是大少奶奶您啊！五小姐來之前，老奴就和您提議了，回平甯侯府，把這些齷齪事都告訴夫人！夫人定是會心疼大少奶奶，到時候吃不了兜著走的便是陶家！」

「她不會的，我從一開始看她就知道她是怎樣的人，我相信自己的眼睛。況且她是姑爺最疼愛的妹妹，不會像妳口中說的那般搬弄是非。退一萬步，即使她要胡說什麼，無論我今日有沒有找她，她都會去和老太太說。如果妳覺得她會出言害我，等幾日就知道了。」左元夏抿了口茶，嗓子稍微有些沙啞，抬眼望向窗外。一些雪花悄悄地從半敞開的窗外飄進來，原來竟是下起了雪。

「大少奶奶……」瑞媽媽仍要說。

左元夏擺擺手，起身去把窗戶徹底打開，外頭的雪洋洋灑灑，寒冬的風吹到臉上雖然刺骨，但鼻間所呼吸的氣息卻是分外清新。

「瑞媽媽，母親並不會心疼我，在平甯侯府從來不會有誰心疼我，否則我又怎麼會這樣嫁來陶家？」左元夏手撐在露臺上，看著雪花越下越大。

身後的瑞媽媽不再說話，但面色卻越發的沈寂下來。

齊眉回了東間，招手讓子秋過來，在她耳邊耳語了幾句便揮手讓她離開。

子秋一路匆匆地去了老太太的園子，把齊眉剛剛的話複述給了嚴媽媽聽，老太太得知左元夏與齊眉傾訴了幾句，卻並沒有其他打算的時候，總算舒了口氣。

若這個長孫媳婦鬧起來要回娘家，那可真的不得了，還好齊眉原先和她說過幾句話，在這種關鍵時刻很有用。

嚴媽媽又附在老太太耳邊低語了幾句，老太太旋即目光一沈。「芍藥的事情妳去查清楚，我們陶家好不容易安定了下來，我不想看到誰還在那兒興風作浪。」

嚴媽媽福身應下。

第三十三章

翌日一清早，齊眉還正睡得香甜，屋外卻是吵吵鬧鬧，被吵醒的她疑惑地走出內室，掀開簾子便看到迎夏正趴在門縫上往外瞅，看到齊眉起身了，忙去拿了外衣給她披上。

「外頭怎麼回事？」齊眉問道。

迎夏搖搖頭，幫齊眉梳洗打扮。「奴婢也不清楚，快半個時辰了，本來還只是隱隱約約的聲音，但現在越來越鬧騰，也不知是不是大少奶奶想不通了在發脾氣。」

子秋端了漱口的用具進來，屋裡燒了整晚的爐火，正悶氣得厲害，子秋把用具放到桌上，伸手去把窗戶推開。

齊眉凝神聽了會兒，外頭的聲音紛紛雜雜，仔細地辨了一會兒，並沒有大嫂的聲音，反而是個中年女子的聲音居多。

不是熟悉的人，那就不是府裡的長輩，這個時候會出現，而且能在西間裡的人是……

齊眉想到這兒猛地起身，迎夏剛準備插到她髮鬢間的步搖差點掉落在地，她聽到外頭的聲音，心知今天是來了客人，自然要給五小姐裝扮得比平時隆重。

子秋把齊眉拉回梳妝鏡前坐下。「小姐別急，奴婢出去打探了，確實是平甯侯夫人來了，這會兒外頭吵鬧，源頭都是芍藥的孩子，小姐是未出閣的姑娘，不適宜參與那樣的事情。」

子秋說得很多。

齊眉想起昨日左元夏悲戚的模樣，眉間緊鎖起來，她以為左元夏把壓抑的情緒都抒發出來，最少也能壓住幾天，而這幾天的工夫老太太足以把事情弄清楚，這樣一切就都能壓下來。

可轉頭卻還是讓平甯侯家的人知道了。

東西間因得大哥和大嫂成親的緣故修葺了遊廊，中間亦隔了較遠的距離，現下只坐在東間便能聽到響動，可見平甯侯夫人的情緒多不平穩。

齊眉腦子裡突地浮現出一個滿身華貴衣飾的中年女子破口大罵的場景，只能搖搖頭，她不適宜出去，便只能在屋裡等消息。

子秋很快地就出去了，但一直沒有回來。

等到了午時，迎夏領著嚴媽媽進來，嚴媽媽面上不似平常那般帶著笑意，有些嚴肅的福身。「五小姐，今日平甯侯夫人來作客，老太太請小姐過去一起用飯。」

齊眉頓了下，披上翠紋織錦羽緞斗篷，起身跟著嚴媽媽一起過去。

到了花廳，除了老太太和大嫂，大太太、二姨太在，讓齊眉意外的是，陶蕊竟是也在，正脫下八團喜相逢厚錦鑲銀鼠皮披風給丫鬟掛到一邊，內裡穿的是金絲白紋曇花雨絲錦裙，梳著朝月髻，頭上的首飾比平時多了不止一個。

本就魅惑美麗的容貌被一身華裳襯托得越發耀眼，邁步進去的一瞬間一眼就能被她吸引。

齊眉看著二姨娘對平甯侯夫人熱絡的模樣，心下了然卻更覺不解。

那平甯侯家的大少爺並不是風流倜儻的主兒，只娶了一個，正室病逝有幾年的時間，似是一直也沒有續弦的打算。嫡長子若沒有別的突發事件，理所當然會繼承侯位，若是平甯侯夫人看得上陶蕊，三年守孝期滿，陶蕊剛好嫁過去。

還聽說這位大少爺身有隱疾，也正因為這些零零索索的理由，陶蕊嫁給平甯侯家的長子也能算得上門當戶對。

可平甯侯家大少爺與陶蕊相差十一歲，若二姨娘真打這個算盤，陶蕊是能「嫁得好」，往後的幾十年的日子卻也不知該如何過。

齊眉上前給眾位長輩及平甯侯夫人福身，而後很快地隱到一邊的位置，也沒坐在陶蕊身邊。在這種時候，越不引人注意便越好。

飯間倒是看不出什麼，都是規規矩矩的吃飯，沒有人出聲，偶爾丫鬟上來倒茶也是輕手輕腳，但越是這樣的氣氛便越讓人琢磨不透。

齊眉瞥了眼平甯侯夫人，眉眼間雖然都是略顯怒氣的神色，可也不似是曾經大發雷霆過的模樣，也不知那隱隱聽得的聲音是誰的。

「老夫人，這一趟過來，我是接我們家三姑娘回去的。」用完飯後，平甯侯夫人把筷子一放，直接入了正題，短短一句話，卻聽得人眼皮一跳。

「她嫁入陶家幾月，受的委屈我今日算是瞭解得徹底，如今還出了這樣的事，原先平甯侯爺還總與皇上說，女婿是個懂事的，一片忠心保家衛國。」平甯侯夫人說著冷笑一聲。

「原來竟是在府裡留了種才走的。」

話說得直白又難聽，老太太臉色都變了。

「等收拾收拾，我便帶著元夏回去，接下來我亦把這些事如實的稟告給皇后娘娘，皇后娘娘是侯爺的長姊，元夏幾次入宮陪伴過她，對這個侄女甚是喜愛，若是元夏受的這些委屈被皇后娘娘知曉，也定是會有人為我們作主！」

「侯爺夫人且先莫要動怒。」老太太很快地平復心情，出言慰道：「元夏是個好孫媳婦，知書達禮又懂規矩明事理，我們自是不能讓她受了委屈。」

平甯侯夫人冷笑一聲。「委屈？你們倒還知道這是委屈就好，成婚當晚就出征的事以為我們平甯侯府真的什麼都不知？說的都是漂亮話，做的又是另一套，武將之家也離不了滿腹算盤！」

老太太擺擺手，聲音揚高了一分。「長孫媳婦自嫁入我們陶家後，便就是一家人，一家人哪有鬧給外人看笑話的道理？」

齊眉看著兩個長輩的架勢，原先她還琢磨不清楚，平甯侯夫人這一番話讓她徹底明白，左元夏不過就是一枚棋子罷了，若不是有芍藥這件事可以正大光明的做文章，平甯侯夫人斷不會演這一齣戲。什麼愛女心切、心疼自己的女兒，都是空話。

正好現下祖父和大哥都在邊關，府裡除了父親也無其他人的地位可以在朝中說上話，可只有父親一個人，壓根兒就扛不住平甯侯夫人拉著大嫂去後宮哭訴。

後宮容不得男子隨意進出，可平甯侯夫人可以，父親連皇后的面都見不到，這事只要平甯侯夫人去鬧，那平甯侯一家的目的也就達到了。

難怪祖父和大哥掛帥出征，平甯侯爺連一句話都沒說過，反而顯得熱絡，看上去是親家之間的親切來往，實則算盤打得噼哩啪啦響。

女眷裡頭，縱使老太太是府裡最大的，也比不過平甯侯夫人在皇后面前添油加醋的一句話。

若真是把左元夏這個女兒放在心裡頭，明明知道齊勇提前出征的事會讓左元夏多難堪，卻不聞不問，回門的那日聽說氣氛也甚是和睦，之後的這幾月也極少有來往。

齊眉扯了扯嘴角，這就是平甯侯府所謂的骨肉親情。

抬眼望向左元夏，她是事情源頭的主角之一，從頭至尾卻未發一言。

左元夏的手掩在袖筒裡，一動不動，眼簾低垂著，嘴唇抿得死緊。

眼見著老太太和平甯侯夫人就要說崩了，平甯侯夫人猛地站起來，一把拉住左元夏的手，齊眉一下看到了左元夏白玉一樣的柔荑，一些紅紅的傷痕在上頭。

那是苦苦練習給大哥做糕點的時候留下的，這麼些日子的工夫，十指不沾陽春水、五穀不分，甚至連最基本的食材也分不清楚的左元夏，下了這樣的苦心，都只是想著等夫君勝仗回來，能做上一份糕點給他。

平甯侯夫人就要帶著左元夏走。「妳不會再受委屈了，母親為妳作主！」

「侯爺夫人。」齊眉忽然出聲喚住了她，不只平甯侯夫人，老太太和大太太也覺得訝異，都看著齊眉。

平甯侯夫人頓住腳步，轉身卻並沒有望著她，眼眸裡透著的都是不悅的神色。

「夫人帶著大嫂離去，給陶家扣的罪名可大可小，如我祖母所言，大嫂既然已經嫁入了陶家，那便是陶家的人，夫人心疼大嫂，也只是因母女情深。」齊眉加重了後頭那幾個字。

平甯侯夫人冷哼一聲。

齊眉微微福身，雙手抱拳衝頂上拱了拱。「現下我祖父和大哥都在邊關為國之安康而征戰，若是家裡出事，必定會擾亂大哥的心神，對邊關勝仗百害而無一利。大哥是個性情中人，這樣的事傳到他耳裡，定是會因此分神，邊關又凶險……」齊眉沒有說下去，反倒是停了下來，右手背於身後緊緊地捏住。

毫無辦法，說她利用也好，她就是在賭，賭大嫂對大哥的感情。

大嫂這一踏出陶府，無論事情會變成怎樣的局面，都鐵定再回不了頭。

平甯侯夫人不想再聽她胡謅，扯過左元夏就要走。

「母親。」左元夏卻站住了腳步，頭微微地垂下。

「怎麼了？」平甯侯夫人預感到了什麼，聲音揚高，在花廳裡顯得格外的大聲。

「女兒，不走。」

「妳再說一次?!」

左元夏捏緊了拳頭，手上受的傷疼了起來，並不厲害，但卻刺刺的很撓心。

下了決定，左元夏也不再含糊，鄭重地重複了一遍。「女兒不走，勞煩母親為女兒的事掛心，眼下當以大局為重。」

「好妳個眼下當以大局為重！」平甯侯夫人氣急，左元夏都開口了，接下來的事情都被她壞了。

這個三女兒從來都不是個果決的人，性子溫和得厲害，彼此也不曾親近過太多時日，可以前在侯府裡可是什麼都聽她這個母親的，無論她讓三女兒做什麼，三女兒都會二話不說的點頭應下。

都說嫁出去的女兒潑出去的水，就當她養了個白眼狼。

平甯侯夫人狠狠地瞪了眼齊眉，一個十一、二歲的女子卻總能左右他人！

齊眉並未抬頭，有禮地衝她福身。

平甯侯夫人一甩袖子，負氣地邁腳往外走。

「鶯柳、鶯藍，送親家母出去。」陶老太太的聲音從身後響起，平穩又安然。

齊眉回頭，老太太的面色緩和了下來，剛剛還顯得蒼白的臉這會兒有了些顏色。

「孫媳婦，妳過來。」老太太頭一次衝左元夏招手，左元夏還是呆呆的看著平甯侯夫人生氣甩門而去的方向，齊眉走過去喚了她幾聲。「大嫂，祖母叫妳。」

左元夏這才回神，回頭看過去，意外的是一張滿面慈祥的笑臉。

走過去，老太太拉著她的手引她坐到軟榻上，從未和老太太這樣親近過，再加上剛剛母親的事依舊縈繞在心頭，左元夏的面色有幾分緊繃。

「妳是好孩子。」老太太拍著她的手，語調溫和又親切。

晚上用飯的時候，氣氛比之前都要和睦上許多。

左元夏本來拘謹的手腳也漸漸放鬆，雖然面上還是全無笑意心事重重，但至少不再那般侷促，偶爾回答老太太的問話，笑起來的模樣溫婉可人。

「是個美人，又心地這樣善良，勇哥兒娶了妳真是福氣。」老太太笑著道。

「老太太，芍藥她……」本來極好的氣氛，嚴媽媽上前稟報，話還未說完，左元夏唇角微微浮起的笑意就僵住了。

「怎麼了？」老太太問道。

並沒有讓嚴媽媽單獨說，卻在席間這麼多人面前說，齊眉低頭沈吟。

嚴媽媽還是壓低了聲音。「芍藥身子的狀況穩定下來了，小少爺……不，孩子也徹底保住了。」

左元夏面色一白，在袖筒下的手猛地攥緊。

齊眉坐得遠，但還是能看清楚這邊的情形，大嫂的神色忽然變了，嚴媽媽話裡話外透的意思是芍藥不僅會留下來，肚裡的孩子也會生下。

最關鍵的是那聲小少爺，嚴媽媽是府裡的老人，八面玲瓏，有心還是無意齊眉一下心裡便有了數。

「穩定下來就好啊，我也想早早的抱個孫兒，等到老太爺和勇哥兒回來，府裡多了個小嬰孩，那是喜上加喜的事。」老太太的話模稜兩可。「芍藥不是個規矩的，等過了這陣再說。」

用完飯後一行人各自散去，齊眉和左元夏坐在馬車上，回了朱武園。

路上一直無話，左元夏低著眉不知在想些什麼。

剛踏入園子，一個身影就撞了過來，借著門口的燈籠低頭看過去，竟然是瑞媽媽。

「大少奶奶，您怎麼這麼糊塗?!」顧不得齊眉也在，瑞媽媽才說了一句就抹起了眼淚。「老奴特意讓夫人知道您的遭遇，還不是想夫人為您出頭?老奴人微言輕，在這裡怎麼也保不了大少奶奶您的周全，可為何夫人都特意前來了您還是不願……」

「住口。」話還未說完，左元夏一甩寬袖，右手負於背後，看著瑞媽媽目光銳利幾分。「跪下!」

「大少奶奶?」瑞媽媽不相信聽到的話，她心心念念的為了大少奶奶，為何要跪下?

「跪下。」這一次的聲音平穩許多，卻顯得越發寒冷，左元夏看著她，面帶冰冷的神色。「我既嫁入了陶家，就沒想著要回去，陶家待我極好，妳卻在這裡興風作浪!不知道的還以為我平素說了自家多少不好的話。」

瑞媽媽不甘不願地撲通跪在門口。

左元夏拉住齊眉的手，聲音柔和。「小姑子，我們先進去吧，莫要為這個老糊塗擾了休息。」

齊眉微微點頭，要走之前左元夏又狠狠地道：「在這裡跪一晚上，沒有我的命令妳不得起身。」

「是，老奴遵命。」瑞媽媽咬著牙答道。

站在東間門口，齊眉安慰著左元夏。「今日的事，大嫂也別想太多，好好歇息才是最重要的。」

兩人親密的說了幾句，左元夏才回了西間。

服侍齊眉換衣裳的時候，子秋鎖著眉。「老太太在花廳裡到底目的為何？」

齊眉搖搖頭，這麼幾年了，她也猜不透老太太，剛剛在花廳裡，先是安撫著左元夏，把她心裡都捂得熱呼呼的，接下來又含糊不清的說起芍藥。

若她是左元夏，怕早就嚥不下這口氣了。

子秋得了齊眉的令去到外頭。

在園子裡溜了一圈，入夜後才回了東間，掀開簾子的時候便對上齊眉的眼。「小姐果然說得沒錯，大少奶奶確實去給瑞媽媽送了吃的，親自去的。」

齊眉放下手裡的書，起身舒展身子，瑞媽媽對大嫂如何，她這幾月的時間早已看得清楚，大嫂也是至情至性之人。剛剛瑞媽媽一股腦兒的把該說的不該說的全說出來，雖然都是因得心裡著急和無奈，自己對她們主僕二人來說到底是外人，站在左元夏的立場，若齊眉去與誰說起，瑞媽媽怕就是沒命再服侍她的大少奶奶了。

半夜睡得迷迷糊糊，外頭總有窸窸窣窣的聲音，齊眉努力要醒來，反反覆覆幾次才睜開眼。

掀開厚厚的被褥，腳伸到棉鞋裡，外頭的天空似是被潑了墨一般的黑，半夜三更的時候復又下起雪來，放眼望去四周都披上了白茫茫的顏色，抬起頭，如墨的天空似是被洗過一般乾淨。

深冬的白日本就來得晚，迎夏拿了外衣給齊眉披上，睡眼惺忪地揉著眼睛。「小姐怎麼就起身了？離去給老太太請安的時辰還早著呢。」

「不知道為什麼總是醒醒睡睡的。」齊眉搖搖頭，轉頭又對迎夏笑了下。「瞧妳睏成這個模樣，我既已經起身了，那妳便去睡一會兒罷，叫子秋過來就行了。」

迎夏高興地告辭，很快子秋便端著洗漱用具過來了。

永遠是精神奕奕的模樣，在子秋身上從來看不出疲累的痕跡，算起來子秋如今也是碧玉之年，一襲象牙色對襟長錦袍、髮鬢梳得整整齊齊，雖然是她身邊的大丫鬟。又極受她的喜愛，子秋和迎夏都是一樣的，從沒有恃寵而驕，老老實實本本分分的跟在她身邊，對她的照料貼心又真誠。

洗漱完畢，又換好了衣裳，屋裡的暖爐燒得正好，屋子裡暖暖和和的。

「小姐，瑞媽媽還跪在外頭。」子秋低聲道。

齊眉抬眼。「跟我去外邊一趟吧。」

左元夏都做到這一步了，她本就無意去老太太那裡說些什麼，只不過朱武園到底不只全是大哥的丫鬟，不然那日芍藥和她在廚房裡一出事，老太太那邊立馬就得了消息，這不是光靠丫鬟手腳快就可以做到的。

跪了一晚上，老太太那邊也沒有動靜，可見已經不放在心頭，她現在給左元夏一個臺階下，只不過順水人情。

子秋拿了斗篷給齊眉穿上，緊緊地裹著她差點都要透不過氣。

「現在是寒冬的季節，小姐身子是愈來愈好，但也不可掉以輕心，舊病難醫，自身的調理才是最緊要的。」子秋關切的嘮叨讓齊眉微微一笑。「知道了。」

步行到院門口，外頭還未天亮。子秋帶著丫鬟們一起掃雪，給齊眉掃出一條可以通行的路。

「這些丫鬟越來越懶了，大少爺一不在就這樣的鬆散，若是以前，哪裡還要吩咐才把雪掃開的。」子秋皺著眉。齊眉拉了她一把。「這些是小事，說她們一次就行了。」

到了西間門口，果然瑞媽媽還跪在那裡，彎著背。身子不停地抖動，還是穿著昨日晚上那套衣裳。冬日的夜晚是最冷的，這樣跪了一晚也不知會不會染上風寒。

「五、五小姐……」瑞媽媽低頭手撐著地，一雙繡花錦緞棉鞋忽而出現在眼前，她忙忙抬頭。

齊眉還沒來得及說話，就見著遠處一個人影匆匆地過來。

齊眉側頭看了眼子秋，子秋會意地板起臉說道：「瑞媽媽，妳該不是跪了一晚上就糊塗了，連福禮都不會了？福禮得要起身的。」

瑞媽媽愕然地抬頭，齊眉看著她微微笑著點頭。

瑞媽媽不是個笨的，忙感激的起身，跪得太久再加上年紀又大了，一時之間沒站穩差點摔倒，子秋順手上前扶住她。

「謝謝五小姐……謝謝……」瑞媽媽跪了一整晚，入夜的時候大少奶奶來看過她，說清楚了她做的事有多害人，瑞媽媽聽了後背上都升起一股麻意。

平甯侯家和陶家若是起了衝突，在這個節骨眼上是最要命的，眼下陶家還未完全站穩，但陶老太爺和大姑爺都去邊關征戰，等到得勝歸來那定是能要風得風，而平甯侯家在朝中京城的地位更是不必說，兩家人之間若是鬧翻，只怕腥風血雨都有可能。

瑞媽媽從沒想過平素深居簡出、性子也沈靜隱忍的大少奶奶心中竟是這般清明。

大少奶奶還說了，退一萬步，若是陶老太爺和大姑爺之後打了敗仗，那如今就更不可與平甯侯家起衝突。

瑞媽媽還記得昨兒深夜，她跪著，大少奶奶站著，洋洋灑灑的雪從天上飄下來，縱使打了油紙傘也免不了落在身上。在白雪皚皚的一片天地間，大少奶奶輕聲地告訴她——

「我回去是可以一了百了，我也知瑞媽媽妳是心疼我，可我既已嫁入陶家，我便是陶家人，委屈也好、受氣也罷，都只會是暫時的。」

左元夏說著這話的時候，也不知是雪下得厲害把星星都擋住了，還是那點點星光都落在了左元夏的眼裡，耀眼又奪目。

子秋扶著瑞媽媽回了西間，左元夏剛好起身，子秋福禮後便退了出去。

主僕倆在屋裡說了些貼心的話，瑞媽媽直說得一把鼻涕一把淚。

迎夏在東間裡頭看著齊眉練字，認真的樣子讓她絲毫不敢打擾，大氣都不敢出。

雖然她看不懂字怎樣才算寫得好，但她覺得五小姐的字是她看過最好看的，一勾一畫，清雋有力。

迎夏倒茶的時候好不容易揀了個機會可以說話，忙笑著道：「小姐，大少奶奶這次真是幫了陶府一個大忙，連老太太都對大少奶奶綻開笑顏了。」

揮灑的筆鋒停下來，齊眉的眉頭卻鎖得緊。

「怎麼了？是不是奴婢打擾到小姐了？」迎夏忙把嘴巴捂住，站到一旁。

齊眉搖搖頭。「大嫂是幫了我們陶家，可我覺得祖母並不是多感激的意思。」

「小姐這話怎麼說？」迎夏不明白。

齊眉正要說話，簾子卻忽而被掀開，子秋匆匆進來。「小姐不好了，芍藥她……」

子秋猶猶豫豫地不敢說，小姐是未出閣的清白姑娘，這樣的話她委實……

可五小姐又吩咐了讓她在外頭仔細注意著動靜，一得了消息她心知要出事，才忙趕回來。

「妳說吧，這裡只有妳、我和迎夏，沒什麼說不得的話。」齊眉見子秋的樣子，大抵猜出了什麼事。

「芍藥她的孩子沒了。」子秋儘量說得讓五小姐可以明白一點。「昨兒個還好好的，聽說一清早被人發現暈倒在屋裡，有懂這個的婆子去看說流了好多血，吳媽媽正陪著二姨太路過那兒，就順道請了人去瞧，結果沒了……說是吃壞了東西，芍藥不懂這個，也沒有人照顧她，所以……」

齊眉搖搖頭，拿起筆正欲繼續，子秋卻又道：「剛剛奴婢回來的時候遇上了大少奶奶正出門。」

大嫂在這府裡還能去哪兒？早過了請安的時辰，現在外頭又天寒地凍，哪個主子不是在暖閣裡窩著？

「瑞媽媽的表情如何？」齊眉放下了筆，心頭湧起一陣不安。左元夏素來都是隱忍得厲害，藏不住事的人就只有瑞媽媽。

「咬牙切齒。」子秋肯定地道。

「備馬車，我要去一趟清雅園。」齊眉把筆一放，很快地馬車停在園外，子秋扶著齊眉上去。

她就知道老太太昨日是別有用心，平甯侯夫人那樣過來吵鬧一頓，還差點把陶家又推上風口浪尖，一切的源頭雖然不是左元夏，但沒了她，陶家這一年的糟心事也不會那麼多。

「會不會並沒有那麼糟？」子秋知五小姐心中所想，毫無辦法，只能出言安慰。

齊眉重重地搖頭，抿著唇一語不發。

當年她只不過是個剛出生的嬰孩，她在府裡多久老太太便病多久，老太太便聽了旁人的話，把她送去莊子裡「靜養」。

就憑這個，再加上昨日和今日的事，若真牽扯上左元夏，老太太斷不會放過這個機會。

第三十四章

下了馬車，齊眉就匆匆地往園子裡趕，還沒進去就聽得二姨太的聲音。

齊眉面色一沈。

兩世，這麼久了，前世她沒有證據也沒有法子，今生她不一下出手是有緣由的。可二姨太還是這樣不安分，而且越來越讓人咬牙切齒。

記得前世今生，她回府初時都是因得陶蕊，老太太才能多看她一眼。兩世，那個年紀小小圓滾滾又可愛的八妹妹都衝她笑著伸出小胖手，除了母親和大哥以外，只有她絲毫不嫌棄她，而是整天圍著她轉，甜甜的叫她五姊姊。

顧念著陶蕊，齊眉才沒有直說。

眼下到了這個地步，這個無風起浪、唯恐天下不亂、蛇蠍心腸的婦人，實在是不可讓她留在陶府。

齊眉平復了情緒，蓮步邁進了屋內。

二姨太正說得眉飛色舞，看著齊眉進來，眼兒一翻。

「祖母、母親、二姨娘、大嫂。」齊眉一一福禮。

屋裡的氣氛並沒有隨著齊眉的到來而緩和，餘光瞥到左元夏面色幾分煞白，但並不是被嚇到的模樣，抬眼對上齊眉的視線，左元夏用力地吸口氣，看向齊眉的眼神有幾分無助。

「早上妳請過安了，怎麼這會兒又過來了？」老太太笑著問道，帶著滿面慈愛的神色，卻並沒有像以前那般招手讓齊眉坐到身邊，這就是不想讓她待在屋裡的意思。

齊眉笑著福身。「難道孫女想過來看祖母，祖母不歡迎？」

「這是哪裡的話，齊眉想要來看我這個老傢伙，哪裡還有心裡不歡喜的道理。」老太太笑著擺擺手，伸手撫了撫衣裳，側頭看了嚴媽媽一眼。

嚴媽媽走到齊眉跟前。「五小姐，老奴帶您去花園裡散散心吧。」

齊眉眸子微微瞇起，老太太這是非要她走不可的意思。作勢輕挪蓮步，跟著嚴媽媽往外走，經過二姨太身邊的時候，齊眉感覺到那一道極不友善的視線。

幾步的路程，齊眉走到左元夏身邊的時候卻刻意放緩了腳步。

「老太太，孫媳婦真的是冤枉的！昨晚孫媳婦都一直在西間，很早就睡下了。」左元夏撲通一聲跪在地上。「孫媳婦從來不曾想過要去害芍藥，不論她是否懷了夫君的孩子，那都是一條生命，就這麼沒了，孫媳婦雖不能感同身受，但也覺得心痛萬分。」

左元夏說得情真意切，不過幾句的工夫，落到齊眉的耳裡當下也明白了個七七八八。

「妳瞧瞧妳這是在做什麼？」老太太露出驚慌的模樣，竟是親自要上前去扶她，嚇得左元夏馬上就要起身，餘光瞥見旁邊那抹翡翠裙襖的身影微微動了動。

老太太的手已經扶上她的胳膊，左元夏卻巋然不動。「老太太這樣做，是折殺孫媳婦了！」

「小姐，快走吧。」嚴媽媽得了老太太的眼神，忙催促了句。

齊眉卻是愣在原地，似是對剛剛聽到的話格外的驚訝，嚴媽媽伸手要扶過她，齊眉這才回過神。「祖母，大嫂昨日確實沒有出去，與孫女一起回了朱武園後就各自回東西間了。」

「母親，這下就更可疑了。」二姨太的聲音適時的插進來。「瞧這又把齊眉給拉上做證人，也不知道元夏這幾月花了多少的功夫。」說著抬起帕子捂嘴，也不知道是在笑還是別的。

這時候架上來一個丫鬟，哆哆嗦嗦地低著頭，瞧不清楚面貌，左元夏側頭往後看去，身子一怔——

竟然是南姝。

腦子裡閃過不少蛛絲馬跡，左元夏登時悔不當初。

「南姝是元夏的陪嫁丫頭，元夏做了糕點，然後讓南姝送去給芍藥吃下，南姝並不知道那是要命的，芍藥孩子沒了的消息傳來，南姝這丫鬟心底樸實，良心不安的譴責讓她當下就來找了我。」二姨太說著手一揮。「南姝，妳把事情再說一遍給老太太聽。」

「不必了。」老太太揮揮手，眉頭已經皺起來，望向左元夏的目光也銳利無比。

事情一個接一個的扔過來，屋裡的人一時之間也沒有誰再有空理齊眉，齊眉側目看了嚴媽媽一眼，嚴媽媽躬身退到一邊。

「二姨娘，為何南姝會去找妳而不是找我？」齊眉問道：「我就在西間。她若是良心不安的話直接告訴我，再由我帶她來找祖母不是省事許多？何苦要跑大半個陶府到二姨娘那裡去抒發良心的不安？」

二姨太瞪著她，繼而抿嘴一笑。「南姝在路上遇到我了，就順勢告訴了我。」

「那為何二姨娘不當下就告訴祖母？非要等到這個時候才把她帶上來，儼然把祖母休憩的地方變成公堂，鬧哄哄又亂糟糟。」齊眉毫不示弱的對上二姨太的視線。

二姨太剛要出聲駁她，老太太道：「宛白，齊眉說得有道理。」

這時候南姝一下匍匐在地上，不停的磕頭。「老太太！是奴婢知道了大少奶奶做的事，嚇得半天都沒緩過神來，不知道如何是好，衝出去亂跑，遇上了二姨太，二姨太詢問了幾句，奴婢便索性全說了出來！

「之所以不當下就把奴婢帶上來是奴婢的意思，奴婢畢竟服侍過大少奶奶，心存感激，想若是大少奶奶直接承認了，那奴婢便不要出來，免得……」似是說得傷心，南姝哭了起來。

二姨太微微抿起嘴，看著老太太重新擰起來的眉頭。

「南姝！」頭一次聽到左元夏發火，她顫顫地伸手指著那個抖起來的人。「妳跟在我身邊也幾個月了，在侯府裡妳明明規規矩矩，我待妳不薄啊，為何要這樣陷害我?!」

「元夏，人證物證都在，妳就別把氣再撒到無辜的人身上了。」二姨太搖搖頭，似是幾分不忍的模樣。

「老奴可以為小姐作證！」聲音響起的同時眾人看過去，是瑞媽媽。

鶯藍提起裙襬追進來，趕忙福身。「老太太、大太太、二姨太、大少奶奶、五小姐恕罪，奴婢幾番阻攔瑞媽媽闖進來，卻是攔不住。」

「罷了，妳出去吧。」老太太沈吟片刻，揮揮手。

「妳如何作證？妳本就是元夏身邊的人，妳的話能有幾分可信？」二姨太怒目瞪著她。

「南姝也是大嫂身邊的人，為何她的話就可信，瑞媽媽的話就不可信？」齊眉問道。

二姨太一甩袖子，坐回軟榻上。

瑞媽媽幾步走過去，跪在左元夏身邊。「老太太，大少奶奶昨日確確實實都在園子裡待著，要說糕點裡頭下藥的事情是萬萬不可能的。大少奶奶從小就被照顧得極好，從不曾動手去做過什麼菜色，要說拿起鍋鏟入到廚房，也是想著學做糕點，想著學好了，等……」

「等大哥回來的時候可以親手做給他吃，還能時不時地給祖母做，夏日就做清涼解暑的，寒冬就做暖和養生的。」齊眉笑著接過話頭。

若光說是要做給大哥吃的，那祖母只怕是會氣上加氣。

齊眉可以肯定，左元夏絕對沒有做給芍藥下藥的事情，左元夏是個什麼食材都幾乎認不得的人，哪裡有那個心思去給人下藥？還是親手去下，那豈不是搬起石頭砸自己的腳？

「大嫂找孫女學了幾次，每次都因為不熟悉這個不熟悉那個而弄傷自己。」齊眉說著拉起左元夏的手，蔥段一樣的柔荑上果然有一些紅紅的痕跡在上頭，顯得尤為刺目，而且絕不是一次、兩次能造成的。

屋裡的都是自家人，齊眉索性把話敞開來說。「芍藥的事情我並不十分清楚，也不會去打探什麼，畢竟不適合，但於情，我覺得該說的話一定要說，不然無風起浪的事只怕會越掀越大。」

老太太順著齊眉目光的方向望向了二姨太，她目光竟有幾分閃爍。

老太太低頭沈吟片刻，擺擺手。「妳們都先回去吧，長孫媳婦也先回西間，都先回去吧。」

「母親？」二姨太忙上前要說話。

老太太目光寒了幾分。「我只說一次。」

齊眉也跟著退了出去，步子走得極慢，果然還未出園子，一個丫鬟就匆匆地過來。「老太太讓五小姐現在再到屋裡去一趟。」

到了屋裡，老太太正靠在軟榻上，眉頭皺得比剛剛眾人爭執的時候還要緊。

「祖母。」齊眉微微福身。

老太太半合上的眼抬起，讓齊眉坐到她身邊。

「瑞媽媽確實可以作證，昨日大嫂罰她跪在園門口，整整跪了一整晚，若是大嫂有出去，或者南姝有進來，那瑞媽媽都定會知道的。」齊眉聲音幾分輕柔。「孫女自是不敢與祖母的細心相比，但排開心裡原本的印象，瑞媽媽的話才更是可信，何況孫女也親眼看到，為何祖母不信孫女？」

「我不是不信妳，我是不信……」老太太搖搖頭，沒有說下去，二姨太那時而閃爍的眼神、時而囂張的氣焰，她不是沒有看到。

煩心的事已經夠多了，她本以為是自己昨日刻意安排對芍藥關注的對話刺激到了左元夏，可看情況並非如此。

她確實有心給平甯侯家一個下馬威，他們堂堂武將之家，三代忠臣，豈容得平甯侯家的過來撒潑？若能趁著這個機會，七出之條裡，用善妒的罪名把左元夏休了送回去，休書一來一去寄往邊關，快馬加鞭不過一月的時間，勇哥兒是一定會印下章子。

真真是能出了一口惡氣，同時也除了一個隱患。

可現在看來，並不是她所想的那般，孫媳婦確實老老實實地待在府裡，不僅沒有因得芍藥的事分神，還懲罰下人，只怕她這個老太太越發的討厭她。

弄虛作假的事她年輕的時候沒少做，但這不代表她樂意見到自家人這樣做。

齊眉從老太太的園內出來時外頭已然漆黑，老太太特意讓嚴媽媽備馬車送她回去，路上齊眉不經意地問道：「嚴媽媽，不知道巧雪被派到母親那裡服侍，是不是經過了嚴媽媽的手？」

嚴媽媽幾分訝異地抬起頭。「並沒有。」

「那可就奇怪了。」齊眉苦惱地皺皺鼻子。

晚些時候，大太太回了園子，巧雪端了碗銀耳蓮子粥進來。「這是大太太愛吃的，大太太最近都極少在園子裡用飯，奴婢雖是空閒下來，卻心裡不安得厲害，拿起月錢來都覺得不安心。」

大太太笑了笑，拿起銀製調羹在粥裡畫了兩圈，清香的味道飄入鼻息。「我記得妳娘原先身子極差，弟弟上學堂的錢也不夠，現在該是好些了吧？」

巧雪愣了下，忙道：「謝過大太太關心，這都是小事兒，還讓大太太記掛在心裡，奴婢真是……」

之前服侍大老爺，大太太端著做好的小食過去的時候總會遇見巧雪，有時候大老爺太忙無暇顧及大太太，大太太便坐在廳裡等他，見著巧雪的次數多了，便也會聊幾句，巧雪沒想到，大太太竟是記得這些事。不過記得歸記得，雖然現在家裡要過不下去，但也很快就要好了。若不是原先遭難的時候遇上貴人，她現在只怕是家都沒有了。

巧雪捏著端好的瓷盞托，低頭要退下。

大太太正喝了一口銀耳蓮子粥，笑著叫住她。「妳既是來了我的園子，原先又服侍過大老爺，本也是個聰明伶俐的丫鬟，若不是倪媽媽的事情耽擱了，妳和常青也早就成親了，哪裡還拖到現在。前段日子我讓新梅去照顧了一陣子妳娘，妳弟弟上學堂的用錢也繳了，還有妳那個小妹妹，瘦骨嶙峋的，而且年紀太小，怎麼能讓她幹活?!」

大太太說著不忍地皺起眉。

巧雪猛地抬頭，瓷盞托差點掉到地上，但茶盞裡的茶水還是灑了出來。

正好新梅進來，忙道：「妳怎麼這麼粗心，瓷盞托要摔在地上，茶盞一類的碎片清理不乾淨那可不得了，這茶還滾燙的怎麼能端來給大太太飲?還灑出來，妳究竟怎麼做事的，跟我去嚴媽媽那裡說說去！」

大太太擺擺手。「罷了，她也是無心。」

巧雪出去的時候身子微微地顫了下。

新梅搖搖頭。「大太太，您總這樣，她們就愈來愈會偷懶，愈來愈粗心大意。」

「新蘭怎麼樣了？」大太太只是笑了笑，問起了這個。

「新蘭還是老樣子，每日在浣衣院老老實實幹活。」新梅帶著點兒試探。「是不是大太太允她回來了？」

大太太搖搖頭，那樣遣出去的丫鬟怎麼可能再回來，她什麼都可以忍，唯獨不能容忍誰要傷害她的孩子。

尤其是齊眉。回府的時候才七、八歲的年紀，哮喘厲害成那樣，誰還下得去手。

若非因得是大將軍府的地位，大戶人家的丫鬟不可隨意送去那些鶯鶯燕燕的地方，她還真不會只讓新蘭在浣衣院裡待著。

原先不知是誰要對齊眉下手，漸漸地答案在大太太心裡形成，捕風捉影始終不是解決的辦法。

過了幾日，一些偏遠城鎮出現雪災的消息傳入了京城，自然也傳到皇上的耳裡。並不是突然的。這段時日雪都下得厲害，那些小城鎮自是擋不住寒冬的來襲。

大殿上，皇上正蹙緊眉頭，不發一語地翻著摺子，殿下的大臣們大氣都不敢出，皇上忽然抓緊摺子往殿下一扔，大臣們忙跪了下來。

「這是怎麼回事？今年的天氣本就比往年要冷不少，朕不是命戶部尚書調了銀子和補貼用品過去，怎麼會沒有送到，反而還出現了這樣大的災情？」

龍顏震怒，戶部尚書一句話都不敢亂說，生怕說錯，丟了官職還是小事，就怕皇上盛怒之下去徹查，查出來他就不只烏紗帽不保而是腦袋不保了。

戶部尚書跪在殿前，悄悄地往平甯侯那裡望一眼，對方卻只是一副事不關己的模樣。

皇上下朝之後幾個時辰，心情都沒有完全平復，那些人太過明目張膽，所謂的官官相護，他並不是全然無知。

只是根深柢固，要連根拔起勢必會傷及太多，而且連根拔起的把握幾乎為零，只怪回頭的時候太晚，發現手邊能握住的東西所剩無幾。

皇上重重地嘆了口氣，蘇公公眼疾手快的扶住他。「皇上，您要小心龍體。」

「朕這把老骨頭，再怎麼仔細也熬不了幾年了。」皇上說著側頭。「把太子叫過來。」

「這……遵旨。」蘇公公顯得有些閃爍。

皇上挑起眉頭。「太子怎麼了？」

蘇公公拱手。「回皇上，太子這幾日都陪在仁孝皇后的寢宮處，似是在商議立太子妃的事。」

皇上一甩寬袖。「整天除了吃喝玩樂就是女人，這樣的人要朕如何放心把江山交給他?!」

「皇上……」蘇公公上前一步擺了擺手。

擺駕去了仁孝皇后的寢宮，還未進去就聽得太子在裡頭指指點點的聲音，無非是嫌這個女子不好看，那個女子不夠溫柔，自個兒的側妃更是不做考慮。

「擺駕，朕要去德妃那兒。」蘇公公是人精，皇上這幾年做得再隱秘，也被他發現了去德妃那裡的事情，索性皇上也不對他隱瞞，日子也是過得相安無事，越是接觸越想把德妃接回來，可皇上也清楚，把德妃接回現在是萬萬不可的。

深冬裡頭夜晚最是凍人，在院子門口看到銀裝素裹的德妃，格外的清雅宜人，看到皇上駕到，笑著福身迎接，命宮女奉上一壺剛沏好的熱茶，吹涼至剛剛好能喝的程度才遞過去。

愜意的待了半個時辰，皇上說起了現下煩憂的事。

「父皇。」

皇上怔了一下，抬眼看過去，蘇邪左手負於背後，緩緩地走過來。

「過來朕身邊坐。」皇上抬抬手，蘇邪拱手福禮坐到了他身邊。

宮燈照得明亮的路上，一個身影從德妃的院子走過去，一路到了皇后寢宮才停下。

次日早朝結束後，大老爺從宮中回來顯得略微疲憊，大太太親自服侍他換下官服，穿著舒適的家常棉袍，屋內被燒得正旺的爐火充斥著暖意，大太太站在大老爺身後幫他捏肩膀。

「皇上命太子親自去雪災的那幾個城鎮。」大老爺說著搖搖頭。「百官之內我就不信都看不出太子是什麼料，妳是不知道，太子最近要冊立太子妃，鬧得雞犬不寧。」

大太太嘆了口氣，太子若是要冊立太子妃，那他身邊的那些姬妾定是個個都精神抖擻，不爭個妳死我活絕不甘休。

「選妃的事情由仁孝皇后主持，可消息也流了些出來，說不定並不是從那些人裡頭選。」大老爺抿了口熱茶，舒坦的舒了口氣。「還好我們陶家的女子裡並沒有適齡的，不然……」

大太太猛地抬眼，誰說沒有適齡的。

齊英不就剛剛好？

這個念頭才剛出來，大太太眼皮忽然重重地一跳。

匆匆和大老爺說了幾句，便去了老太太那裡。

齊英正坐在東間，齊眉難得纏著她說要學繡活，還是清冷的模樣，但指點的時候語氣卻是掩不住的輕柔。

「二姊，妳現在也到了要訂親的年紀了，妹妹一直很好奇怎麼樣的男子會讓二姊動心？」齊眉繡了一陣子，歇息的時候笑著問道。

齊英板起臉。「妳怎麼關心起這些，好好繡妳的繡品，不然我不理妳了。」

齊眉嘿嘿一笑，齊英被那模樣逗得唇角忍不住地翹起來些，一會兒後又無奈地看齊眉一眼，搖搖頭。

等到黃昏時分，齊英動身回了園子，齊眉也往老太太園子行去，與祖母和母親每日一起用飯這個事，大概很快就能結束了。

剛步行了一陣，忽而一隻鳥從頭頂撲棱棱地飛過，齊眉循著看過去，是一隻雪白的鴿子，差點和地上的積雪融為一體的顏色很容易被人忽視。

那鴿子落在了齊英的園子門口，門極快地打開，齊英身邊的大丫鬟忙把鴿子抱了進去。

齊眉疑惑地看著，直到迎夏催促，她才又再往清雅園那邊走。

用飯的時候，大太太似是愁眉不展，老太太索性放下銀筷。「妳也太擔憂這些了，八竿子打不著的事妳也要操心。」

「母親，不得不防。」大太太道：「勇哥兒的親事還不就是算計得來的，若他們還打著什麼主意，這一次可是太子，只須下一道旨意我們便抵抗不得。」

老太太道：「妳也知道是反抗不得的事，再憂心有何用？」

「齊英生性冷淡，若真是被選中，縱使當太子妃會榮華富貴享之不盡，可齊英會過得極委屈。」大太太眉眼間的愁緒又加深了一分。「媳婦還是趕緊的看看，哪家的公子可以，早些訂下，我這心才能早點安下來。」

齊眉聽得眼皮一跳一跳，大太太說這些的時候，老太太的語氣一直模稜兩可，目光也偶爾會落在她身上，這讓齊眉心中沒來由的一陣不安。

老太太接下來沒再談論太子妃的事，竟是與大太太說起了飲食的事，齊眉忙豎起了耳朵。

「妳這些時日都在園子裡用飯，吃得可還習慣？」

「倒是不錯。」大太太說著笑了起來。「也不知是為什麼，在母親這兒用飯，看著看著精神就好一些，大概母親這兒的廚子是用的特別養身的食材。」

老太太放心地笑道：「我見妳總硬撐著，身子越來越不好，就吩咐了廚子把菜色做得豐富些，看妳好一些了我也安心不少。」

「多謝母親關心了。」大太太有些感激，福身道謝。

「妳原先說起太子妃的事，讓人去打探打探，若真是有什麼風聲我們也能第一時間知曉，免得像上次勇哥兒那般，被殺了個措手不及還無話可說。」老太太說著皺起眉，多久沒受過那樣的氣了，在幾家重臣女眷面前被那樣說，雖然大部分還算是明事理的，知曉是誤會，可就是那一小部分長舌婦就足夠給陶家打臉。

「再過些時日就是二月初二，花朝節。」老太太笑著道：「難得小姐們可以隨意出去，齊英性子再淡也總不會和我這個老骨頭一樣，孩子們總是喜歡熱鬧的，我聽說吏部尚書他們家還有御史大人他們家的小姐們也都會去，妳安排安排，看能不能把這些小姐都聚在一起。」

大太太自是樂得高興，各位小姐會去，那那些個少爺自是也會去，雖然不會在一個地方，但總歸能互相見上一面，老太太獨獨點了齊英，話裡的意思十分的明顯。適齡又門當戶對的雖是少，但也比送到虎口去好，未雨綢繆總歸是好的。

齊眉去了齊英的園子，陶蕊也跟著來了，三人坐在亭子裡剪彩紙，花朝節在弘朝是一個極為重要的節日。尤其是對大戶人家的小姐來說，平素裡總是在府裡待著，不是繡花就是撲蝶，即使去別的人家走動，也是坐在馬車或者轎子裡，外頭的風景也只不過匆匆一瞥。而花朝節卻可以大大方方的在街上四處看，好玩的好吃的都可以毫無顧忌地玩到吃到，真真是最有趣的日子。

花朝節一貫都是清早把剪好的五色彩箋取了紅繩，再把彩箋結在花樹上去祭花神。餘下的時候就十分愜意了，達官貴人家的小姐們都會坐在酒樓的二樓，邊隨意吃著瓜果邊看街道上的人們裝獅花（注），或者放花神燈，熱鬧非凡又滿條街都是花兒綻放的模樣，美得讓人心都會雀躍起來。

齊眉前世從未過過花朝節，每年的這個時候她都和尋常無異，悶在閨房裡。眼巴巴的站在窗口，聽著外頭熱鬧的響動。此刻剪著彩紙，心中的期待也愈來愈大。

陶蕊和齊眉都是愁眉苦臉，陶蕊皺著鼻子道：「都說花朝節的彩紙若是剪得好看就能得到花神的眷顧，蕊兒剪成這個樣子，花神只怕理都不會理了。」

齊眉看看陶蕊的，又看看自己的，道：「我也是半斤八兩，花神到了我們的彩紙面前，肯定是一扭頭就走，瞧二姊的剪得多好看。」

那剪子在齊英手裡似是長了眼一般，咔嚓咔嚓一陣子，一會兒就剪出一朵嬌嫩逼真的花。

齊英低著頭，一雙眼盯著手裡的剪子。「我也就只會這些手頭上的東西，都是小玩意兒罷了。」

齊眉微微地嘆口氣。「明日我想帶小凳兒去，想掛到高高的地方，從沒過過花朝節，幾年的福氣都沒得過，也不知道花神還會不會理我。」

齊英剪著彩紙的手微微停了下。

注：裝獅花，唐宋年間，每年遊春之時，人們均剪製百花，裝飾成獅子形，頸扣小連環，用蜀錦流蘇牽之，互相贈送，以賀新春。

陶蕊倒是並不似往常那樣，做不好的就撒氣不做了，嘴上抱怨了幾句，眼卻認認真真地看齊英剪紙。

有模有樣地學著，漸漸地手裡的彩紙也能剪出算是好看的形狀。

去清雅園用飯的時候，陶蕊和齊英也一起去了，三個小姐拿著剪好的彩紙，老太太讓她們拿過來一一地看著。「誰說我們陶家就只會舞刀弄劍，女紅一類的精細活兒，我們家孩子照樣做得比別家的小姐要好。」說的時候手裡正捏著齊英的剪紙。

齊英微微福身。「祖母過譽了。」

「祖母說的是實話。」老太太笑著道。

陶蕊見老太太笑了，一下撲過去。「祖母猜哪個是蕊兒剪的？」

老太太在整整齊齊放著的彩紙裡看了一圈，手一指。「這個肯定是妳剪的，歪歪扭扭的。」

「祖母。」陶蕊氣得跺腳，急得眼淚都要出來了。「那是五姊姊剪的！」

老太太本就是隨手一指，卻不想陶蕊認真起來。「祖母胡說的，妳看這個，這個定是妳剪的。剪得維妙維肖，一看就是個手巧的姑娘做的，是不是？」

陶蕊這才喜笑顏開。

老太太抹了把汗，陶蕊生氣那會兒，齊眉悄悄給她指了，不然這小姑奶奶只怕是真的要哭出來。

第三十五章

翌日一清早，齊眉幾人坐上馬車去了花神廟，並不是多遠的地方，她們來得早，花樹上並沒掛多少彩箋，陶蕊顯得尤為開心，拉著齊眉一路往花樹那兒小跑，跟著來的侍衛站在花樹兩旁，守著陶家三位小姐。

其實算起來，齊英在陶家還不算最淡的性子，三小姐齊清才是，露面的次數只比前世的齊眉多幾次，說是不喜見人，以前還總是請她，後來被婉拒得多了，也便無人再理會。

今早上馬車前，照顧齊春和齊露的媽媽滿頭大汗地跑過來，說兩位小姐睡過了頭，這會兒才開始梳洗，齊眉本是要等她們，反正都是自家姊妹一起去，陶蕊卻不依，說越早去祭拜花神才越誠心。

「御史大人家的小姐比我們要快。」陶蕊踮著腳，努力伸手去看離她最近的彩箋，落款是居家三小姐的名兒。

齊眉眼眸微微一動，居家竟是來得比她們更早，也不知居玄奕會不會來。

想著抬眼望過去，無意瞥見一張彩箋，眼皮忽而一跳，娟秀的字跡寫的是阮成煙。

小姐們的閨名自是不能胡亂給他人看，但花朝節和賞燈會就是兩個例外，花朝節誠心剪好彩箋，寫上自己的閨名，花神見到了才知曉要庇佑誰，而賞燈會則又是另一番講究了。

所以花樹周圍從來只許女子過來，侍衛一類或者其他都是守在遠處。

不知阮三小姐求的會是什麼，齊眉心中雖是好奇但也不會去看別人的心事，眼看陶蕊已經要去摘下居三小姐的彩箋，齊英冷冷地道：「八妹妹，在外頭可不能像在府裡那般，我們是陶家的小姐們，多少雙眼睛看著的，怎麼能這樣任性地要看別人寫的是什麼。」

陶蕊極少被除了二姨娘以外的人說教，一下委屈起來，抿著唇半天不說話。

齊眉把陶蕊拉到身邊。「若是別人要看妳的彩箋妳願不願意？」

「當然不行！」陶蕊想都不想地答道。

齊眉笑了笑，拍著她的背。「所以己所不欲勿施於人，這個道理八妹妹一定明白對不對？」

陶蕊點點頭。

齊眉掛自己彩箋的時候尤為的誠心，學得滿頭大汗才勉強剪出月季花的模樣，都說掛得越高就越容易被花神看到，奈何她的個子不高，卯足了勁也只能掛得勉勉強強。

齊英看著她吃力的模樣，嘴裡嘟囔幾句，皺著眉把她的彩箋拿過去，一伸手就掛到了現下花樹上最高的地方，比齊英自己的都要高。

「謝謝二姊。」齊眉笑得酒窩都嵌進去。

「我是看妳笨手笨腳，再耽擱下去我們就不要回府了。」

「是是是。」齊眉笑得越發甜。

齊英神色有些不自然，甩手先上了馬車。

馬車先回了陶府，齊春和齊露站在門內伸長了脖子往外瞅，熟悉的馬車駛過來，兩人一起走過去，看到齊眉她們下來，苦著臉道：「五姊姊，我們倆沒有趕得上掛彩箋。」語氣又懊惱又遺憾。

「誰讓妳們倆睡過了頭。」陶蕊撇撇嘴。

齊春道：「不是睡過頭，是七妹妹吃壞了肚子才耽誤了時辰！」

「怎麼會吃壞肚子？」齊英都覺得奇怪。

齊春搖搖頭。「七妹妹本來就嘴饞，昨日四處溜達的時候跑到大伯母的園子裡，廚房裡正做著糕點，七妹妹不顧巧雪的阻攔，把熱騰騰的糕點吃了一半去，回到屋裡就害肚子了。」

「巧雪？」齊眉輕輕抿起唇。

「是呢，祖母今日發了一通火氣，巧雪被罰著跪到現在，大伯母身子本就不好，像七妹妹這樣的『大肚食客』吃了都有事，大伯母若是吃了的話，只怕就不是鬧肚子那麼簡單。」齊春道。

齊露已經往馬車上爬。「六姊姊，快點兒上來，我們只是錯過了最好的時辰，只要午時之前去，都不算沒有掛彩箋的！」

齊春應了聲，兩人歡歡喜喜地上了馬車，侍衛跟著二人的馬車漸漸地遠去。

午飯的時辰齊英和陶蕊都回了各自的園子，齊眉去了清雅園。

巧雪果然是跪在園內的石板路上，看模樣至少是跪了兩個時辰，顫抖的背顯示她疼得不輕。

上菜。

齊眉看也沒看，快步地進了屋子。

老太太面色不悅地坐在軟榻上，見齊眉來了才稍稍收起了板起的臉，鶯藍和鶯柳張羅著

「妳們幾姊妹的彩箋掛得如何？」大太太笑著問道。

齊眉亦是笑著道：「本來齊眉個子不夠高，掛不上去正愁得厲害，二姊幫齊眉掛了上去。八妹妹還瞧見了居三小姐掛的彩箋，本以為我們幾個去得夠早了，沒想到還有更早的。」

「本來還得要晚些的，六妹妹和七妹妹睡過頭，八妹妹怕誤了時辰，我們便也沒等她們，這會兒她倆應是從花神廟裡出來，快要回府了。」齊眉說著。

老太太挑了挑眉。「並不是睡過頭。

「等孩子們出去過花朝節了，我們關起門來好好地說說。」老太太看著大太太道。

大太太點點頭，轉身又笑著摸摸齊眉的腦袋。「妳們幾個就都跟著妳們二姊，沒什麼特別的事就別隨意從樓上下去。酒樓的位置我都安排好了，在花滿樓的二樓，那一層都被幾家一起包下來，都是妳們見過的小姐，到時候聚在一塊兒也能說得上話。」

「巧雪是不是做錯了什麼事兒？」齊眉卻是問起了這個。

老太太面色一滯，倒是也沒有岔開話題。「是做錯了事兒，所以祖母便罰她在外頭跪著。」

「做了怎樣的錯事要跪那麼久？」齊眉顯得有幾分好奇。「原先在父親書房裡見過巧

雪，不知何事惹了二姨娘，被踢了一腳，那一次大概也是巧雪做錯了事兒？」

「有這樣的事？」大太太驚訝地問道。

大老爺身邊的丫鬟她都沒有動過，宛白雖然平素裡囂張，也不至於無端端就去踢人。

「記不清了，但肯定是踢了的，二姨娘那次還給了齊眉好吃的，不讓齊眉和別人說。」齊眉道。

老太太的話都說得模稜兩可，但聽得出是察覺到了什麼，按著老太太的性子，斷不會忍著誰胡來。

「巧雪總和齊眉身邊的大丫鬟迎夏走到一塊兒，聽聞她家裡很難，不過最近似是好了不少，連巧雪的弟弟也請了最好的師傅。」齊眉把平素迎夏和她閒話時說過的這些都記得清楚，眼下正是個機會，這時候再不說，不知又要等到什麼時候。

老太太說等孩子們都出去了再關起門來說，那必然不會只是要問巧雪的話。

大太太覺得奇怪起來。「巧雪家我派新梅去看過了，她的弟弟也安排著進了學堂，雖不是頂好的，但……怎麼轉頭又有銀子請最好的師傅？」

老太太把嚴媽媽叫過來。「小姐們傍晚時分出去，妳也跟著照顧。大少爺不在，二少爺又不去，身邊總要有個看得住她們的。等著小姐們回來，妳去城東那頭看看。」

巧雪家正住在城東。

傍晚時分齊眉和齊英、陶蕊三人一起出門，齊春、齊露早早地在門口等著，生怕這次又錯過了，姊妹倆最盼望的就是去外頭玩鬧的時刻，馬車剛停穩就急急地提著裙襬上去。

馬車內部很寬敞，坐了五個小姐也不覺得擠。

齊春和齊露說起在花神廟的趣事，兩人去得晚，來來回回的路上見著不少有意思的事。馬車裡頭笑笑鬧鬧，不知不覺間就到了花滿樓，五個姊妹上去，果然在二樓的都是大官之家的小姐，好在花滿樓極大，陶家的位置正正好是在窗邊，微微側頭便能看到樓下熱鬧的景象。

齊眉剛坐下，阮家的小姐們就過來了，多日不見的阮三小姐氣色好了許多，看不出之前大病小病了好一陣的樣子，看著齊眉，微微笑了一下，點點頭打了招呼。

陶蕊很快地就和別家的小姐玩到一起，齊英本就不喜說話，獨她一人坐在最靠近窗口的位置，時不時地往下悄悄瞥一眼。

「姊姊，妳可收到了我大哥的信？」齊眉小聲地問著阮成煙。

阮成煙卻是一副不明的表情。「什麼信？我只收到了妳的，本想著要回，結果有事兒耽擱就這麼忘了，妹妹可別怪責我。」

齊眉頓了下，搖搖頭笑著道：「又怎麼會怪責姊姊。」

樓下正路過幾個公子，阮四小姐看了一眼，忙拉了拉阮成煙，指著其中一人。「三姊姊，這個就是那日我們在府裡看到的年輕俊才，妳瞧他還看過來了。」

齊眉順著看過去，同行的那幾人她一眼便看到居玄奕，穿著湛藍的錦袍，只是尋常的行走卻讓人覺得怦然心動。

阮四小姐指著的人她也認識，前世就聽過這人的名諱，晉國公家的二少爺，大少爺是庶子又體弱多病，所以之後便是二少爺繼承了國公之位，在朝中的勢力愈漸增大。

再一看阮成煙的眼神，齊眉心下了然。

看來幾個月的工夫就成了郎有意妾移情了，只不過大哥還不知道。

阮成煙也並沒有錯，大哥無論怎麼說已經成親了，大學士家的嫡女難不成還要嫁給他當妾？即使阮成煙願意，大哥也不會捨得，最關鍵阮家人也不會答應。

阮成煙若是能有好歸宿那便是最好的，晉國公家的二少爺是個上進的，容貌俊朗不說，氣度也非凡。

晉國公家二少爺似是察覺到什麼，抬頭往二樓的方向望過去，其餘幾人也抬起頭，齊眉和齊英來不及縮回去，和下頭的幾個公子哥兒正好對上視線，齊眉這才訝異地發現那個一直站在最邊上、穿得也極為樸素的男子是蘇邪，刻意偽裝過的他，面容一露出來，霎時周圍的花兒都要失色。

一不小心和居玄奕對上視線，齊眉一下子心跳得厲害起來，下一刻陶蕊就坐過來，身後的小姐們玩玩鬧鬧，不知不覺地就這樣把她擠到邊上，齊眉索性起身坐到齊英身邊。

蘇邪微微抬眼，定定地看著二樓的一個位置，齊眉試探地側頭看過去，齊英正抿了抿唇，唇角淡淡的笑意，前額留下的兩縷髮絲隨著風輕輕地擺動，十分動人。

二姊今天是打扮了的，大太太還笑著打趣，看來見花神比見誰都要重要，竟是能讓齊英都打扮起來。

二姊本就是美人，穿上顏色雅致又不失鮮豔的衣裳，略施粉黛，再加上本來冷淡的性子，如出水芙蓉一般，又似是只可遠觀不可褻玩的蓮花。

她這一次特意要跟著齊英來，是怕二姊重蹈前世的覆轍。

居玄奕幾人走遠了後，一個中年男子氣喘吁吁地跑過來，後邊緊緊地追著一名巡兵，還沒來得及看清楚，那男子就被巡兵抓住，狠狠地打倒在地上，從他身上搜出一個包裹，這時一名女子瘋跑著追過來，接過巡兵遞給她的包裹大哭不止。「多謝官家小哥，這是我要給娘救命的銀子！」

那巡兵笑著拱手，停住腳步，抬起頭，不經意地看了齊英和齊眉這邊，才又握著刀柄，警惕地前行。

齊英的表情沒有絲毫的變化。

齊眉沒想到，或者當初她回府的緣由改變，就一路改變了許多事，一模一樣的相遇、前世的刻骨銘心，在今生卻只是你我的匆匆一瞥。

齊眉有些唏噓，但更多的是舒心，她希望這個嘴比石頭還要硬、對她好的心卻不比誰要差的二姊，能得到真正的幸福。

齊眉悄悄地笑起來，手撐著下巴，所以不知樓下一人的目光也正鎖在她身上，看著她淺淺的笑容，也跟著彎起唇，而後又有些傻愣愣地擺擺手，那人竟是阮成淵。

不多時，居玄奕幾人也上了二樓，在隔間坐下，偶爾隔空對著詩詞，好不熱鬧。

「別擋道！」粗魯的聲音響起，隨之就是熱熱鬧鬧的雜耍藝人們的隊伍，夜幕快要降下，舉著火把，表演著各式各樣新奇玩意兒的人們吸引著大家的目光。

邊。

雜耍藝人們占滿了街道，模糊之間齊眉看到一個身影被掀開，又被誰給拉起來站到一

「五姊姊，妳看那個人，戴著的面具真嚇人！」陶蕊扯著齊眉看，齊眉看過去笑了笑。

「哪裡可怕了，就多了兩顆獠牙。」

此時另一頭易媽媽正心疼地幫阮成淵拍拍身上的灰。「大少爺，都說了今日人多太雜亂就不要出來了，您非要出來，大夫人讓侍衛跟著我們，也不知為何就不見了人影，等回去了老奴一定要告訴大夫人去！」

賣糖葫蘆的正被擠到邊上，易媽媽怕阮成淵因為剛剛被推倒而哭泣吵鬧，忙掏出銅板買糖葫蘆。

阮成淵站在原地，怔怔地看著那抹充斥著他生命記憶的身影，正與居玄奕隔空說著話，也不知居玄奕說了什麼，齊眉掩嘴笑了下。

易媽媽把糖葫蘆塞到阮成淵手裡時，他才回了神，看著酸酸甜甜的糖葫蘆，嘴角卻浮起一絲苦笑。

花滿樓的二樓正熱鬧得厲害，居玄奕性子並不沈寂，也沒有那些大官的架子，雖和同間的幾位官家少爺身分有別，卻時不時地起身敬酒，把那幾個少爺都嚇得忙站起身，有不勝酒力的也不敢有二話，仰脖一飲而盡。

幾杯下肚，眾人很快都紅了臉。

有人提議隔著屏風和對面那頭的小姐們對起詩，居玄奕讓身邊的侍從過去問，很快地得到了同意的答覆。

都是規規矩矩上過學堂的小姐和少爺，縱使陶家中間曾發生變亂，每個人也是學過些學問，而且教課的還是二皇子，大抵是老太太他們心有餘悸，到現在也沒再提過重新要小輩們上學堂的事。

不過每個人肚子裡總歸有些墨水，像這樣吟詩作對的場面，多多少少還是能應付。

一來一去的對詩中間偶爾有人鬧了笑話，小姐們都捂著嘴悄悄地笑，鬧了笑話的少爺面上一紅，居玄奕讓小二給倒滿了酒，那少爺一股勁兒喝下，小二便把酒杯拿給小姐們看。

接下輪到了齊眉，屏風那頭清亮爽朗的聲音傳來，與她對詩的竟剛剛好是居玄奕。

齊眉前世空餘的時間太多，自個兒悶頭看了許多書冊，對對詩很有一番研究。

摩拳擦掌的躍躍欲試，居玄奕卻出了個簡單的，陸丞相家的二小姐撇撇嘴。「剛剛與我對就那麼難，還害得我生生地飲了一口酒。」

大家都望向齊眉，齊眉笑著對了詩，居玄奕出得簡單，她卻對得複雜，看上去是不領情一般，實則卻讓意見頗大的幾位閉上了嘴。

居玄奕朗聲笑著，好聽的聲音從對頭傳來。「陶五小姐怕是以為在下刻意輕視，竟是給了這樣一個下馬威，讓陶五小姐誤會，在下自罰一杯。」

那頭叫好聲此起彼伏。

齊眉掩著帕子笑起來，餘光瞥到齊英心不在焉的樣子，居玄奕幾人上來的時候，齊眉注意了一下，二皇子也在裡頭，打扮得那樣樸素，無非是不想大張旗鼓讓他人知曉自己的身分。

對詩結束了也沒聽到二皇子出聲，身邊總有陶蕊幾人晃來晃去，齊眉一直沒尋得機會問齊英。不過也罷，回府之後多得是時間問這些。

齊眉看到那個衣著樸素的蘇邪匆匆地離開，齊英不一會兒也起身。

齊露問道：「二姊去哪兒呀？」

「去如廁。」

齊露拍著手。「我也要去，正好和二姊一起去。」

齊英頓了下身子，齊眉笑著把齊露攬到身邊。「妳不是剛去過不久嗎，怎麼又要去？」

齊露扭著身子要掙脫。「五姊別害我了，我哪裡去過。」掙開了後才發現齊英已經不見人影。

陶蕊抿了口茶，眸光閃了閃。

齊春站起來拉著齊露。「我陪妳去。」

眾人吃吃喝喝一陣，齊春和齊露一會兒就回來了，齊露道：「沒瞧見二姊還以為她回來了。」

齊眉搭了句話。「說不準是去找嚴媽媽，嚴媽媽在樓下，妳們不是平日老吵著要看這些有意思的把戲，瞧下面的人。」

說著探頭去看樓下的熱鬧，幾個身形壯碩的男子各自拿著火把，喝了一口酒卻不嚥下，全部噴到火把上，火騰地一下像鬼魅一般往上竄。齊春和齊露一下就被吸引了目光，嘴巴都張得極大，深閨的小姐們哪裡見過這樣的把戲。

平時別說長輩們不許，就是身邊的婆子和丫鬟都會變臉色，直說小姐們看那些是要不得的，有失身分。

齊眉也覺得有趣，探頭看著，身子微微往前傾，離得近了些，火光一過之間，忽然覺得有什麼閃了一下。

火苗落到花滿樓的梨木柱上，長了眼似的，一下就竄了起來。

看熱鬧的小姐們都白了臉，火勢不快但也不慢，侍從和丫鬟們都趕緊從樓下跑到二樓，扶著自家的主子跑出來。

齊眉正要跟著往下跑，混亂之中不知道誰不小心推了她一把，又狠又快，把她推到屏風後頭。

火勢已經竄得把樓口堵住。

眾人跑出來得早，無一人受什麼嚴重的傷，那幾個耍把戲的人當場就被抓了扭送去衙門。

齊英被人拉著跑出來，她慌亂之中看準了那抹淡色的衣裳，順手抓住了那人的小手，立刻就跟著拉她的人一起往外跑，等到氣喘吁吁了一陣，側頭一看自己拉的竟然是陶蕊。

她一下鬆了手，慌張地四處跑著看。

拉住她的男子低聲問道：「齊英，怎麼了？」

「齊眉！齊眉還在裡頭！」從沒見過齊英這樣著急，完全失了平日清冷的模樣。

蘇邪拽了她一下。「不要這麼大聲，這次的矛頭是衝著我來的。」接著篤定的補一句。

「妳五妹妹不會有事的，她不是身子不大好？大概走得慢了些。」

齊英愕然地頓住腳，衝著他來的？

除了自己，還有誰知道蘇邪今天要來花朝節？

蘇邪的目光望向二樓，神色流露出幾分複雜不忍，但隨即又寒了下來。

火燒得越發的旺，誰也不敢靠近有大火的地方，忽而一個人影竄進去，速度之快誰都沒有瞧清楚。

這時屏風後頭的齊眉艱難地爬起來，剛剛還熱鬧非凡的地方空無一人，煙還不濃，但對她這樣有哮喘症的人來說，已經足夠被嗆出眼淚，把帕子拿出來，瓷花瓶裡的水花滿樓每日都會換一次，齊眉抖著手把水倒在帕子上，捂住嘴艱難地站起身。

不停加重的喘氣，預示著她已經不堪負荷。

腦子裡還是雜亂的畫面，被推的那一下跌得厲害，腳扭傷了，只能一步步慢慢地走，好不容易到了樓梯口，火苗一下竄過來，齊眉倒退一步，心下想著法子，把蓋在案几上的長布拿下來，又把所有花瓶裡的水都倒在上頭，潤濕的長布披在身上，正要往下衝，火卻跟長了眼似的，濃煙一下嗆到喉嚨，齊眉眼睛一黑，站不穩地就要摔倒。

一雙有力的手扶住了她，齊眉掙扎著要回頭卻一點兒力氣都沒有，濃煙掩蓋了那人身上的氣味，心中卻忽而湧上一絲熟悉的感覺，沒有多餘的時間細想，不知為何一種從未有過的安全感盈滿了心頭。

花滿樓門口，齊英已經要往裡頭衝，陶蕊一把抱住她。「二姊妳可不能進去！」

齊英把陶蕊一下子甩開。「不進去齊眉怎麼辦？」

幾個小姐已經嚇得大哭起來。

齊英衝了進去，火勢大得嚇人，她憑著直覺往二樓的樓梯口跑過去，卻看著一個略顯熟悉的身影站在那兒，懷裡抱著已經直喘粗氣兒的人，讓齊英的眼淚一下子掉下來。「五妹！」

「她沒事。」抱著齊眉的正是居玄奕，二樓已經被火吞噬，齊英感激地看著他。「謝謝居大公子。」

居玄奕把齊眉交給齊英。「妳抱著她出去，我走後門，外頭太多人看著，饒是混亂也……」

齊英自是懂他的意思，把齊眉揹在背上快速地跑出門口。

一出門口齊英便腿軟地跪在地上，酒樓內的橫樑塌了兩根，轟轟的聲音燒得噼哩啪啦響，火舌一下子噴出來。

看到陶五小姐被陶二小姐安然無恙地帶出來，眾人都舒了一口氣，從沒見過這樣可怕的場面，不知陶二小姐是哪裡來的勇氣，雖是自家姊妹，但並不是每一個人都能做到這樣不顧自己的生死。

嚴媽媽從城東往花滿樓趕去，路上聽到花滿樓起火的消息讓她心都要跳出來，趕到花滿樓，入眼的場面讓嚴媽媽差點站不穩，二小姐正揹著五小姐走到馬車旁，馬夫哆嗦著手把五小姐放進馬車。

六小姐和七小姐在一旁哭得厲害，八小姐倒是頗為冷靜，跟著竄進馬車。

「二小姐！這是怎麼回事？五……五小姐她……」嚴媽媽話都說不完整，生怕聽到的是什麼可怖的消息。

「著火的時候五妹妹走得慢些，我下來後發現她不在，就又進了酒樓把她帶出來，她就是吸了些煙進去。」齊英儘量說得平淡些。

嚴媽媽還是嚇得白了臉，光看二小姐滿頭大汗的模樣，就知道剛剛定是驚險萬分。若是這一趟出來哪個小姐出了事，她十條命都不夠死的。

馬車很快地往陶府行去。

在馬車上，齊眉意識有些模糊，齊英找出她隨身帶著的薄荷香囊給她聞了卻還是沒用，還好她用濕布捂住了口鼻，這才沒吸入多少煙，別人沒事，她若是多吸幾口命都會沒了。

躺在馬車上，額頭被二姊濡濕了帕子擦汗，剛剛在二樓和一樓之間的場景反覆在她腦海裡亂竄，不知道哪個是真的哪個是假的。

「大少爺！這一身是怎麼了？老奴剛剛四處找您，生怕您跑到花滿樓裡去了！」易媽媽心驚膽顫的，阮成淵身上有幾塊髒污的地方，一看就是剛剛花滿樓著火給蹭的。

阮成淵抿著唇沒有答話，易媽媽只當他嚇傻了，掏出帕子給他擦汗。「瞧大少爺，您身上這股子煙味，這是燒的什麼煙？怎麼還有點兒月季花香？」

易媽媽嘮嘮叨叨，全是為了剛剛受了驚嚇後平復心情。

陶府早收到了消息，馬車停穩後齊眉便被送到了東間，老太太和大太太都急急忙忙趕過去。

大夫幾乎是同時進的府門，仔細地診治。

老太太幾人都坐在廳裡，嚴媽媽一下跪在地上。

大太太掀開簾子走出來，眼角紅紅的。

老太太怒拍桌子，正狠狠地訓斥嚴媽媽。「妳是府裡的老人了，跟在我身邊幾十年，我從來都沒想過妳做事會出什麼岔子。」說著又自責起來。「也是我疏忽，太過相信妳，怎麼能把五個孩子全都交由妳。今日跟著去的幾個侍衛也不用留了，讓他們自己去領罰。」

嚴媽媽忙俯身，額頭貼著地面重重地磕了一個響頭，起身的時候額上紅了一團，一開口已經帶著哽咽。「老奴不該看著小姐們都在花滿樓好好地看熱鬧，自個兒就想著趁這個空檔過去買老太太和大太太喜歡的糕點，回來的路上聽得出了事，老奴魂都嚇沒了，若是要把老奴和那些個侍衛一起遣出府，老奴也無半句怨言，老太太和大太太不罰老奴，已是至深的寬待！」

二姨太在一旁聽得迷糊，平白無故的買什麼糕點？

今日她被嚇得不輕，巧雪被罰跪在清雅園幾個時辰的事到了傍晚才傳入她的耳裡，還沒來得及過去瞧，便被老太太給叫到園子。巧雪跪得唇色蒼白，她到園子的時候正好看著巧雪被抬出去，大抵是跪得直接暈倒了。進了屋老太太卻不似平常，板著臉的嚴肅模樣，讓她心裡都一緊。

大太太不多時也進來，屋裡的氣氛非比尋常，老太太剛要問話，卻聽得小廝慌慌張張地跑進來報，花滿樓著火了。

屋裡的人都猛地站起來，二姨太也慌了神，陶家的小姐可是都在花滿樓的，又是二樓……

老太太衣裳都來不及換，披了外衣站在府門口等。今日並未下雪，卻冷得滲人，足足站了一個時辰，去打探的小廝回來，說小姐們都跑出來了，老太太這才鬆口氣，當下腿就軟了，被大太太扶著回了園子。

二姨太也喘了口氣，跟著去了內室，老太太還沒坐穩，鶯藍急急地進來又道：「五小姐沒跑得出來……」說著大喘起氣。

大太太一聽，差點兒就暈過去。

鶯藍趕緊跪在地上。「被二小姐救出來了，傳過來的消息，五小姐只是扭了腳。」這樣大起大落，老太太的臉白得一直都沒恢復過來。

等到馬車回了府，二姨太跟著老太太幾人一起過去朱武園，大老爺得了消息也匆匆地過來。

看著滿屋子的人，二姨太心生不快，不過就是扭了腳，也沒哪裡被燒傷，嚴媽媽這麼多年的老媽媽了，老太太就為了這個要趕她出府。

有什麼大不了的事，反正齊眉每次都能化險為夷，這齊眉也不知是走了什麼好運，次次都似是有人長著眼在幫她似的。

老太太緩了口氣。

大老爺鎖著眉頭，發了話。「所幸這次齊眉沒出大岔子，若真出了事，那群混水摸魚的侍衛全都要以軍法處置。若是父親在，即使無事，那幾個侍衛也活不下。」

老太爺素來嚴謹心狠，大老爺與他相比，差的就是心窩軟。

其實侍衛這樣被陶家趕出去，至少在京城裡已經無法立足，現在誰敢用陶家遣出去的人？只怕在別的地方也不會好過，按照軍法處置他們自然是會給人警惕，但這樣的處理那些人後半輩子都會過得差勁。

本是大好的節日，大太太想起剛剛看到齊眉虛弱的模樣，心裡又酸又慶幸，還好沒出事，還好。

齊英不肯出來，還在裡頭守著齊眉。

老太太訓了嚴媽媽幾句，最後道：「罰妳三個月的月錢，之後若是再出什麼錯，無論大小我都會按著規矩處理。」

嚴媽媽感激地福身。

這一夜在混亂中度過，老太太坐到半夜才被扶著回園子，大太太依舊守著，二姨太不知什麼時候早就溜走，去了陶蕊的屋裡。

陶蕊恨惱地胡亂扯著手裡的絹帕，二姨太問道：「妳怎麼這副模樣？」

「五姊姊如何了？」

「被安排得妥妥當當，妳祖母都還在那裡陪著呢。」二姨太撇撇嘴。「今日鬧了這麼一齣，本來要看著的那些王孫貴族也沒心思了吧。」

「我看五姊姊和居大公子之間肯定有不同。」陶蕊把絹帕往桌上一扔，氣惱地撐著下巴。

二姨太搖搖頭。「還不是個嫡女身分，若妳是嫡女，哪裡能處處被她搶去風頭。居家大公子也沒多了不起，不過是個太學品正，做得好了熬個三、四年能往上走，做得不好，六、七年不挪位置都是有可能的。」

第三十六章

齊眉睜眼的時候天邊正泛出了白光，一整夜迷迷糊糊作了不少夢，卻沒一個是記得住的。

現下她已經能躺下來，睡覺或者小憩的時候都不用再坐著，手撐著床榻直起身，這才看見床頭坐著個人，倒在床榻上似是守了一夜。

「二姊？」齊眉有些訝異，奈何昨日吸了煙進去，張口的聲音沙啞無比。

齊英一下醒過來，看著齊眉的精神不錯，才舒了口氣。

「昨日在花滿樓……」齊眉揉著頭，看著齊英去端雪梨湯給她喝，慢慢地喝下半碗，聽著齊英說起昨日的事。

「我進去後就看到居家大公子抱著妳，也不知是剛下來還是如何，大概是在想該怎麼把妳送出去，畢竟是男女有別，我進去後剛好他就讓我把妳帶出去。」

齊眉眼眸動了下，竟是居玄奕救了她?!

可是她前世從不曾和居玄奕有過什麼接觸，最出格的就是兩人並肩站在一起，居玄奕突然牽了她一下，而後很快地放開，兩人都紅了臉。

自己跟居玄奕並沒有別的記憶，可被救時那個擁抱住她的熟悉感是從何而來？救了她的真是居玄奕？

齊眉想得很頭疼。

把雪梨湯喝完，齊眉腦子清醒了些，昨日從二樓到一樓的時候，她總模模糊糊地感覺到一種熟悉感……

但再努力的回憶，腦中仍是混沌不堪，既然二姊說是居玄奕，那就應該是吧……

撐著床榻要下床，齊英卻阻止了她。「妳的腳扭了，傷筋動骨一百天，至少這一、兩個月妳是出不得門的。除了我和居大公子，其餘人都以為是我一個人救了妳，妳要記得這個。」

齊眉點點頭，居玄奕和齊英都在保護她，她感激之餘更覺得滿心感動。

從不曾想今生會和居玄奕有這麼多相處的時候。

「二姊，妳和二皇子……」齊眉壓低了聲音。

齊英頓了下，大方地承認。「那時候他在府裡教學，我與妳一個吹笛一個跳舞，之後我與他在花園裡遇上，聊了幾句，接著就一直通信。」

本該是浪漫的過程卻被齊英說得幾分無趣，齊眉卻聽得津津有味，齊英被她盯得臉不自覺紅起來，伸手拍了下她的腦袋。「妳啊，這傷看來還是輕了，還有閒心管這些。」

齊眉笑了笑，而後面色卻沈鬱下來。「二姊，那幾個雜耍的人現在在何處？」

別人或者不知曉，她昨日看那幾個人的時候特別認真，眼睛都沒眨一下，所以瞧得清楚，這火災不是意外，而是有人下了令刻意為之。

「在衙門。犯了這樣的事，已經被關入天牢，明日處決。」

「處決?」這就更不對了,這麼急匆匆的,是有誰要掩蓋些什麼。花滿樓著火,他們那麼多小姐、小少爺們都在裡邊,火勢是有控制的,並沒有一下子燒起來,等到酒樓裡的小姐和少爺們出來,火勢才猛地竄起來。那樣一步一步循序漸進,分明就是別有目的,而那目的肯定不是他們這群小輩們。齊眉想起來的人裡頭只有二皇子身分特殊,心中更是浮上幾分計較。

齊英微微頓了下,扶著齊眉讓她躺下。「妳才剛醒過來,先好好躺著,這些事情哪裡要我們操心?妳好好的歇息才是最重要的,別老胡思亂想。」語氣嚴厲,眸光裡的關切卻分外明顯。

齊英看著齊眉閉上眼,才轉身出去。

前世的時候齊眉對這個二姊多有誤會,今生她耳清目明,看事情也清晰了幾分。其實齊英就像是刺蝟,外頭看著全是刺,扎人得要命又不可靠近,其實翻過來肚皮卻是暖呼呼的。

清雅園也在說起這個——

「齊英那孩子真真是出乎意料。」老太太擦著眼角。「聽外頭的人說那時候其他的小姐們都嚇得哭起來,幾個大戶家的少爺也只在路旁站著不敢靠近,只有她一個人非要衝進去,誰也沒攔得住,而且還真把齊眉幾乎完好無損的救出來了。」

「齊英素來性子淡,可對家人的心是好得不行的。」自己的女兒,大太太心裡清楚,也覺得萬分欣慰。

「聽說居家大公子也是在那裡的,大抵是文弱書生,也沒膽子去救人。」老太太說著嘆口氣。「倒都不如一個女兒家了。」

這時候外頭的人來報，說二姨太身子不適不能前來請安了。

老太太這才想起昨日未完的事。

花滿樓著火的事，老太太派人仔細去打探了，聽上去只是純粹的意外，可老太太卻總覺得哪裡不對勁。

嚴媽媽低聲道：「老太太，老奴昨日瞧見二皇子了。」

「當真？」老太太訝異地睜大眼。

「千真萬確。」嚴媽媽肯定地點頭。

看來好不容易太平一陣子的京城，又要鬧起來了，家裡的事也只能先放下，若是真的亂起來，府裡在這個時候定然不能出什麼岔子。

而著火的事情終究還是驚動了皇上，天子腳下還能出這樣的亂子，皇上在殿上發了一通脾氣，正欲下旨徹查，平甯侯上前一步拱手道：「那幾個雜耍的人已經被處決了。」

皇上微微一頓，好一會兒沒出聲。

齊眉因得腳傷再加上肺部受損，老太太特意讓嚴媽媽去了東間，免了她的請安。

嚴媽媽跪在地上。「五小姐，都是老奴的過錯，才讓五小姐這樣受驚。」

齊眉擺擺手，老太太給嚴媽媽下的處罰她聽說了，即使嚴媽媽在也阻止不了意外的發生，平安無事那便無須逼人太緊。

「小姐好好養著身子，子秋和迎夏雖是特別伶俐的丫頭，但若小姐還缺了什麼，一定告訴老奴。」嚴媽媽想起五小姐和二小姐那晚的模樣，依舊心有餘悸。

嚴媽媽記得臨跟著馬車匆匆離去的時候，眸光掃過去，正對上一雙帶著邪氣的桃花眼。當下並沒有時間注意其他，只是驚了下。她秘密地說與老太太聽，看老太太的臉色，並不是什麼好事。

二皇子素來與世無爭，只怕出來是有別的要事。

嚴媽媽覺得諸事都複雜起來，但也沒忘了老太太吩咐她的事。

老太太能這樣留情，也是因為她是去了城東打探的緣故，若不是老太太下令，她也不會離了小姐們身邊。

過了幾日，皇上下旨讓太子去到雪災之地，一來是運送救災的物資，二來是穩定民心。

誰知旨意頒到的時候太子竟是拒絕，皇上龍顏震怒，讓太子去佛堂靜思己過，沒有一個月不許出來。

皇上前半生都為穩固弘朝而勞碌，膝下的皇子公主並不多，讓太子去也只是因得他的儲君身分。

齊眉臥在床榻上，聽著齊英與她說這些消息。

「太子那樣頑劣不堪的性子，即使派他去也是無用。」齊英幾分不屑。「邊關戰亂，花滿樓著火差點出了大事，百姓們都議論紛紛，他卻還在選太子妃，身邊那些姬妾爭來爭去，還死了一個。」

這些定是二皇子告訴齊英的，不然齊英也不會知曉得這樣清楚。

太子成不了大器，也是生得好，若是放在尋常百姓家，早被當成米蟲扔出去了。

皇上這是在為太子鋪路。齊眉想著搖搖頭，誰說虎父無犬子。

「話已經放出來了，百姓眼巴巴的望著人過去，三皇子體弱多病。皇上左思右想之下在大殿宣佈讓二皇子前去，前因後果群臣都一清二楚，也無人有異議。」

齊眉隱隱嗅到不對勁的苗頭，前世二皇子和德妃都是深居簡出，也未曾有過花滿樓大火的事情，聽迎夏說花滿樓被燒得慘烈，只剩下空殼一副，可見是要致人於死的。

有些路子暗暗地改變，過程也跟著漸漸地變化，記得前世二皇子和德妃的結局也是大火之下身亡，還是幾乎在太子登基的同時。

好像就這樣一下子提前了，這一場大火沒能燒掉二皇子，太子縱使頑劣成性，也不至於真墮落到滿腦子女色的地步。

有人要害二皇子，緊接著二皇子就去到雪災之地賑災。

政事的問題本就錯綜複雜，齊眉想得越發深，眉頭也皺得死緊。

「二姊，二皇子知不知曉火是衝著他來？」齊眉問道。

從點頭承認和二皇子的來往開始，齊英便沒打算對齊眉隱瞞。「自是知曉，他帶著我跑出來的，我本以為牽著的人是妳，結果是八妹妹。在我要進花滿樓尋妳的時候，他便說妳不會有事，這火是衝著他來的。」

「若不是混亂中被誰推了一把，也不用二姊這樣擔心。」齊眉輕輕地吸口氣，眸光裡帶著歉意。

齊英擺擺手。「說這些做什麼，摔一跤也不是妳想的，那樣混亂的情形之下，那些小姐們早就嚇得不行，妳是沒瞧見那個樣兒……」

「那八妹妹定是也嚇壞了吧？」齊眉又問道。

齊英想了會兒，有些不確定的搖搖頭。「我要去救妳的時候，八妹妹攔住我，在場的小姐們幾乎都嚇得臉色慘白，膽小些的都哭起來，但八妹妹並沒有，後來救了妳出來，她也只是一直抿著唇，大抵是看著妳受傷，嚇得說不出話了。

「但不過啊……」齊英往屋裡四處看了下，才轉頭道：「八妹妹抱著我的時候可是下了極大力氣的，平時也不見對我有幾分姊妹之情，妳平時與她那樣要好，她也沒露出幾分緊張的神色……當時畢竟亂，我也沒多注意，或者是我瞎想。」

齊眉手裡搓著的絹帕一緊。

當時的場景那樣混亂，她會被推倒實屬正常。可她沒跟著出來，蘇邪卻阻止二姊去救她，而陶蕊阻止的舉動，莫非不是真怕齊英出事而是別的什麼。

齊眉垂下眼簾。這場火本來是衝著二皇子來的，而他卻逃脫了，若是大將軍家的嫡親孫女在這場火裡出了事，無論是喪生還是重傷，那一定能鬧得極大。

若她出了事，重傷之下即便再是大將軍的嫡孫女身分，也不會有誰要來提親。

齊眉心裡微微泛起寒意，要成大事之人，必定心硬如鐵。

齊眉握住齊英的手。「二姊，妳打算和二皇子如何走下去？」

這是個問題，齊英嫁二皇子並不是不可成，但難在二皇子的身分，饒是皇上對德妃和二皇子有所改觀，可誰不知宮裡是仁孝皇后的天下，二姊要入了宮，那還不是一枚眼中釘，定會有人欲除之而後快。

若是二皇子有別的打算，那就更為驚險。

說來說去，齊眉都覺得是會沒命的事，那日花滿樓著火之前，她還覺得二姊終是找到了好歸宿，不必如前世那般淒慘得讓人心酸，可仔細一想，卻是一個吃人的無底洞。

「走一步算一步吧。」五妹妹這樣握著她的手，良久不發一語，齊英似是看穿了她的心思，牽起淡淡的笑容。「路看上去很難走，可妳若是不走，怎麼會知道可行不可行？」

快到辰時，齊英去老太太的園子請安。

齊眉躺在床榻上，想閉眼小憩一會兒卻毫無睡意，腦子裡翻來覆去的想著事。

子秋端著藥進來，看著她睜大著眼，念叨了幾句，讓齊眉把藥喝下，還是和小時候的習慣一樣，備好了蜜餞，齊眉苦得臉皺起來，忙拈起一塊蜜餞吃了。

「奴婢今日出去採購，聽得外頭都在說二小姐的事。」子秋把帕子遞過去給齊眉擦嘴。

齊眉愣了下，道：「莫不是花滿樓那日的事？」

「是呢。」子秋聲音有幾分歡快。「都說不愧是大將軍府裡出來的小姐，這樣勇敢，那日圍在邊上看的人多，都知道別的小姐嚇得直哭，還有妝都哭花了的。

「奴婢和迎夏商量好了，以後五小姐無論去哪兒，奴婢和迎夏都會至少有一個人跟著小姐。」

那天子秋和迎夏都沒跟著去，五小姐出事的消息傳入府，迎夏正在向她學針線活，都怪鶯藍話沒說全，來東間稟報的人也沒聽全就慌慌張張過來。

一句五小姐沒了的話，讓迎夏手裡的針直直地扎入肉裡頭，她也差點暈過去。

那種從頭涼到腳的感覺，子秋再不想嘗試一次。

齊眉養了這幾日的傷，來看她的人不少，左元夏來看過她一次，齊眉想問起芍藥的事，又不知從哪裡說起，也並不合她的身分。

這一次花滿樓著火，府裡的事也就這樣耽擱下去，芍藥暫時被擱在廂房裡住著，沒了孩子聽聞也沒失了底氣，漸漸地還擺起了架子，儼然成了姨太太一般。

日子來到四月份，花滿樓著火的事情過去後，京城裡不平靜了好一陣子，畢竟王孫貴族家的小姐和少爺都在花滿樓裡，沒出事是萬幸，可並不是斬了那幾個耍火把戲的人就可以交代的。

在天子腳下，多少雙眼睛看著，等著結果。除去那幾個拿著火把的人隔日就被斬首，在幾番審訊之後，其餘的小部分人畫了押，全都承認了動亂的罪行。

處決的那日下起了大雨，趕著去看的人卻並不少，迎夏提著採購的竹籃，聽著旁人說起這事便忙躲得遠遠的，那樣血腥的場面也不知有什麼好看。

「邊關戰亂，一日不平，隱患就會一直存在。」齊眉聽迎夏絮絮叨叨地唸著，搖搖頭。

子秋端了熱茶上來，忍不住插話。「奴婢覺得事有蹊蹺，或者那幾個耍火把的確實有鬼，可其他大多都是清清白白的雜耍藝人，怎麼就突然成了要謀反的人？」

齊眉輕輕地吸口氣。「如果不這樣，難不成順著查下去？這事鬧大了，傳到了皇上耳朵裡，無論如何都得給個聽得過去的交代，可憐了那些無辜的人，也不知被打成什麼樣子。」

這樣的結論交上去沒有人會多說什麼，能早早地解決就是好事，況且邊關戰亂不停，陶大將軍和其孫掛帥出征，緊接著鎮國將軍就被送回來養傷，再加上一些天災，除了宮裡，其餘地方的人都是人心惶惶。花滿樓裡坐著的那些人在百姓眼中那都是日日享福的，心中看著怨恨也不是沒可能。

皇上看完了呈報花滿樓一案的摺子，合上放到一旁，手按著前額兩側。朝中邊關都諸事不順，這幾日他腦子裡也不自覺地想起太子不成器的模樣，年紀大了，想得氣急，拐進了死胡同，一下子急火攻心的就這樣病倒了。

大老爺這幾日都因得皇上龍體抱恙的緣故，不用去早朝，四月中正是乍暖還寒的時節，大老爺看書看得入迷，渾然不覺大太太正拿著一件外衣給他披上。

等到看得眼睛酸痛起來，把書放下站起身，外衣落到了地上。大太太忙撿起來，又給大老爺披上。「你啊，還是和年輕的時候一樣，做一件事情就入迷得不行，還說是習武之人，連我進來都不知。」

大老爺笑了下，拉住大太太的手坐到軟榻上。「因為來的是最信任的人，哪裡還用時時刻刻提防什麼。我們這麼多年夫妻，子女們也漸漸有成器的趨勢，我平時都沒怎麼管，他們能成長得好，都是妳的功勞，我知曉妳的辛苦。」

大太太臉微微地紅起來，想了想又嘆口氣。

「怎麼了？」大老爺問道。

「你說起這個，我還是心有愧疚。齊眉是三個孩子裡頭最慘的一個，若不是我原來軟弱，她也不用平白去莊子裡受幾年的苦，好在她性子沒有偏頗到哪裡去，反而比同齡的小姐們更要溫婉懂事。說起來，我還是很計較當年宛白帶來的那個算命先生，誰知道話有幾分是真的。」大太太意有所指。

大老爺頓了下，可惜朝堂之上的明爭暗鬥他能看出端倪，女人這樣千迴百轉的話語他卻聽不出什麼來，只是自然的想起他的小女兒。

若說過錯，那他自是也有錯，當初老太太態度堅定，算命先生又說得嚇人，怎麼勸老太太都搖頭，他看著老太太病得厲害，咳嗽得臉都白了，也沒得別的法子。若果他當時再堅持一陣子，或者齊眉也不用被送走。

「說這些也沒用，只能加倍的補償她，還好她心裡並不計較這些，反而對你我的感情極深。」大太太說著想起了小女兒那些貼心的事情，平時也是這樣，偶爾還和她肚子裡的蟲兒一般，她喜歡什麼不喜歡什麼，有時候她自己都記不清，齊眉卻知道得一清二楚。

「齊眉現在身子好起來，就差嫁個好人家了。」大老爺難得的提起孩子的親事，也是對齊眉愧疚的心思所致。

大太太眉頭微微鎖起。「我一直在想這個，等到齊英的親事訂下，我就和母親說說，開始張羅齊眉的。」

「我看御史大人家的大公子就不錯。」大老爺平日裡結交的都是些大官，御史大人算是官職最小的一個，但他八面玲瓏，消息又四通八達，誰見著他都會讓著幾分。

現下時局隱隱透著不穩的氣息，之後縱使鬧開，像居家那樣中立的人家定是能比其他的官家要少惹是非，再加上居玄奕又考了文狀元，做了太學品正，人聰明靈氣，仕途穩穩當當沒什麼能被人抓著害處的地方。

齊眉嫁過去應該會過得不錯。

大老爺這是頭一次想這些，但已經考慮得很是周全。

大太太想起居家大公子玉樹臨風的模樣，眉宇間也都是正氣，來往了這麼些年，見過不少次，雖是嘴上有些皮了，但品性是沒得說的，而且性子活潑些，正好能補足齊眉的寡言。

「我過段時間去和母親提一提，下次和居家走動的時候，我也好好看看居家大公子。」大太太笑著道。

齊眉在東間裡正悶得慌，忽而打了個噴嚏，迎夏忙拎了件外衣過來。「快些披上，小姐越發不聽奴婢這些話了，四月的時候衣裳不能穿薄了，最容易染上風寒，小姐這腳才好了些，不能又病倒。」

齊眉聽著迎夏念叨著，笑著打趣她。「妳這樣嘮叨，以後嫁了人可怎麼是好，妳夫君指不定被唸得耳朵起繭子。」

「小姐！」迎夏沒想到齊眉會這樣說，臉上染上紅暈。「奴婢不嫁人，之前就和子秋姊姊說好了，一直跟著小姐。」

齊眉掩嘴笑了起來。

迎夏臉一紅，匆匆把瓷盞托端起來就跑了出去。

為了讓腳傷徹底好起來，齊眉接下來的日子都幾乎是一動不動，終是憋不住了，讓子秋跟著她在園子裡走走。

走得累了坐到亭裡，風輕輕地吹在面上，十分舒服。

等到她的腳傷好了，能四處走動了，她就要下手做該做的事了，齊眉端起茶盞抿了口，無意間瞥到門口一個人影鬼鬼祟祟的模樣，剛準備讓子秋過去看看，下一刻那個人影就衝了過來。

速度之快，誰都沒有來得及反應，是直直地衝著齊眉來的。

子秋幾乎是本能的擋在了齊眉面前，那人衝到亭裡，卻撲通一下跪在了地上。

頭埋得低低的，身子在微微顫抖，似是隱忍著什麼。

子秋低頭看了一眼，不確定地問道：「常青？」

齊眉從後頭探出頭，一身堇色長衣，面容比原先還要越發消瘦的男子正是常青。

看他的陣仗，並不是衝著齊眉要做什麼危險的事情，而且常青的秉性她多少也瞭解一些，是個溫潤的性子。

齊眉揮揮手，讓子秋站到一邊。

子秋訓斥道：「常青，你從小在府裡長大，隨隨便便闖到五小姐面前，怎麼這點規矩都不記得了？還好現在沒別人，若是被誰看了去，你讓別人怎麼說五小姐？」

常青手緊緊地扣住石板地，聲音帶著顫抖。「常青，常青就是特意選了無人的時候才來找五小姐的，求五小姐為常青作主！」
齊眉眼眸微微一動。「你說。」
「巧雪是許了要嫁給常青的，因得常青娘親病逝的緣故需守孝一年，這本是為人子該盡的孝道，但常青怕巧雪連這幾日都挨不過去了！」
齊眉還沒說話，子秋板起臉。「五小姐又不是大夫，怎麼能誰有點兒過不下去的就要來找？」
齊眉擺擺手。「妳讓他說完。」
看常青的架勢，並不是這麼簡單的事情，不然也不必這樣。
常青抬頭看著齊眉，眸光裡都是灰暗和無助。「巧雪做了錯事被老太太罰跪了幾乎一整個白日，一直病著，站都站不起來，可就這樣了還有人不放過她！」
「二姨太？」齊眉猜出了六、七分。
常青瞪大了眼，連連點頭。「就是她！就是她！都說最毒婦人心！再沒有比她更毒的了！」
還是話裡有話。
「你要說什麼，趁著現在只有我和子秋在就全說出來，你說了我才好幫你想法子。」
常青先是感激地磕了幾個頭。「常青之所以貿然來找五小姐，是因得那時候娘親病逝，只有五小姐來看了娘……
「巧雪因得家裡貧寒，又要面子不願意和旁人說，結果就是有那麼巧，在人追上她家裡要債的時候被二姨太知曉了，拿了銀子給她解了燃眉之急，誰想本來是善意的菩薩舉動，卻是要付出代價的，若是巧雪不答應，那她的家人就有危險。」常青說著眼眶都紅起來，下人都是這樣的賤命，別妄想誰會平白給什麼不需要回報的好處，給了一個饅頭，你就要付出整個饅頭店的代價來回報。

「原先……原先是我娘糊塗，怕我在府裡過不下去，就……」常青支支吾吾的，說得臉都燒紅了，他越說越覺得沒有理由請五小姐來幫他，他娘和未婚的媳婦都是害人的人。「二姨太看著巧雪受了重罰，就胡亂猜測老太太知曉了事情，對巧雪起了殺心，要不是常青護著她，實在不在巧雪身邊，也託信任的人守著，現在巧雪只怕是沒了！可常青只是一個下人，哪裡防得過主子！」

從常青開口說起到說完，齊眉都沒有打斷過他，自始至終都只有常青一個人在說。一炷香的時間過去，常青說得嘴唇發乾，把他所知道的全都說了出來。

茶放了這麼久，正好是溫熱的，齊眉把茶盞端起來，抿了一口，看著常青道：「你先回去，這件事情不要張揚，我會好好想法子。」

聲音一如既往的輕柔，聽不出生氣的情緒。

有了齊眉點頭，常青七上八下的心也終於穩當了一些。

「巧雪那裡我會讓人也照顧著，你自己也要小心，記住，今天你來找過我的事千萬不要和別人說起，巧雪也不行。」

常青連連磕了幾個頭才離去。

「想不到二姨太真是這樣的蛇蠍心腸！」子秋氣得渾身發抖，這才知道齊眉之前為何總是要和老太太、大太太一起用飯。

「她已經被仇恨蒙蔽了眼。」齊眉說著搖搖頭，眸光裡盡是寒意。「原先二姨娘懷了孩子，是她自己的過錯而沒有的，悲傷過度，她怪到了母親頭上，這麼些年過去，把她自己也騙得相信了。而如今八妹妹生得那樣好，又百般技藝都會，可總是鋒芒不得露，只因是庶女的身分。」

子秋猛地睜大眼睛。「若是大太太不在了，二姨太就有機會被扶正！」

不是有機會被扶正，是一定會扶正。前世的時候二姨娘不就是這樣，一年過後就扶正了。那時候陶家內裡都是空殼，二姨娘的娘家做的鹽生意極大，不知道幫了陶府多少的忙。而如今不同，齊眉想起之前看到過兩次老太太在查帳冊，說的話也是田莊和鋪子的生意極好。

陶家自從之前平甯侯帶人來搜府的動亂過後，皇上的賞賜一到就開始走上坡路，幾乎沒有再需要求助於二姨娘娘家。

因得京城不太平，祖母就這樣把二姨娘的事情擱下，斷不能就這樣讓事情慢慢消散，一個倪媽媽，一個巧雪，誰知道下一個又會是誰。

齊眉握緊了拳頭。「子秋，妳去找常青，讓他想法子看看巧雪那裡還有沒有什麼可以拿來作證的，比如當時下藥的證據。」

子秋福身應下，入夜之後悄悄地離開了東間。

齊眉想得清楚，縱使有常青作證，甚至說服了巧雪站出來，萬一臨陣退縮，就算她把二姨娘做的事情全數告訴老太太，也不一定就能萬全。

矛頭一直是母親，只要讓母親察覺到不對勁，那便能萬無一失。

祖母的態度雖不明顯，但依照她的性子，若是真拿出了二姨娘做下那些惡事的證據，祖母斷不會容她。

想到前世的時候，二姨娘扶正以後那惺惺作態的模樣，齊眉就覺得一陣噁心，那時候母親病逝，二姨娘還哭得唏哩嘩啦，之後更如菩薩一般的齋戒，還來親近她，說得多為她好一樣。

夜宵擺在桌上，齊眉一口都吃不下去了。

過了幾日，子秋回來的時候手裡多了個大盒子，大盒子內裝的全都是藥渣。

「常青旁敲側擊的問出巧雪有沒有留當時的證據，巧雪也算是有心的，怕以後有什麼事，把那時候下藥的藥渣都留了下來，常青想了法子騙巧雪，說把藥渣拿去扔了，不然被二姨太搜到的話，更是沒有活路。」

齊眉看著滿滿的藥渣，心頭被怒意覆得死緊。

大盒子好好的鎖到櫃子裡，齊眉冷聲道：「妳去一趟城東把巧雪的家人接走，等妳回來，我們明日一起去老太太那兒。」

第三十七章

午後用完飯，陶府裡一如往常的寂靜，各個園子裡的人都在小憩。

齊眉換好了衣裳，子秋扶著她。「小姐的腳還疼不疼了？」

「早不疼了，尋常的走起路一點不適的感覺都沒有。」齊眉笑了笑，子秋這才舒口氣，接過迎夏遞來的大盒子。

「可都安排好了？」齊眉再三問著子秋，深閨裡的小姐不方便出去，一些事無奈不能親力親為。

子秋點點頭。「小姐放心。」

把迎夏留在了東間，齊眉和子秋往月園行去。

為了不惹人注意，特意和子秋走近道，也沒有坐馬車，路上花的時間正好，入了月園，大太太正要醒過來。

新梅掀開簾子道：「大太太，五小姐來了。」

「齊眉來了？」本來還有些睡意朦朧的大太太一下清醒過來，看著齊眉被子秋扶著進來，不由得搖搖頭。

這孩子也開始不讓人省心，腳傷也不好好養，三天兩頭往她這兒或是清雅園跑，看額上沁出點兒汗，只怕還是走過來的。

齊眉和子秋福了禮，大太太責怪起來。「妳怎麼也不好好在屋裡待著，今日天氣好，這時候午睡一下妳精神也能好些。」

說著又數落子秋。「這幾日一直想叫妳和迎夏來說說，五小姐腳扭了，雖然是好得七七八八，可這沒好的二、三分是最要命的，一個不注意再扭了的話可怎麼是好？」

「母親。」齊眉走到大太太身邊坐下。「齊眉是有要事。」

「能有什麼要事？」大太太說得心裡有了氣。「妳啊，得仔細自己的身子才好。」

齊眉努努嘴，子秋把大盒子遞到大太太面前，大太太不明所以地看著她。

「母親，您看看這盒子，是常青拿過來的，說要送給您。」

大太太不知道這小女兒葫蘆裡在賣什麼藥，大好的歇息時辰卻幫個長工送東西，怎麼想都尤為奇怪。

雖然心裡有惑，大太太還是由著齊眉把大盒子捧到面前，打開後飄散出來的味道讓大太太頓了一下，這個味道隱隱有些熟悉。

齊眉的眼眸亮晶晶的。

大太太只看一眼，不自覺地伸手捏起些藥渣，湊到鼻子跟前仔仔細細的聞。「常青送藥渣給我做什麼？」

這好幾個月都在老太太的園子裡用飯，這個味道好似是之前在自個兒園裡用飯才有的。

大太太頓時覺得不尋常起來。「這個到底是哪裡來的？常青做什麼要送這個給我？」

「這個我也不知，常青拿過來的時候臉色很差，慌慌張張的話也說不清楚。我看著他可憐，他嘀嘀咕咕又說起巧雪，也沒聽清楚在說什麼，我剛接過盒子，他就不見了人影。」

「巧雪？」大太太抓住了重點，自從前段時日老太太罰了巧雪跪了差不多一個白日，巧雪也就自然的沒再來服侍她。大太太腦裡靈光一閃，狠狠心，把藥渣送到嘴裡，正好在這時候大老爺過來看大太太，一進屋子就瞧見大太太不知道把什麼東西往嘴裡塞。

大老爺幾步走到面前，捉起大太太的手。「妳這是幹什麼？就是餓了也不能什麼都吃，這東西黑乎乎的，看上去就不是什麼好東西。」

齊眉福身給大老爺福禮。

大太太把盒子放到一邊，起身把軟榻讓給大老爺。大老爺點點頭，袍子掀起些穩妥地坐了上去，眼睛還是盯著那個大盒子。

「這是藥渣。」大太太聲音已經有些微微地顫抖。

這個辛辣中帶點兒苦味的味道，她一嚐就想起來了，從巧雪來了她這兒，每日飯菜裡都有這個味兒，藥渣，那這就是藥。

再想起她那段時日身子每況愈下，而去了老太太那兒用飯又一下子好起來，大太太身子哆嗦起來，看著大老爺的目光帶著不可置信。

齊眉忙站起身，順著母親的想法下去，定以為是父親做的，巧雪本是父親身邊的丫鬟，又是父親送過去的，看母親現在的眼神，整個人都搖搖欲墜。

齊眉在事情徹底誤會之前過去攬著大老爺的胳膊。「父親，巧雪是您身邊的丫鬟吧？原先也不知為何被祖母罰跪，今日聽著下人在說，巧雪到現在都沒緩過來。」

大老爺微微蹙眉，點頭道：「確是我身邊的丫鬟，原先做事挺伶俐的，也不知怎地就惹了妳祖母，若她不是個聰明能幹的，我也不會聽了妳二姨娘的把她送到妳母親身邊。」

大太太緊繃的身子緩和了幾分，旋即目光沈了下去。

「二姨娘？」齊眉似是不解。

大老爺耐心地解釋。「妳二姨娘說妳母親太忙，身邊的丫鬟又少了一個，那時候費心的事又多，反正我身邊也不缺人服侍，巧雪又是我那兒最好的，我才把巧雪送了過來。」

大太太把盒子拿起來，遞到大老爺面前。「老爺，這個是巧雪那裡拿過來的藥渣，看這滿滿一盒，我是吃了有多久。」

大老爺不明所以。

齊眉起身退到一邊，大太太小聲的把事情和大老爺說了一遍。

大老爺滿臉震驚。「宛白為何要這麼做？是不是有哪裡弄錯？」

「是齊眉拿過來的。」大太太說著朝齊眉看過去。

齊眉只說常青來求她，並未把事情全說出來。她自是不能把自己推到浪尖，這樣大的事，她只能在背後推動，她不是長輩，說什麼都會有人懷疑，若說常青一早把事情都和她說清楚她卻瞞著，就算只瞞了一晚那也能被人拿來說錯處。

機會大概就只有這一次，齊眉不能有半點疏忽。

很快地常青被大太太秘密叫了過來，子秋是跟著過去找人的，與齊眉對視了一眼，看來路上都交代清楚了，齊眉微微點頭。

大老爺坐在一邊臉色陰沈。

常青很快地弄清楚了狀況，看了眼五小姐，對方的眼神裡透著鼓勵，常青一股腦兒地全說了出來——

「常青也不敢來找您，只能把盒子託給五小姐，說是送給您的，想來想去都只有這樣的法子，若是大太太您對這個藥渣的味道沒有印象，那常青也只能帶著巧雪逃跑，就是不知還有沒有活路。」

這樣一來，為何去找五小姐的緣由自是也直接說了，本就是情理之中，就算說出來也不會有人有二話。

一個長工走投無路之下，自然只想得到對他哪怕有一點點好過的人，而這人除了去看過倪媽媽兩次的五小姐就再無其他。

讓常青去找大太太和老太太，他也沒那個膽子。

倪媽媽的事情常青猶豫著要不要說，齊眉咳嗽了聲，常青索性眼一閉心一橫，全都說了出來。

大太太聽得全身氣得發抖。「若是你直接來找我，只怕這藥渣就真沒了，聽著巧雪是不願意站出來說的，若不是你想得周到把這個藥渣騙著拿出來……不知會鬧成什麼樣。」

大老爺嘴唇也哆嗦了起來，他從不知道女人之間的鬥爭會這樣要命，而且主角都是他身邊的人，想著宛白平時雖有幾分囂張，卻也沒做過出格的事情，結果竟是暗地裡做這樣傷天害理的事！

「做這樣的事她能得到什麼？」大老爺忿恨地拍著桌子。

大太太想著這些年，眼眶紅了一圈。「還不是為了身分，為人母，做多做少都是為了自己的孩子。」

大老爺一下也明白了，重重地嘆口氣。「我還有事，這些妳去和母親說，查清楚了，若是真的，妳們來決定要怎麼辦。」

證據端到了面前，也不願完全相信就是真的，怎麼說也度過了這麼些年，要說沒有感情那也是假的。

大太太捏緊了盒子，重重地一蓋，看著齊眉一直站在一旁再沒出過聲，大概是被嚇到了，本以為只是長工想盡辦法送點兒心意，卻不想竟然鬧成這樣。

大太太摸了摸齊眉的腦袋，柔著聲音。「難為妳了，別怕，不關妳什麼事。」說著深深地吸口氣，努力平復心緒。「其實仔細想一想，妳祖母著手準備的竟然是這個，難怪花滿樓的事情過後，妳祖母又總說要放一放，不然府裡又要鬧騰。

「放什麼，如今我才明白。我忍了多少年，之前九月的事，我以為心結解開了自己舒坦，忍字頭上一把刀！」大太太目光凶狠起來。

這是齊眉從來沒見過的眼神，前世今生，母親都是溫柔良善到極致，說得好聽了是這樣，說得直白了，太過良善可不就是懦弱？

忍字就是舉著刀讓別人捅自己的心，最後受傷的永遠都是自己。

「顏宛白在哪裡？」大太太冷聲問著新梅。

直呼二姨太的名字，新梅一時之間沒有反應過來，大太太重複了一遍後新梅才忙福身，急急地讓人出去打聽，不光是齊眉，大太太身邊貼身的丫鬟也從沒見過主子這樣寒眉冷目的模樣。

新梅很快地回來，說了幾句。

齊眉跟著大太太上了馬車。

月園離清雅園並不遠，母親大多時間都是步行過去，但這次不同。

一會兒的工夫就到了清雅園，大太太手裡緊緊地捧著盒子。

丫鬟把母女倆迎了進去，剛進門就聽到二姨太一串笑聲。「蕊兒確實是長大了不少，現下訂親的話會不會太早了些？」

大太太站住了腳步，齊眉也跟著站在後頭。

屋內老太太抿了口茶，眼角透著不可測的笑意。「妳是來詢問我，還是來知會我？」

二姨太抬起眼，一會兒的工夫面上就綻出一個笑容。「母親這是哪裡的話，宛白哪裡能直接拿了主意？」

「是不是直接拿了主意，妳自個兒心裡清楚。」老太太把茶盞放到一邊，語氣平穩。「平甯侯家的大公子年近二十幾，外頭傳是癡情種，正妻逝了幾年不曾再娶，可縱使能讓平甯侯家答應，妳以為那個大公子會對蕊兒好？」

二姨太微微一頓。「只不過想來想去，癡情的人才最好，會好好疼惜蕊兒。」

老太太眼都不抬，靠著軟榻上，聲音越發的淡。「他縱使再癡情，哪怕癡情到山崩地裂也無用，心裡裝著的人可不是蕊兒。蕊兒現在也不到訂親的年紀，上頭好幾個姊姊的親事都沒訂下來，她再等個四、五年才是剛剛好。有一件事妳怕是不知，我與妳說了也別外傳，聽聞那平甯侯家大公子是有隱疾的，並不全是外頭所傳的那樣是個癡情種。」

二姨太半會兒沒出聲，等到老太太看向她，二姨太才似是把心一橫。「媳婦知道……」

老太太一下坐直了身子，聲音嚴厲幾分。「妳知曉還要把蕊兒往虎口裡送？我就往直了說，那平甯侯家大公子說不準是個心理殘缺的，前室也沒聽說過哪裡有病痛，好端端的就這麼沒了，哪裡有一夜之間就能病逝的，平日宴席也從沒見她出來過。再說清楚些，指不定是被折磨得不好見人。」

二姨太眼眶一紅，竟是就這麼哭起來。

老太太不明所以地問道：「妳這又是鬧哪一齣？」

「媳婦已經派人去打探了，平甯侯夫人已經知曉了這邊的意思。」

老太太猛地站起來，臉色發青。「妳真是不與我商量一下就自個兒跑去巴巴的把臉往上貼？平甯侯家是什麼樣的地方，一個左元夏嫁進來已經夠了，妳竟是還忍心把蕊兒送過去？」老太太聲音極大，被二姨太氣得厲害。

無論二姨太如何，陶蕊始終是老太太從小疼到大的，聽著二姨太說這樣的話，她心裡一下亂起來。更多的是氣，便也沒其他的心思去想。

二姨太嗚嗚地哭起來。「是媳婦的錯，只是蕊兒再好，身分也擺在那裡，縱使有良人出現，也輪不到她。」

輪不到她，除了齊英和齊眉，還能輪到誰！

大太太的手攥得愈來愈緊。齊眉拉住大太太的袖管，搖搖頭。

二姨太費盡心思演了一齣，總要讓她把戲演完，最開始還真以為二姨太蠢到把陶蕊送去平甯侯家，但越往下聽就越覺得不對勁，直到「身分」二字出現，狐狸尾巴總算露了些出來。

老太太年紀大了，再精明，心總是有柔軟的地方，二姨太就是揪準了老太太疼陶蕊這一點。

二姨太這也能算是自投羅網了，要讓她繼續往下說，祖母和母親聽得清楚，等會兒齊眉給她布的戲才能越好看。

顏家是商賈之家，鹽生意做得風生水起，在京城裡外人脈都極廣。除了二姨太，顏家其餘那些主事的男人們個個做人做事都留三分餘地，他們說句什麼話，還是有些分量的。尤其陶家前些年沒落的時候，都虧了二姨太讓娘家暗地裡幫著，不然也撐不下去。

若是真的什麼也不顧的把常青帶到老太太面前，就是嘴皮說破了也不一定能成，可更不能因得顏家和陶家的這些事，就能把二姨太的所作所為給抹掉。

前世今生二姨太都懷著這樣惡毒的心思，做著這樣惡毒的事，齊眉恨得眼眸裡的寒意又冷了幾分。

「罷了罷了，我會想法子的。」老太太重重地擺手，坐回了軟榻上，手撐著前額，眉頭皺成了一個川字。

都與平甯侯夫人提過了，還能有什麼法子。

二姨太聲音壓低。「左家與我們陶家，兩家人鬧到這樣的關係也都是沒有坐下來好好說說，如今平甯侯家把元夏嫁進來，這麼幾個月雖是出了小事，但總算也平安度過，若是陶家也能嫁一個小姐過去，那兩家的關係才會更親起來。」

看著老太太表情有些鬆動，二姨太忙繼續道：「媳婦也直白了說，平甯侯家如今的勢力已經極難撼動，我們饒是再氣也沒得法子，嫁小姐過去不是示弱，他們能派人來監視我們家，我們怎麼就不能也嫁個小姐過去。」

說著吸了口氣，話裡情真意切。「媳婦自然是捨不得蕊兒，可也不能送別的人過去。想來想去，媳婦只能咬咬牙，媳婦嫁入陶家這麼些年，大姊兒不幸沒了，好在上天見憐，還能讓我有蕊兒這樣好的女兒，若是我與蕊兒母女能為陶家出力，媳婦如何都沒事，雖然苦了蕊兒……」

「蕊兒自小沒受過苦，她就是嫁去平甯侯家，有這個心幫忙也不一定有這個能力幫。」老太太直言不諱，聲音卻是柔和下來。

沈寂了一會兒，二姨太輕輕地開口，聲音小卻屋裡屋外都聽得清楚。「要送去平甯侯家的小姐一定要聰慧，蕊兒幾斤幾兩媳婦清楚，要說府裡最聰明的小姐那還是齊眉。」

繞了這麼大一圈，最後落在了齊眉身上。

老太太沒有出聲，凝眉想著。

齊眉還沒來得及反應，大太太便衝了進去。

「顏宛白，妳這一齣齣的戲可演得真真好！」誰都沒見過大太太發火的模樣，連老太太都愣住了，訓斥的話也忘了說，只是抬眼看著她。

「姊姊怎麼能這麼說？」二姨太反應極快，看大太太咬牙切齒的模樣，微微一想便知剛剛的話都被她聽見了，眉頭鎖起來，眼淚也跟著往下掉。「妹妹知道齊眉受了許多苦，可最聰慧的本就是她，妹妹和平甯侯夫人已經提起過結親的事，平甯侯夫人也有這個意思，現下總要給個交代。」

「誰開的口，就由誰來交代。」大太太冷哼一聲。「說得那樣犧牲，為何一轉頭又提起齊眉？妳要當大善人妳來當，我話就擺在這裡，齊眉剛斷奶就被送出府，從小在莊子長大，受的那麼多苦我一輩子都補不完！想要犧牲齊眉一生的幸福來成全妳那些陰謀詭計，顏宛白，莫說是有，妳也沒那個機會了。」

老太太回過神來，從不見大媳婦這樣咄咄逼人的樣子，從來都是反過來，大媳婦忍氣吞聲，二姨太叉著腰張揚跋扈，現在謝爾容和顏宛白卻似是換了魂似的。

大太太把手裡的大盒子往案几上一擺。「睜大妳的眼睛看看，這是什麼，是不是覺得很熟悉？滿滿的一盒子，妳是多麼想要我的命？等我死了，妳再謀劃謀劃，哭一哭、鬧一鬧，裝裝大善人指不定就要扶正了，接著一切就好說了是不是?!」

「爾容！」老太太知曉只怕是出了什麼事，不然素來性子溫婉的大太太斷不會這樣。京城裡，若說大太太是最良善溫柔的一個，沒有人敢說第二。

想起先前擱下的事，老太太猛地抬頭，莫不是被大媳婦查出了什麼。

二姨太看都不看大盒子，臉扭到一邊，大太太這樣大聲的責罵讓二姨太心頭氣起來，老太太半天也沒出聲，並沒有幫著大太太說話。

「我不知道姊姊在說什麼，莫名其妙地衝妹妹撒氣，也不知是不是吃錯了藥。」

「還真就是吃錯了妳下的藥！」大太太狠狠地把大盒子摔到二姨太面前，藥渣撒了出來，不少都砸在了她衣裳上，一會兒的工夫整個人狼狽不堪。

齊眉從屏風後匆匆地離開。接下來屋裡的事情不是她可以參與的，母親前因後果都一清二楚，二姨太接下來定是要反駁、要脫罪，自己絕不會讓她有這個機會再翻身。

「新梅姊姊，巧雪和常青在哪裡呀？」齊眉拉著守在門口的新梅。

新梅搖搖頭。

「母親說了要把常青和巧雪接到月園去，好似有事要說。」

剛剛新梅站在門口，也聽到了屋裡隱隱約約的爭吵，心知是有事發生，五小姐這樣說，那只怕是真的了。

新梅忙去找常青和巧雪。

齊眉跟著過去，巧雪一聽是要去大太太那裡，死命的搖頭不肯去。

新梅哪裡會吃那柔弱的那套，直接就要把巧雪從床榻上架起來，常青慌忙賠笑。「巧雪身子虛著，我來，我來。」

巧雪再不願意也沒什麼力氣，被架著去了月園。

齊眉正要出園子的時候，聽得路過的丫鬟在議論——

「不知怎麼回事大太太和二姨太就吵起來了，二姨太鬧著到了正廳。我剛路過的時候不小心瞧見了，從未見過大太太那樣凶狠的模樣呢，二姨太一要爭辯什麼，就被大太太狠狠地連搧了幾個耳光，雪白的臉都被打成了紅屁股。」

說完幾個丫鬟湊一塊兒笑得眼都看不到。

二姨太平時就對下人趾高氣揚，縱使不知事出何由，旁人也都是向著溫婉的大太太。

齊眉把子秋找了過來。「東西可拿到了？」

子秋皺著眉頭，低聲道：「拿到了，那郎中看上去硬氣得厲害，說什麼無端端的他不說，也不賣那樣的東西，奴婢把銀子擺在紅木桌上，他一下就喜笑顏開，躬身哈腰的拿了出來。」

接過子秋拿來的小盒子，齊眉憤慨地搖頭。「就是有這樣見錢眼開的人！醫者父母心，卻只被銀錢迷了眼，這樣輕易的就拿了出來，難怪……」氣得不願往下說。

新梅從園外匆匆地進來，子秋攔住她，笑著問道：「新梅姊姊這樣匆忙是去哪兒？」

新梅喘著氣，擺手衝著齊眉福禮，而後又道：「正廳裡鬧得厲害起來，大太太情緒激動，二姨太也不甘示弱，奴婢都不知究竟出了何事，老太太讓奴婢把巧雪和常青都叫到正廳去。」說著轉身往廂房跑去，步履匆匆可見事態多麼嚴重。

齊眉和子秋相視一眼，出了園子往相反的方向行去，因得大太太和二姨太鬧出來的響動，府裡的下人們也開始有些慌亂。

子秋趁著人不注意，一下溜進了二姨太的園子。

齊眉往正廳行去，遠遠地就能聽到裡頭的吵鬧聲，加快步子走近，聲響又沒了。進去的時候大太太正在喘著粗氣，二姨太嚶嚶地哭著，只看得到側臉，平素白皙的膚色透著不同尋常的紅。

「母親，您要為宛白作主！」二姨太挺直了背，面上盡是委屈至極的神色。「姊姊什麼都不說清楚，就這樣來打我！當著這麼多人的面，不知道多少下人看到了，以後宛白還怎麼在這個家裡立足！」

老太太坐在軟椅上，一路鬧到這裡，二姨太說要去找大老爺作主，到了正廳也尋不到大老爺，才狠狠地罵一句，二姨太就被大太太打得一個踉蹌。

現下總算平緩了一些，巧雪和常青也剛剛被帶到，在屋裡的時候大太太氣得厲害，勉勉強強的聽了個大概，巧雪受了二姨太的命令要下藥，可來龍去脈到底不清不楚，現在安靜下來，也可以開始慢慢地詢問。

能讓大媳婦氣成這樣，只怕不是可以被輕易原諒的事。

「爾容，妳先坐下。」老太太語氣溫和，讓嚴媽媽去把大太太扶著坐到她的右手邊。

二姨太也被扶著坐到了左手邊，廳前跪著巧雪和常青，上次對巧雪的責罰過去了一段時日，現下看她跪著的時候手都要撐不住地，還是一旁的常青用肩膀靠著她，才能讓她勉強跪著。

不停顫抖哆嗦的身子也顯示了巧雪的緊張。

齊眉站在門外，聽著屋裡的動靜，無論老太太如何詢問，巧雪果然始終不肯承認。這樣的堅持不是沒有原因，二姨太能出手要殺她，可見心有多狠。

巧雪不敢拿自家人的命去賭，她若是一個人也不會做這樣喪盡天良的事，原先只以為是普通的照顧和送藥。等她發現是做的什麼後，卻已經無力挽回。若是不繼續，只要事情抖出來，她的家人都脫不了干係，陶家這樣的大將軍之家，謀害陶家大太太的罪名有多大，巧雪一直都不敢去想。

從知道後巧雪就明白這是一條不歸路，她哆嗦著身子，為要到來的命運感到害怕，忽而搖搖欲墜的身子被撐住，側頭看過去，常青細長的眼眸正看著她，皮膚黝黑卻心地善良，從兩人配婚起就儼然把她當成了妻一般的守護。

巧雪心裡暗暗地有了些微弱的力量，若是沒有這些亂七八糟的事，她再過幾個月也能嫁給常青，從此在府裡兩人安安穩穩的服侍主子，生一個胖小子。

如今，巧雪一絲苦笑，心想只要不連累他就行了。她使了力氣重重地磕頭。「老太太、大太太、二姨太，常青他什麼都不知道，請主子們放了他。」

大太太捏緊了帕子，厲聲道：「妳只要說是誰讓妳做了些什麼事，說清楚了，孰是孰非，我們自有決斷。」

子秋悄悄地走到齊眉身邊，衝她點點頭，齊眉牽起唇，往正廳裡走去。

巧雪低下了頭，緊緊的抿住唇，深深吸一口氣後抬頭，望著二姨太手裡東西的時候身子一哆嗦，出聲的時候帶著顫音。「一切的事情都是奴婢自己一個人……」

「祖母、母親、二姨娘。」齊眉福禮的聲音打斷了巧雪的話。

老太太看過去。「齊眉怎麼來這裡了？」

大太太解釋了幾句，是常青把藥渣盒給齊眉，假意說是要送給她的心意，齊眉才幫著送過去，卻不想之後的事情竟是這樣的發展。

老太太搖搖頭。

二姨太從一開始的慌亂、驚嚇恐懼，到現在慢慢平復，想起隨身帶著的木手鍊，捏在手裡把玩，巧雪只看一眼臉就白了，那是她年前送給小妹的禮物。

藥渣、人證，什麼都無所謂。二姨太竟是露出了淡淡的笑意。

眼下只要巧雪把所有的事都攬在自己身上就行，她在陶家這麼些年，娘家幫陶家的時候可不少，只要沒有證據是她做的，無論是誰都動不了她半分。

「藥方應是在妳身上吧。」老太太的聲音淡淡的。

巧雪猛地抬頭，慌忙地否認。「奴婢不知道什麼藥方，三年前奴婢做錯了事，被大太太責罰，因為懷恨在心才會對大太太下藥。」

齊眉咦了一聲，疑惑地道：「我記得一、兩年前，巧雪說錯了一句話，被二姨娘踢了一腳，那才狠吧！怎麼巧雪就不對二姨娘懷恨在心，偏偏選了母親呢？」

老太太猛地一拍桌子。「把藥方拿過來！」

嚴媽媽福身，在巧雪身上摸索了一會兒便從腰間取了出來。

巧雪既然能有心把每一次的藥渣都烘乾了留下，那藥方也自是會隨身帶著，這樣才是最保險的。

其實想起來，巧雪也並不是沒有為如今的狀況做準備，相反她已經盡了自己全力。

藥方被拿出了，但陶家沒有學醫的人，對著藥方看藥渣也看不明白，馬不停蹄地叫了陶家名下藥鋪內的柒郎中過來，柒郎中是宮中退下的御醫，懸壺濟世，醫術了得。

沒多久，柒郎中便被鶯藍領著進來，拿起藥方只瞇著眼看了一會兒。「沒錯，這就是在下開的方子。大太太身子虛，心總是跳得不齊，這個方子就是專門對大太太病症的。「每次也都是這個丫頭來抓藥。」柒郎中看了眼跪在一旁的巧雪，肯定地點頭。

「您再看看藥渣。」大太太讓嚴媽媽把藥渣盒子遞過去。

柒郎中只看一眼，面色一白。「這藥渣不對勁，多了一味藥。」

摸了摸藥渣，柒郎中肯定地道：「這是毒蠍子。」怕眾人不明白，柒郎中解釋道：「蠍子尾部有毒，若是不去掉的那便是毒蠍子，用毒蠍子入藥對常人來說可以用來提神，除非萬不得已，絕不可過量服用。而若是像陶大太太這樣心臟不好的，看這劑量少，可這樣長期服用會導致心越發跳得快。人極其容易覺得疲累不適，等到了過量的時候，人便會猝死。」

說得再清楚不過了，大太太狠狠地側頭，瞪著二姨太。

老太太命人給了柒郎中一錠銀子，笑著道：「讓你走這一趟倒是勞累了。回了鋪子拿著這些銀子壓壓驚，免得什麼話說漏了出去。」

無論事情是誰做的，傳出去那就是家醜，柒郎中本就不是嘴碎的，拱手把銀子放在一邊。「陶老太太這樣說就言重了，在下不過是行醫濟世之人，哪裡會去和別人說些無謂的事。陶大太太如今看起來面色倒是好了些，大抵這藥渣只是別人拿錯了的，不然陶大太太哪裡會有這樣好的氣色。」

老太太還是讓嚴媽媽把銀子給了柒郎中，送著柒郎中出了府。

巧雪的身子一直緊緊地繃著，聽著柒郎中說著話，抬頭顫抖地望向二姨太，她手裡的木手鍊一下子被掰斷。

第三十八章

巧雪眼眶紅了起來。「都是奴婢做的，毒蠍子是奴婢找了江湖商人買的。」

齊眉忽而插話。「毒蠍子是什麼樣子的？之前在二姨娘的園子門口見過一隻奇奇怪怪還帶著尾巴的蟲子，可嚇人了。」

大太太站起身。「母親您聽到了。」

二姨太冷哼一聲。「什麼毒蠍子，我聽都沒聽過，這樣沒譜的話不知是誰教齊眉說的。」

「那妳敢不敢讓人搜妳的園子？」大太太厲聲問道。

「有何不敢？搜了我就清白了！」二姨太激動起來。「若是搜不出來，姊姊還請給妹妹一個好好的解釋！」

老太太讓兩人坐下，吩咐嚴媽媽幾句，讓她帶著鶯藍和鶯柳去二姨太的屋裡看看。

正廳一下安靜了下來，跪了這麼長時間，巧雪已經撐不住，要暈倒的時候，離她最近的齊眉順手扶住了她，在她耳邊低語。「妳的親人現在並不在二姨娘手裡，我昨晚便讓人接走了。若是妳能說實話，還能有活路，妳若不說，別怪我無情。」

巧雪驚得瞪大了眼。

齊眉的身子擋住老太太一眾的視線，做著口形。「妳想清楚。」

這時候嚴媽媽帶著人回來，面色凝重，捧著錦盒上去，老太太打開，赫然就是毒蠍子。

二姨太一下激動起來。「這不可能是在我屋裡搜到的！」

嚴媽媽福身。「這就是在二姨太屋裡搜到的，床底下。」

大太太恨恨地看著她。「顏宛白，事到如今妳還有什麼胡話要說？」

「不可能！哪裡還會有？這幾個月都沒……」人急的時候最容易說錯話，二姨太慌忙要捂住嘴。

這時候巧雪忽然跪到老太太和大太太面前，重重地磕頭。

二姨太鬧了起來，老太太蹙眉，索性讓嚴媽媽硬把她押著坐到一邊。

巧雪重重地磕了頭後卻一時沒有出聲，身子微微顫抖的模樣看起來尤為可憐，嚴媽媽帶來的東西別人或者不知道，但巧雪明白那是不可能在二姨太屋裡出現的，畢竟這幾個月都沒有用上了。

如二姨太差點衝口而出的話一樣，自從大太太去清雅園陪著老太太用飯後，下藥的事情也毫無辦法地停了下來，就在不久前她被二姨太逼得厲害，只好故技重施，卻不想大太太沒吃，反倒是七小姐吃了。

老太太罰她跪時的神情她到現在記憶還很鮮明，一定是察覺到了什麼。

腦裡不斷盤旋著剛剛五小姐的那番話，再看一眼被扔到地上的毒蠍子，這被製造出來的物證，巧雪深深地吸口氣。

忽然緊緊攥著的手被悄悄地握了一下，餘光瞥過去，骨節分明的黝黑大手正是常青的。

五小姐看上去年紀不大，卻好像事事都在掌握之中，巧雪忽然覺得有些害怕，但更多的是釋然。

說吧，她原來不敢說就是怕二姨太動她的家人，可現在局勢似是要完全倒塌了。再不說，一線生機只怕也會沒有，大太太那樣溫柔的人，也不一定會把她的家人怎麼樣，而若果這一齣被二姨太糊弄過去，二姨太絕對不會放過自己。

巧雪拚命穩定心神，慎重地伏身。「老太太、大太太、五小姐，事情是二姨太指示奴婢做的，先前奴婢毫不知情，之後發現時已經為時已晚，奴婢死不足惜，只希望……」

話還沒說完，二姨太就憤怒地打斷了她的話。「誰教妳這個小賤人說這樣的胡話？誣衊我有何好處？這藥渣是妳拿來的，只怕毒蠍子也是妳放的吧，剛剛齊眉也說過了，之前妳做錯事，我一時看不過眼踢了妳，妳只怕一樣是心生怨意，這一次就想著一箭雙雕，把我和大太太全都害死是不是？」

「說胡話的人是妳才是。」大太太聲音卻是平靜下來，看著二姨太。「哪裡會因為那樣的小事就要置妳我於死地？」

大太太把從二姨太屋裡搜出來的毒蠍子捧起來。「現在人證、物證俱在，妳再怎麼抵賴也是無用，巧雪也是妳與大老爺說要送到我身邊來的，這個大老爺可以作證。」

「老爺呢？我要見老爺！」二姨太見老太太也垂著眼，打定主意不要說話的模樣，一下急了。「母親，那時候陶家有難，媳婦的娘家接濟了多少次？我明白了，現在陶家好起來了，站得穩了，不用我們這樣的商人了，連帶著就把我也一起弄死得了是不是？」

老太太怒斥。「放肆！陶家用得著妳來接濟？妳自己好好想想做的這些喪盡天良的事！原先我睜一隻眼閉一隻眼，並未想到妳會這樣忘形。現在事情全被抖出來，妳竟是全無悔改之意！」說著重重地嘆口氣。

「大老爺來了。」鶯藍打起簾子，沈穩的步伐由遠及近，大老爺面無表情地進來，身後跟著齊眉。

終歸還是要讓父親出面，這才合規矩，不然縱使老太太和大太太罰得再厲害，也能讓旁人有空子鑽。

「怎麼回事？」大老爺低聲問著大太太，眼神自始至終都沒落在二姨太身上，也就無視了她期盼無比的眼神。

大太太簡短地說了一遍，大老爺的眉頭越蹙越緊。緊緊握著拳，轉向正中，二姨太立馬開始哭起來，說是被冤枉的，一家子全都合夥起來欺負她。

大老爺眼神淡淡的，語氣尤為平穩。「把二姨太送回園子，以後無論事情大小她都無須出面。一會兒嚴媽媽去找四個聽不見的丫鬟，輪流一日三頓送飯過去，其餘的時間不許任何人在二姨太的屋裡出現。」

「老爺，您不能這樣軟禁我！」二姨太一下明白過來，掙扎著跪在他面前，看大老爺無動於衷，小廝也上來要捉住她，二姨太清楚的感覺到這是來真的。

再也不顧及其他，伸手緊緊的抱住大老爺的腿，苦苦哀求起來。「老爺，我被冤枉了沒事，不能讓蕊兒也不見我，她現在正是需要我教她的年紀。」

大太太忽而咳嗽起來，齊眉過去扶著她。「母親您沒事吧？」

「沒事，最近好了許多了。」大太太握著齊眉的手，溫婉地笑著。

「簡而言之，以後不要讓我在府裡看到顏宛白的身影。特別要注意蕊兒，不要讓蕊兒和這個女人再有任何接觸，免得好好的人被污染了。」被抱得靴子都要被拽下來，大老爺更是心頭一陣火起，當初娶她本就是無奈，娶了個這樣品性的人回來他自認倒楣，一腳踹過去，微微停頓了下，大老爺甩袖而去。

二姨太直到被小廝架走，都沒有從被夫君這樣對待的打擊中回過神來。

正廳安靜了下來，齊眉把大太太扶著坐下，嚴媽媽給老太太按著前額兩側。

「顏家那邊我過段時日再命人過去傳話。」老太太說著瞇起眼。

其實若是他們陶家不說，顏家人只怕也難得知曉二姨太發生了什麼事。

不早早地告訴，不把事情傳開，也是給顏家留個面子，就當是還了當初陶家府內困難時顏家時不時送些東西過來的人情。

「本是想等京城裡徹底平靜下來再處理這件事，倒沒想到其實事事還是天自有安排，瞧今日這一連串的事情，都是突然發生的，卻井井有條。」老太太說著抿了口茶。

齊眉幫大太太捶肩膀的動作稍稍停頓了下。

老太太安慰起齊眉。「妳好些了沒？從昨兒起到現在都是迷糊的吧，沒讓妳避開也不是別的。好好看看，以後嫁去夫家對誰都要多留個心眼，切記不可仁慈，忍字頭上一把刀。」

齊眉福身點頭。「孫女記住了。」

晚些時候，嚴媽媽選好了丫鬟帶到二姨太的園子，二姨太激動得厲害，砸東西打人踹門。

「也不是一點兒感覺都沒有。」大太太嘆了口氣，看著窗外的景色。「我之所以叫爾容這個名兒，是我祖母給取的，諸事回想起來都不過爾爾，所以一定要包容身邊的一切。」

「現在想來，並不是全對的。」

老太太下了命令，雖是鬧得厲害，但看到的下人們都不敢外傳，否則都會被杖責一百再趕出府。一晚上的工夫，陶家就變了小半邊的天。至於巧雪，幸得最後吐實認罪，免了一死被攆出府去了。

二姨太那兒再也沒人敢過去，就是路過也是低著頭，生怕染上不乾淨的東西似的匆匆跑走。

齊眉過去清雅園請安的時候，陶蕊正跪在門口一動不動。身板挺得筆直，眼眸也直直地看著老太太。

齊眉福身坐到一邊，還未開口。陶蕊重重地磕頭，頭上的步搖因為動作而不停地晃動。

「求祖母放過我娘親！」

清脆嬌媚的女音甚是好聽，老太太卻無動於衷，只是讓嚴媽媽去把陶蕊扶起來。

「祖母不答應蕊兒就不起來！」陶蕊眼都急得紅了。跪著不肯起身。

老太太看一眼齊眉，齊眉點點頭。而後鶯柳把老太太扶回了內室。

現在只剩下齊眉和陶蕊。

「八妹妹，別強。」齊眉的聲音和陶蕊完全相反，溫婉柔和，安撫人的時候最是有用。「妳縱使跪到暈倒也是無用的，這是父親親口說出來的意思，誰也沒有別的辦法。」

「我娘親不可能做這樣的事！五姊姊難道妳信嗎？信嗎？」陶蕊緊緊捉著齊眉的胳膊，眼淚不停的滑下來。

齊眉沈默地低下頭。

陪著陶蕊一直到午後，陶蕊終是受不住的暈了過去，齊眉把吳媽媽叫來，帶著陶蕊回了她的園子。

之後的日子，陶蕊不依不撓的每日都求，去二姨太的園子門口，還沒站穩就被門口守著的侍衛凶狠的趕走。

園子裡住著的是生她養她的娘，卻似是囚犯一樣被關在裡邊。

陶蕊哭得眼睛都腫了起來，府裡年紀最小的是她。而大老爺的處罰無疑就是讓她活生生地沒了娘，從小被疼愛長大的她不知道要怎麼面對這樣的日子。

誰也不信她，可誰也不願理她，躲著什麼似的躲著她和二姨太的園子。

陶蕊手足無措，日子這樣過去她卻無能為力。已經幾日沒有去求祖母，她知道祖母還是會對她一如既往的好，可是無論怎麼求都沒用了。

蹲在門口的櫻花樹下，哭得眼睛腫得像核桃一樣也沒有人敢靠近她，陶蕊哭得越發厲害起來。

忽然眼前一方雪白的帕子，帶著淡淡的月季花香，陶蕊不由得止住哭聲，抬頭的時候看到嘴角帶著淺淺笑意的齊眉。

粉紅的花瓣正落在齊眉肩頭，陶蕊接過帕子，可憐的擦著眼淚。

齊眉靠在她身邊一起坐在樹下，也不說話，就聽著她哭。

「五姊姊。」陶蕊撲到齊眉懷裡，軟軟的聲音帶著哭腔和無助。

直到好多年後，陶蕊都還記得這一幕。

陶家的日子安寧下來，二皇子賑災的一些消息也傳入了京城，都是感恩戴德的話，賑災的物資安全送到，全都和上報的數量是一樣的。

隨著天氣漸漸變暖，鎮上的人也把二皇子留下來，無限感激。

堂堂弘朝的二皇子，卻能和他們一起吃苦，能感同身受每個人的苦楚。而在賑災的幾月裡，二皇子巡查了周邊的地區，發現了天災的隱患，上報給了皇上。

隱患能提早發現，再加上雪災受害百姓們的讚言讓皇上龍顏大悅，立即下了聖旨讓二皇子把隱患解除了再回京城。

「也不知是好事還是壞事。」阮大老爺剛下朝，脫下官服，換上舒適的錦袍，五月底的天氣正正好，微微的春風吹到面上，易媽媽正把小玩意兒往阮成淵手裡塞，接到手裡，阮成淵仰起頭衝易媽媽一笑，皓齒露了出來。

阮大老爺坐在亭子內看著面前的家人，心裡卻一絲愜意都無，說起二皇子的事就不由得蹙起眉頭。

阮大夫人不以為意。「留二皇子那便是重用他，好不容易得了這樣的機會，二皇子也是時來運轉。」

阮大老爺不置可否地嘆口氣。

阮大夫人擺擺手。「老爺又何必操心這些事，與平甯侯家不交好也不交惡，我們阮家就能一直好好的，皇朝裡的事情自是有人去煩心。」

阮大老爺撫了撫衣裳。「到底二皇子小時候我也教過他一年，後來雖是換了他人，我心裡多少有愧疚，若不是他那時候被人說有邪氣，也不至於落到現在這樣，明明一身才氣卻鬱鬱不得志，況且我……」並沒有說下去。

阮大夫人出了亭子時阮成書正拿著書冊過來，聽到阮大老爺這樣說，興致勃勃地插話。「兒子倒同意母親的話，二皇子如今好事連連，等解決天災的隱患後回了京城，那還不是賞賜多多？」

「大少爺，您小心點！」易媽媽吃力地把阮成淵扶到一邊坐下。

其實看著阮成淵傻傻的什麼也不懂，但力氣可是不小，略淡的眉毛下一對透著無盡純真的眼眸正不知所措的看著易媽媽。易媽媽無奈地搖搖頭，剛剛大少爺拿著小玩意兒在玩，好端端的拿在手裡卻被不經意地捏個稀巴爛，也不知哪來這麼大的力氣。

「是不是淵哥兒做錯事了。」阮成淵小心翼翼地問道，手不安地來回搓著，就是個小孩子的模樣。

若腦子也能是個成年男子那般，又是頎長的身形，再配著這樣秀氣又不失俊朗的容顏，不知要迷倒多少女子。

「真是傻不溜秋。」阮成書鄙夷地哼了一聲。

阮成淵抿著唇，低頭一語不發。

阮大老爺斥道：「怎麼這樣說你大哥？平時那些禮數都是用腳學的？」

阮成書依舊滿臉不快，那時在陶家若不是這個傻子大哥把他推到池塘裡，讓他染上風寒，生生地在府裡養病怎麼也好不起來，他怎麼會錯過文武試？

憑他的腦子，饒是不能得狀元，少說拿個秀才也是隨隨便便的事，都是這個傻子的錯。阮成書一想起來就恨得牙癢癢，拳頭都捏了起來。

「回去，把《道德經》抄十遍，抄好了才准出來。」阮大老爺眼都不抬，擺手讓阮成書出去。

一會兒的工夫阮大夫人回來，說起阮老太爺生辰的事。「已經遞了請帖去陶家，陶老太太當下就讓人送了個金華川瓷瓶來。」

「本是想讓陶家的八姑娘過來的，不過看來是有些難了。原先想著八姑娘如今勉勉強強也能到訂親的年紀，看淵哥兒這個樣子我心裡也是著急。若這次能讓父親當著面的說，陶家念著交情，饒是不願也不能當面拒絕。若是能這樣把淵哥兒和陶八姑娘的事訂下，那我也就別無所求了。」阮大夫人說著看了一眼阮成淵，他正打著大大的呵欠，毫不關心的模樣，片刻後又望向亭外的風景。

阮大夫人嘆口氣，繼續道：「但不過陶老太太言辭閃爍，似是有什麼不方便的事情一樣。

「費盡力氣打探之下，老爺您知道陶家出了何事？」

阮大老爺不在意的把茶盞放到石桌上。「能有何事？」

「陶二姨太做了錯事，被罰了。」

「這有何大不了的？」

「老爺不知道裡頭的淵源，陶大太太身子總是病病好好，結果竟是二姨太在搗鬼，不過究竟做了什麼我探不出來，說消息的那人還提起，也不知是怎麼了，從被發現到關起來，事情都似是誰安排好了一樣，最開始的源頭是陶五姑娘呢。」

阮成淵緩緩地站起身，易媽媽忙過去扶他，生怕他搖搖晃晃的跌到池塘裡去。

去阮府的日子很快就來到，齊眉早早的起身，子秋和迎夏幫她梳好髮髻，按著她的意思挑了嫣紅繡羅裙。

怕齊眉出門一趟好起來的身子會又出了毛病，子秋細心的找了件質料厚些的月牙白帔帛給齊眉穿上。

去陶老太太屋裡請過安，齊眉安靜的坐到一旁，並不多言。

陶老太太看著她，嘴角輕輕牽起一些，好似在笑的樣子。「齊眉，祖母問問妳，妳說今兒個也帶妳八妹妹去，好是不好？」

自從出了二姨太的事後，府裡人對陶蕊的態度也都發生了變化，就連老太太也一樣，雖還是看著寵愛的模樣，實則卻是冷淡了不少。

平素裡這樣的宴席陶蕊自是不能去，可祖母疼愛，每次都會帶陶蕊在身邊，如今卻要來問她這個前世門都不怎麼出過的人。

想起來，如今齊眉和陶蕊在府裡的地位似是互換了一般。

想起陶蕊這些天憔悴的模樣，齊眉心裡細細一想，而後笑著道：「八妹妹最近性子極為乖巧，前幾日還到齊眉的園子裡來問了兩件花樣去學呢。」

陶老太太笑著點頭。「蕊兒也悶了好些時候了，都乖得不像她，帶她出去透透氣也好，阮大夫人還與我提起她，帶她去也沒錯的。」

很快地，陶蕊過來了，和屋裡的人都福了禮，而後坐到齊眉身邊，少見的一語不發。原先陶蕊就愛黏她，之後疏遠過一陣，可自從出了二姨太的事之後，陶蕊又開始黏了起來。

陶老太太與眾人說說笑笑，丫鬟們勤快地倒茶換點心。

快到午時，小廝過來說馬車已經準備好了。

陶大太太扶著老太太起身，一起走到垂花門，兩輛馬車已經穩穩當當地停在門口。

齊眉、齊英和陶蕊坐一輛馬車，陶大太太陪著陶老太太坐一輛。

「五姊姊，那個花樣我還是學不會。」馬車裡，陶蕊顯得活潑了起來，拉著齊眉的手，說完撅起了嘴。

齊眉笑了笑，點著她的額頭。「都說了讓妳先拿簡單些的過去，妳非要拿那兩個複雜的。」

「五姊姊不是也不會嗎？」陶蕊不服氣地道。

齊眉衝她做了個鬼臉，兩人鬧成一團。

看到陶蕊還有著原來的俏皮性子，齊眉心裡總算有些安慰。二姨太會變成如今這個模樣，也與她有關，雖是咎由自取，可到底陶蕊是無辜的。

齊英動了動身子，似是覺得馬車內的人兒吵鬧。

她今日穿著一件青色的裙衫，不似齊眉和陶蕊一般梳了雙髻。

齊英是梳的雲髻，端坐在一旁，看著兩人鬧騰，似是有心事的模樣。齊眉幾次想問，礙於車裡的陶蕊又只能嚥下。

第三十九章

阮家在朝中亦是有地位，其府邸也顯出了與地位相同的氣派。和陶家一樣，阮家的府邸坐落在京城東處的地段。東處都是達官貴人的府邸，每每到了夜晚，一片流光燈火，如美景一般。

顯貴之家都喜歡蒔弄珍貴的花草，從阮府一進去就能看到兩旁的花草一路延伸，路的盡頭則是花廳，這會兒已經來了不少人。

陶家三女跟著長輩一起去到阮老太爺、大老爺和大夫人面前福禮。阮大老爺雖然四十的年紀，但依舊是神采飛揚、聲如洪鐘，眉目間英氣十足。阮大太太雖然容顏已去，但舉手投足都透著貴氣，身著石榴裙再配上深紅帔帛，髮髻間的髮飾既大氣又不顯得繁複。

一向健朗的阮老太爺似是身子差勁了些，坐在位上一直咳嗽個不停。

請了禮，長輩們便寒暄起來，阮大夫人讓身邊的丫鬟領著陶家三個小姐去偏廳。

偏廳裡坐著幾個和齊眉、齊英差不多大的女子，其中一個身著絹花金絲繡邊長裙的女子特別打眼，明明面對的都是女子，一對鳳眸笑起來卻似是要勾走誰的魂一般。

齊眉認得她，原先在左家見過的，左家五小姐，左元蘭。

五小姐左元蘭與齊眉同齡，比之她的溫婉，左元蘭生得一副勾魂奪魄的容貌，不難想像等她再長大些，該是如何傾國傾城。

左五小姐提議去花園逛逛，齊眉看著阮成煙，對方點點頭，一行人便一起去了花園。

阮府的花園極大，裡邊種滿了四季花草，一眼望去。粉藍、粉白的花爭妍鬥豔的開著。

沿著長廊走過，四周都是嶙峋的山石，錯落有致。

都是大戶人家的小姐，再好看的景致入眼，她們也只是微微地笑笑。

倒是陶蕊有些興奮，左手拉著齊眉，騰出的右手指著面前的假山。

過了假山，倒是又別有洞天。一座散著淡淡霧氣的池塘，裡邊的金魚似是通人性一般，齊眉她們才剛邁上遊廊，金魚就呼啦一下圍過來。

「五姊姊，妳看！」陶蕊直覺拉著身邊女子的手，高興地跑過去，腳底忽而踩滑，陶蕊一個不穩，差點摔到池塘裡。

「別這麼莽莽撞撞的。」齊英冷哼一聲，眼疾手快地把她拉回來，而後抽回自己的手。

陶蕊抿起嘴，小心地跟在齊眉身邊。

齊眉微微地皺眉，陶蕊三番兩次的舉動，大概是想要回去陶府。老太太無端端在這個時候非要帶陶蕊過來，目的說不準是阮成淵。二姨太如今的樣子，只怕老太太見到陶蕊，始終會不自覺地想起二姨太。即便有了芥蒂，可也不至於就這樣急著讓她訂親……

「大哥、居大公子好。」阮三小姐溫婉的聲音傳來，齊眉回了神。

齊眉抬頭望過去，兩個少年站在亭內看著她們。

阮三小姐正和左邊的少年在說話。

齊眉走近，也跟著其餘幾人一起福禮。

阮成淵面如冠玉、劍眉微攏、腰繫玉帶，手持象牙的摺扇，微微搖了搖，一副極為淡雅的模樣。看著眾人，一下咧嘴笑起來，伸出手要糖塊。

可惜了，一張口就毀了。

齊眉一直頭暈目眩的，她重生之後頭一遭來到阮府，生命裡最後幾年生活的地方，不少處都有著她和阮成淵共同相處過的記憶。

忽而一聲咳嗽，齊眉不由得抬頭看過去，不想正對上居玄奕的眼眸，四目相對一瞬，齊眉把視線挪開，臉微微泛紅。

齊眉精神並不大好，走起路來也有些搖晃，腰間香囊中從不離身的半塊玉珮隨著步伐而輕輕地撞著她，齊眉忽而想起，那上邊刻著的字就是「居安」。

她從未細想過這玉珮的主人是誰，既然是在她重生之後還握在手裡的，那一定是掩埋她的好心人。

居姓極少，京城裡更是只有御史大人一家，居家裡並沒有單名安字的人，男子或者女子都沒有。

居玄奕烏黑茂密的頭髮被金冠高高綰起，一雙劍眉下卻是一對細長的桃花眼，充滿了多情。這樣的容貌最是吸引人，但這樣容貌的主人也最容易傷人。

齊眉面色平常的坐在一旁，心裡卻泛起波瀾，輕輕地捏著香囊，居玄奕，會不會是前世裡的那位好心人？

一番閒聊下來，少男少女聚在一起，總是歡聲笑語。男的都俊朗，女的都秀麗，坐在風景宜人的亭內，說不清誰才是那道美景。

齊眉卻覺得心總是無法安定，看到阮家的每一處都讓她的回憶湧現。

「妹妹臉色蒼白，是不是又不舒服了？」阮成煙對齊眉的身子狀況略有耳聞，關切的問道。

齊眉微微點頭，本來一片熱鬧的亭內安靜了幾分。

「我讓巧慧帶妳去廂房裡歇息歇息吧。」阮成煙把丫鬟巧慧叫過來，讓她扶起齊眉。

「我與妳一起去。」齊英站起來，卻被阮成煙叫著坐下。「陶二小姐別急，妹妹這樣只怕也是因得現在身邊的人多，她不習慣。而且這兒人都圍在一起，妹妹呼吸也不順暢，讓她一個人在廂房裡歇息下，透透氣也會好一些。」

齊英轉念一想，也沒再堅持。

齊眉被巧慧扶著離開，身後兩道視線落在她身上。居玄奕微微地晃了晃手中的酒盞；而另一道只是匆匆一瞥後便繼續低頭數著手裡的糖塊，收回目光的速度快得誰都沒有發現。

「居大公子為何總看著五姊姊？」陶蕊笑著問道，眼睛一眨一眨的，似是很好奇。

居玄奕把酒盞端起來。「只是看著亭外的美景，以前也見過幾次，皆是錯過，現下再遇上，只讓人想要珍惜。」

意外地說出這樣的話，幾乎沒有人聽得懂。

居玄奕抿了一口酒，味道清冽，淡淡的卻一會兒就能讓人醉了。

巧慧果然做事麻利，安頓好了齊眉，懂事地退了出去。

齊眉卻越發的覺得頭暈腦脹，這個廂房，正是她與阮成淵的新房，前世的兩人一個病一個傻，誰都不關心。阮成淵的園子不夠大，便隨意把這間廂房拆了做成了新房。

扶著床榻站起身，齊眉慢慢地往外頭走，大量的回憶湧入腦海，讓她不堪重負。

前世……

城門口如運牲口般的場景讓陶齊眉全身發冷。

板車輾過地面的聲音在腦裡一遍遍的迴響，「咚」地一聲，一個身著一件看不出衣裳原色的婦人被扔到了板車上，已死的婦人手垂落下來，嘴角的黑血順流而下。

齊眉連哭都哭不出來，一輛輛板車就這樣從她站的不遠處行過，板車上的都是她所熟悉的親人，周圍幾乎連一個路人也沒有，只有她自己。現在正值新皇登基，改朝換代是前七日的事情，弘朝變成了歷朝。

聽聞宮裡也出了大事，新帝登基之時，德妃娘娘所居住的寢宮著了大火，當時二皇子正在德妃娘娘的寢宮裡伴著德妃，寢宮莫名的著火，外頭一個宮人也無，兩人就這樣活活被燒死了。

七日之後，陶家竟就這樣被滅門了。

陶齊眉在十五歲那年就嫁作他人婦，所以逃過一劫。

可仔細一想，這是劫難？

說不定也是解脫。

一晃眼嫁出去七年了，她從來不知身子好是什麼滋味，已經這樣糟糕的狀況，她也沒指望能有個孩子。可偏偏在她以為無望的時候，上天見憐，她懷上了熙兒。

好不容易才要好起來一般，忽而陶家就沒了。

陶齊眉覺得腦袋眩暈起來，未來的路好像就這樣斷了。

她跌跌撞撞地跑回府，正門的守衛看著失魂落魄的她，忙打開大門，幾個小廝瞅了她一眼，交頭接耳幾句。

陶齊眉兀自往前走，他們要去胡說些什麼就說吧，她身上已經沒有東西可榨了。

馬車停到面前，一旁的迎夏忙過來扶她。「大少奶奶，別太悲傷，要仔細您的身子。」語氣關懷，陶齊眉衝她感激地一笑。

迎夏原是性子活潑又大大咧咧，跟著她一路到現在，變成了這樣穩重又踏實的，饒是現在自己落魄成這樣，她也忠心的服侍。

坐到馬車上，陶齊眉虛弱地靠著，車簾被風微微地吹起又落下，好像將死的人在無力的掙扎。

好像也沒過多久，馬車停了下來。

車簾挑開，迎夏小心翼翼地把陶齊眉扶下馬車，還沒站穩，一個小小的身影就撲到她懷裡。

「娘！」

軟糯聲音的主人，正是她現在唯一的寄託，熙兒。

看著快一歲的熙兒臉圓嘟嘟的，奶聲奶氣地往她懷裡擠，陶齊眉卻沒用的掉下淚。

她把熙兒抱起來。「熙兒，你一定要好好的。」

「娘，苦……」熙兒貪吃，看到陶齊眉眼角滑下的淚，伸出小舌頭試了試，味蕾剛觸到，立即苦著臉，手舞足蹈的。

「嗯，娘不苦……」陶齊眉搖搖頭，拚命把淚水忍回去，她不能在熙兒面前露出脆弱的樣子。

把奶娘叫過來，捂著熙兒的手。「現在剛入冬，妳瞧瞧熙兒的手都是涼的，別讓他吹了冷風，快些帶他回屋裡，暖和暖和。」

「是，大少奶奶。」奶娘笑了笑，去屋裡拿了個小皮面鼓槌，搖了幾下，叮叮咚咚的聲音立即吸引了熙兒的注意，搖搖晃晃的，小手興奮地揮舞著，讓奶娘抱著離開。

「別光擔心大少爺，大少奶奶也要注意身子。」迎夏打發走了馬車，回身扶住陶齊眉。

「迎夏，妳說啊，我才二十出頭的年紀，怎麼感覺心好像就老了呢？以後的日子，還指望什麼？」陶齊眉望著灰色的天，大片烏雲正互相遮蓋著，什麼明亮的東西都看不見。

「您還有熙兒少爺啊，熙兒少爺這麼聰明，以後一定大有作為，一週歲不到就學會了說話，而且口齒清晰。」迎夏張口說著勸慰的話。

齊眉卻擺了擺手，也不讓迎夏扶著，一步步緩緩走回屋子裡。

暖閣裡燒著爐火，倒也不覺得冷。

「該吃藥了吧？」齊眉坐在臥榻上，揉著發疼的頭，費力地抬眼看著迎夏。

「是的，奴婢這就去端來。」迎夏轉身走了出去。

遣走了閣裡其他的丫鬟小廝，把門關上，就這樣只剩她自己一人，齊眉整個人忽而癱軟下來。

從城門口走回到這裡的路所偽裝的堅強全部崩塌，剛努力忍住的淚水肆虐了一臉。

門口傳來咚地一聲響，一個身影急急的走過來，陶齊眉已經被淚水糊了眼，看不清眼前的人。

「媳婦怎麼了？怎麼哭得這樣傷心？」焦急的男音，卻並不能起到安慰的作用。「淵哥兒聽母親說了，媳婦沒有家人了，但是媳婦還有淵哥兒。」

齊眉現在只需要安靜，「沒有家人」這樣的字眼讓她幾欲崩潰，一下煩悶地把案几上的東西全部甩了出去。

巨大的響動把面前的男子嚇了一跳，看著陶齊眉的模樣，阮成淵小心翼翼地想著是不是說錯話了，手足無措的想要過去抱著她，但是又不敢，站在門口活脫脫像個做了錯事的小孩子，急得眼眶紅起來，卻又努力的忍回去。齊眉和他說過，不喜歡他這麼大的人了還動不動哭哭啼啼。

這時迎夏端著熱好的藥進來，看到閣內一團糟的場景，快速把藥端到陶齊眉面前。

「大少奶奶，奴婢順道去看了眼熙兒少爺，奶娘搖了一陣子搖籃，熙兒少爺已經睡著了，模樣卻很是不安。」迎夏努力輕柔著聲音。

迎夏說得對，她還有熙兒，熙兒需要她，她不能讓身子再這樣差勁下去。

仰脖喝完了藥，陶齊眉閉目休息。

阮成淵呆立了一陣，忽然想起什麼一般，歡快地跑出去，卻好一陣都沒再回來。

入夜後，迎夏服侍陶齊眉更衣，鏡中的她竟然已經略顯老態，迎夏的臉上也刻著歲月的痕跡。

「迎夏，過兩天我去和太太商量，給妳尋個好人家嫁了吧。」

「在大少奶奶出嫁那日，奴婢就發誓，終生不嫁，侍奉大少奶奶一輩子。」迎夏立即跪下，拚命搖頭。

「跟著我妳沒有好日子過。」陶齊眉看著忠心的丫鬟，心裡泛起歉意。

「奴婢心甘情願。」迎夏說得斬釘截鐵。

陶齊眉飲過一杯熱茶，夜晚是掩不住悲傷的時刻。

漸漸地心裡又開始越發難受，心口也一陣陣抽痛。

還是無法從失去親人的悲痛中抽離出來，疼她的大哥也這樣沒了，被人隨意地扔在板車上，雙眼裡的神采被無盡的空洞替代。

心絞痛到不行，她喘著粗氣怎麼也緩不過來。

迎夏嚇得幾乎要哭出來，從沒見過發作得這樣厲害的齊眉。

壞事從不是單件的，這時候熬藥壓根兒來不及，迎夏心急如焚地去請大夫。

難受得跌倒在地，手指緊緊地摳住地板，一邊喘息著一邊忽而劇烈地咳嗽起來，身體再也無法負荷，嘴角就這樣流出鮮血，她的薄荷香囊被掛在園子裡，若是能拿過來聞一聞一定能緩和一些，而後再去請大夫也並不會那麼嚴重，她的神智就這樣漸漸消逝。

「媳婦，妳看淵哥兒拿什麼回來了！」男子的聲音顯得很遠很遠。

齊眉費力的睜開眼，一束開得正好的花遠遠的映入眼簾。

不屬於這個季節的雪白月季，不知阮成淵花了多大功夫去弄到，這樣的顏色純淨又安寧，是她最喜歡的花。

新婚那晚她哭得厲害，阮成淵做了個月季花項圈給她，認真許諾的模樣把她又逗樂了。白日的時候她哭得那樣厲害，七年了，阮成淵也立馬記起能把她逗笑的那一幕。

好多事都記不住的男子，卻記得住她每一個喜好。

阮成淵驚慌失措地奔過來，那種好像整個世界都沒有了的害怕表情，和那束飄揚落地的月季花——她前世最後的記憶。

從不曾這樣具體的憶起前世的事，齊眉回過神來才發現自己一直步履匆匆地在這個院子的周圍走著，撫過這裡的一草一木。

呼吸越發不順暢起來，憶起前世裡，那種模糊浮現出的想念，好像並不單純只是對熙兒。

喉間傳出的喘息聲讓齊眉沒有別的時間再細想，唇色都褪盡了，急忙在腰間找著薄荷香囊。

重生以來，薄荷香囊從來沒有離過身，只是身子漸漸好起來，她以為不會再有這樣復發的時候，還好習慣並沒有改掉，薄荷香囊依然帶著。

正要從腰間取下，艱難的喘息讓她動作也遲緩起來，手抖得幾次都取不下來。

「給，快。」簡簡單單的兩個字，聲音熟悉得不行，竟是隱隱透著掩不住的焦急。

齊眉遲疑地抬頭，正對上那一雙清澈的眸子，毫不避諱地與她對視，眉間緊鎖的川字是前世從未看過的模樣。

手還不是成年男子那樣骨節分明，掌心裡躺著一個香囊，與她手裡的一模一樣。

齊眉緩緩伸手，喘息竟是減緩了一些，她拿起香囊，低著頭，香囊湊到鼻間，薄荷的香氣竄入鼻息，心頭重重的一跳。

已經不是嚴重的哮喘，即使復發也不會再那樣可怕，過了一小會兒後便已經是趨向平穩的呼吸。

再次抬頭看著眼前的人，他俊秀的面上神情微僵，嘴唇抿著，一些說不清道不明的東西從齊眉腦裡閃過。

手裡握著的薄荷香囊，這樣的場景，齊眉有一瞬間的恍惚。

這究竟是前世，抑或是今生？

他微微動了動唇，張口想說些什麼，卻又不知道從何說起。

「大少爺，您又四處亂跑了！」易媽媽此時匆匆地跑進來。「大少爺可真是讓老奴一陣好找！不是老奴囉嗦，大少爺您也太皮了，騙老奴說自個兒肚子疼就跐溜（注）一下跑了，比兔子還要快！結果竟是胡亂跑到這裡。」

巧慧端著茶點走過來想要給齊眉換一道茶水，沒料到會在廂房外見到大少爺和易媽媽，歪著頭有些不解的模樣。

「不用倒茶了，我過來的時候看到大夫人身邊的丫鬟往亭子的方向走，大抵是要叫主子們回花廳，一會兒便會有人過來的。」易媽媽笑著道。

果然，話音剛落就有小丫鬟匆匆的跑來，說阮三小姐吩咐她過來讓陶五小姐去花廳。

巧慧去叫了馬車來，這裡離花廳有一段距離，見齊眉面色依舊帶著些蒼白，雖是比剛剛復發的時候要好不少，可她也不敢掉以輕心。

剛剛的復發，讓齊眉腳步有些虛浮，蓮花鞋踩在地上有幾分輕飄飄的感覺，巧慧扶穩了她入到馬車裡。

坐穩了後，馬車調轉了個頭，開始緩緩地前行。

齊眉把車簾掀開，阮成淵和易媽媽還站在原地，阮成淵忽而抬起眼，兩人對視的時候，只覺得他的眼神又一如往常那樣清澈，不摻雜任何一點別的東西。

笑咧咧的把眼神挪開，阮成淵奪過易媽媽手裡的薄荷香囊，又伸手向她要糖塊。哪裡能隨身都帶著糖塊的？易媽媽剛搖頭，阮成淵立馬又是跺腳又是吵鬧的，沒有糖塊就不肯走。

易媽媽只好哄著他，轉身去別處尋。

馬車已經行到視線以外的地方，齊眉只好放下車簾，面上是散不盡的疑惑。

阮成淵緊緊的握著薄荷香囊，一會兒又鬆開，這樣反反覆覆幾次。

外頭兩個丫鬟湊在一起嘀嘀咕咕。「妳可不知道，剛剛陶五小姐似是身子又不好了，不過大少爺身上的香囊可真有用啊，陶五小姐一聞就好了些，大少爺平時看著傻傻的……」

阮成淵看著馬車消失的方向，眼眶微微地紅了一圈，如釋重負地舒口氣。

好像終是了了心頭的一個大石頭一般。

——未完，待續，請看文創風146《舉案齊眉》3

注：跐溜，形容很快的樣子。

柔情似水・情意遲遲／蘇月影

舉案齊眉

全套四冊

柿子挑軟的吃！
嫡女竟不如庶女，
她堂堂將軍府的嫡女，
軟弱到被迫嫁給傻子夫君。
重生而來，
她要的不只是聽命地賴活著，
她不願再任人擺佈，
只是老天爺跟月老似乎沒喬好；
這世再活一遍，
但前世手上纏著的紅線似乎剪不斷、理還亂……

文創風 144 **1**

病殼子嫡小姐，軟柿子被人捏了一世，
從來都以為是她命該如此，
重生而來，雖然依舊氣弱、不受寵愛，
但她決心要改變命運，為自己努力一回……

文創風 145 **2**

前世她敵不過命運的安排，嫁給世家嫡子，
那人卻是傻子無知，人人都笑好一個門當戶對！
這世再來，與他相遇，
記起的竟是他為她做月季花香囊的溫柔……

文創風 146 **3**

他總是叫她「妹妹」，
他說「若是妹妹，那便是要一生保護的人」，
雖然她對他初初無情，但他的好卻一點一滴地流進她心裡，
她很慶幸能嫁如此真心實意的有情人……

文創風 147 **4** 完

前世舉家被滅，她病發而死……
重生的這世，救了她的竟是她憨直純情的夫君，
他的傻非真傻，對她的情卻比玉石堅定，
她不求榮華富貴，只盼能與他白首齊眉，舉案對心……

女子出嫁前靠的是娘家，出嫁後靠的是夫家，
前世，她娘家夫家都沒得靠，可憐兮兮；
這世，重生後，她立誓——
要活得穩穩當當，不僅要撐起娘家，還要立足夫家……

妙趣橫生的種田文／玖藍／祝你持家不敗

年年有魚

全套五冊

小小女子為自己掙得一片天，掙得深情體貼好夫君……

熟讀此持家寶典，愛自己過好日，永遠不嫌晚啊!!

萬物齊漲！
這年頭兒日子不好過，求生存不容易啊！
東方不敗有了葵花寶典，成了武林不敗，
姊妹們，想掙錢、理家、財庫年年有餘，
還想嫁個好人家，成就女人不敗，
就不可少了這部「持家寶典」，
保妳活得生氣盎然，心滿意足！

文創風 134 1
投身農家的杜小魚發現，原來小農女真不是那麼好當的！
地少要買田，沒肉吃要開源，看病沒錢要自個兒學醫……
光靠天吃飯絕不靠譜，靠自己真個實在……

文創風 135 2
她整日埋首農書，種這種那地攢銀子，
沒想到連親姊姊的情事也落到她來操心，
加上山上來了隻吃人猛虎，壞了她採草藥掙錢的大計，
她得說服初來村裡的那位神秘的「高手」上山打老虎，
這農家日子過得可精采了……

文創風 136 3
她杜小魚年紀小小，做起生意倒是很有一套，
這村裡村外，誰不知她杜家有個會掙錢的小女兒，
因為太會掙錢、太會理家，她成了理想的媳婦人選，
對於只想掙錢不想嫁人的她，一點也不高興成了搶手貨，
掙錢不難，怎麼掙得單身的權利真是難倒她了……

文創風 137 4
打小一起長大的二哥，竟然不是爹娘親生的，
身家還顯赫得很，這已經夠教她驚訝，
更驚訝的是二哥對她的情意！
她不是不心動，只是一時轉不過來，
從二哥變成夫君，對於這個親上加親，還真的有點羞呢！

文創風 138 5 完
唉！嫁了個人見人愛的男人，果真不是簡單的事！
不過，她打小就不是個怕麻煩、怕事的，
能被這麼優秀出采的男人看上，她當然也不是個草包村婦，
她可不能辜負夫君的疼愛，
以及那些出難題的「長輩們」的期待、情敵的暗算，
她決心要做到讓所有人心服口服，小人通通退散……

種田重生／豪門恩怨／婚姻經營

痛快逆襲、深情不悔／**不要掃雪**

難為侯門妻

全套五冊

她，人們戲稱為京城裡的一朵奇葩，
仗著父親是大將軍王，任性妄為、胡攪蠻纏，
不顧一切嫁給癡戀的男人，
卻因此付出最慘痛的代價……
沒想到死後重生，回到一切悲劇上演之前，
這一世，她真能改變自己去糾正前世的錯誤，
阻止不幸的命運再次發生嗎？

文創風 129 **1**

她已下定決心不再去招惹那些虛有其表的世家公子，
一心想拜師學醫，成為真才實學的女大夫，
才有能力改變自己與父親的不幸，挽救夏家的崩毀，
但是天下第一的神醫早已放話不收徒弟，連要見上一面都很難了，
這重生後跨出的第一步還真有點傷腦筋～～

文創風 130 **2**

沒想到世事難料，一切似乎完全反了過來，
尤其小侯爺李其仁的出現，意外打亂了玉華的全盤計畫，
他外向、開朗，真心誠意對待她，對夏家更有莫大的恩情，
她不知道怎樣才能表達心中的感激，同時也越發的不安起來，
人情債、感情債似乎越欠越多，多得根本沒有辦法還清……

文創風 131 **3**

無論哪一世、無論什麼事，為了女兒，父親都可以付出一切，
這一世，就換她來付出，並討回原本屬於父親的東西吧！
哪知父親才歷劫歸來，唯一的弟弟又遭人下毒，命在旦夕，
這夏家真是屋漏偏逢連夜雨，倒楣事一齣又一齣，
但只要父女同心，其利斷金，便沒有過不了的難關……

文創風 132 **4**

莫家是天下首富，身為接班人的莫陽個性內斂而清冷，
給人一種不怎麼好親近的感覺，卻總在下令玉華急難時伸出援手；
一個曾經親手為母親煮麵，如今也願意為她煮麵的男子，
這樣的他便足以讓玉華動容，永遠記在心中……

文創風 133 **5** 完

眼看婚姻中出現了大麻煩，即便錯不在自己，畢竟事情因她而起，
解鈴還需繫鈴人，玉華決定親上火線，化解婚姻危機，
她從不信什麼改命之說，自己的命只有自己能夠改變。
兩世為人，她真真正正懂得要珍惜這愛她及她所愛的人，
斷不會再讓自己留下更多的遺憾……

文創風
145

舉案齊眉 2

國家圖書館出版品預行編目資料

舉案齊眉 / 蘇月影著. --
初版. -- 臺北市 : 狗屋, 民102.12-民103.01
冊 ; 公分. --（文創風）
ISBN 978-986-328-210-5（第2冊：平裝）. --

857.7 102024267

著作者 蘇月影
編輯 王佳薇
校對 黃亭蓁 林若馨
發行所 狗屋出版社有限公司
地址 台北市104中山區龍江路71巷15號1樓
電話 02-2776-5889～0
發行字號 局版台業字845號
法律顧問 蕭雄淋律師
總經銷 知遠文化事業有限公司
電話 02-2664-8800
初版 102年12月
國際書碼 ISBN-13 978-986-328-210-5
原著書名 《举案齐眉》，由起點女生網〈www.qdmm.com〉授權出版

定價250元
狗屋劃撥帳號：19001626
網址：love.doghouse.com.tw E-mail：love@doghouse.com.tw